FETCHING – DEUTSCHE AUSGABE

KYLIE GILMORE

Übersetzt von
ANNA DRAGO

Fetching - Deutsche Ausgabe © 2020 von Kylie Gilmore

Coverdesign: Michele Catalano Creative

Coverfotograph: Wander Aguilar

Covermodel: Forest Harrison

Hund: Chuy

Übersetzung: Anna Drago

Lektorat: Katrin Dolle

Herausgegeben von: Extra Fancy Books

ISBN-13: 978-1-64658-154-2

1

Sydney

Satan marschiert in meine Bar und macht eine Lockbewegung mit dem Finger in meine Richtung.

Ich tue so, als ob ich ihn nicht sehe. Wyatt Winters kann jemand anderen rufen, um ihn zu bedienen. Es ist mir egal, ob es heute Abend um alles oder nichts für das historische Restaurant und die Bar, die mir gehört, geht, und diese Silvester-Spendenparty ist meine letzte Hoffnung. Ich werde mich *nicht* mit dem Teufel einlassen.

Er sieht gut aus mit seinem dicken, welligen, dunkelbraunen Haar, den sinnlichen Lippen, dem sorgfältig gestutzten Bart und einem Körper, der aussieht, als würde er zu viel Zeit im Fitnessstudio verbringen. Doch seine selbstgefällige Art ruiniert das alles. Wyatt ist vor einem Monat in den Ort gezogen und hat das verlassene Haus oben auf dem Hügel mit dem Leuchtturm fern jeden Meeres gekauft. Es hat früher einem exzentrischen Einsiedler gehört, doch der ist vor meiner Geburt gestorben. Die Leute sagen, dass es da spukt. Ich hoffe, die Gespenster halten ihn nachts wach.

Im Ernst, warum muss Wyatt immer wieder in meinem geliebten *Horseman Inn* aufkreuzen? Letzten Monat hat er jedes Bier bestellt, das ich vom Fass habe, und die Qualität ausführlich kritisiert, sich über die Kälte im Raum und zu guter Letzt ausgerechnet über den Namen des Restaurants beschwert. Es ist *historisch*! Das Inn stammt aus dem Jahr 1788, als es eine Poststation war.

Ich schlüpfe hinter die Bar und zapfe eine weitere Runde Getränkebestellungen für einen Tisch von Frauen mittleren Alters, die aufgeregt unseren Ehrengast, meine berühmte Freundin und Schauspielerin, Harper Ellis, erwarten. Sie ist der einzige Grund, warum wir heute Abend voll sind. Mein jüngerer Bruder sorgt für entspannte Hintergrundmusik mit seiner Akustikgitarre. Die Bar ist voll, der Nebenraum ist halb voll, und die Leute bedienen sich im vorderen Gastraum an Snacks und bieten auf die Gegenstände, die für die stille Auktion dort ausgestellt sind. Es ist noch früh, also bin ich begeistert von der Menge. *Danke, Harper.*

Harper und ich sind hier zusammen in Summerdale, New York, aufgewachsen, einer Gemeinde am See, ungefähr anderthalb Stunden von New York City entfernt. Es ist ein einzigartiger Ort, der ursprünglich von Hippies als eine Art Utopia gegründet wurde. Die Kriminalitätsrate ist niedrig und die Lebensqualität hoch – unser inoffizielles Motto. Tatsächliches Motto: Frieden für alle, die hier Unterschlupf suchen. Wie auch immer, es ist eine großartige Gemeinde für diejenigen von uns, die nicht im Begriff sind, bankrott zu gehen. Harper hat angeboten, mir zu helfen, aber ich will das aus mehreren Gründen nicht. Vor allem will ich nicht, dass Geld zwischen uns steht.

Ich hoffe, dass sie bald kommt. Ich sehe mich schnell im Nebenraum um und begegne dem Blick des einen Mannes, der mich wie kein anderer nervös macht. *Kein Bier für dich.* Ich bringe das Tablett mit Wein und zwei Dirty Martinis zu den Frauen, die an einem langen rechteckigen Tisch gegenüber dem Mann sitzen, den ich mich zur Kenntnis zu nehmen weigere. Ich serviere den Frauen ihre Drinks und kehre Satan den Rücken zu.

„Wann kommt Harper?", fragt Tammy, eine Brünette in den Fünfzigern.

Ihre vier Freundinnen sehen mich erwartungsvoll an.

„Jeden Moment, da bin ich mir sicher. Sie ist wahrscheinlich im Stadtverkehr steckengeblieben."

„Ich bin das derzeitige Höchstgebot für das Mittagessen mit ihr", sagt Tammy. „Drück mir die Daumen!"

Ich lächle. Es war nett von Harper, ein Mittagessen zu versteigern, wenn man bedenkt, dass sie im wirklichen Leben ein so privater, schüchterner Mensch ist.

Tammys Freunde hoffen, ein signiertes Foto von Harper oder ein paar der anderen Gegenstände, die sie aus ihrer alten Fernseh-Show gestiftet hat, zu ersteigern. Sie war so großzügig mit ihren Spenden, doch ich brauche sie persönlich hier.

„Ich werde euch wissen lassen, sobald sie da ist", sage ich.

Ich winke meinen beiden besten Freundinnen Jenna und Audrey zu und gehe in den vorderen Gastraum. Sie sind so gegensätzlich – Jenna ist groß und schlank mit blonden Haaren, die kaum ihre Schultern berühren. Audrey ist klein und kurvig mit langen schwarzen Haaren. Wir vier – Harper, Jenna, Audrey und ich – haben als Kinder so ziemlich jede freie Minute zusammen verbracht. Dann ging Harper nach Hollywood, und für den Rest von uns ist das Leben passiert. Jenna und ich sind kürzlich hierher zurückgezogen. Audrey ist nie gegangen.

Ich werfe ihnen einen fragenden Blick zu. Sie sehen sich nach Harper um.

Jenna schüttelt den Kopf. Ich unterdrücke ein Seufzen und drehe mich um, um zur Bar zurückzukehren.

„Cindy, hier drüben!", ruft eine tiefe Baritonstimme.

Ich versteife mich und drehe mich langsam zu Wyatt um. „Mein Name ist Sydney", sage ich durch meine Zähne.

Er nimmt eine Hand an sein Ohr. „Was?"

Ich atme scharf aus und gehe zu seinem Tisch hinten in der Ecke. Er ist ungefähr in meinem Alter (ich bin achtundzwanzig) und trägt ein schwarz-weiß kariertes Hemd mit einem braunen Blazer und Jeans. Seine langen Beine sind unter dem Tisch ausgestreckt und an den Knöcheln gekreuzt.

Dunkelbraune Lederschuhe anstatt Sneakers. Mir fällt auf, dass er sich für die Silvesterparty schick gemacht hat, nur um dann doch allein zu sitzen. Ich bemühe mich um all den guten Willen, den ich aufbringen kann. Er ist neu hier, und ich sollte versuchen, ihm das Gefühl zu geben, willkommen zu sein.

„Hallo Wyatt." Ich lächle schnell. „Ich heiße *Sydney*, nicht Cindy." *Wie ich dir schon mehrmals gesagt habe.* „Ich weiß, dass du neu in der Stadt bist. Ich könnte dich meinen Brüdern vorstellen. Das ist Eli an der Gitarre. Er ist Polizist." Ich deute in seine Richtung, und Eli nickt uns zu. „Der Typ im weißen T-Shirt mit dem finsteren Blick drüben an der Bar ist mein ältester Bruder Drew. Dann sind da noch Adam und Caleb, aber die sind noch nicht hier."

Wyatt neigt den Kopf. „Keine Schwestern?"

„Nein, warum?"

„Das einzige Mädchen, hm? Interessant."

Ich höre eine Beleidigung in seinem Ton lauern. „Warum ist das interessant?" Ich bin nicht übermäßig mädchenhaft, aber das bedeutet nicht, dass ich nicht feminin bin. Ich trage Lippenstift und habe heute Abend sogar einen Rock angezogen. Er ist aus schwarzem Leder, passend zu meinen kniehohen schwarzen Lederstiefeln. Auf meinem schwarzen T-Shirt, das zur Uniform unseres Personals gehört, steht *The Horseman Inn*.

„Nur interessant", sagt er lebhaft. „Ich habe Adam schon kennengelernt. Er wird ein paar Arbeiten bei mir erledigen."

„Oh." Adam ist Tischlermeister. Ich wusste nicht, dass er einen Job für Satan angenommen hat.

Er klopft auf den dunklen Holztisch. „Was ich wirklich wissen will, ist, was ein Mann tun muss, um hier ein anständiges Bier zu bekommen."

Geduld. Gastfreundschaft. Ich darf Gäste in meiner Branche nicht vergraulen. Ich setze ein Lächeln auf und rattere jedes Bier herunter, das wir auf der Karte haben, sowohl vom Fass als auch in Flaschen.

Er reibt seinen Bart. „Hast du eins, das nicht so schmeckt,

als wäre es verwässert worden, um die Tatsache zu verschleiern, dass es nicht mehr gut ist?"

„Alle unsere Biere sind frisch, das kann ich dir versichern. Was darf ich dir jetzt bringen?" *Ich bin Miss Gastfreundschaft.*

Er beugt sich vor, stützt sein Kinn in seine Hand und lächelt anzüglich. Mein Puls schießt in die Höhe. „Überrasch mich."

Billiges Light Bier mit Spucke, kommt sofort! Oh, ich bin so dermaßen versucht. Nein, ich kann professionell sein. Warum rast mein Puls immer noch? „Sollst du bekommen. Unser bestes IPA kommt sofort." Ich wende mich zum Gehen.

„Ich hatte euer bestes IPA schon", sagt er. „Ein Ale wäre eine Verbesserung. Hoffe ich."

Ich drehe mich um. „Kein Problem."

„Außerdem ist mein Tisch wackelig." Er wackelt ihn.

Ich seufze. „Dann wackle ihn nicht."

Er späht unter den Tisch. „Genau genommen bin ich mir nicht sicher, ob es der Tisch oder der unebene Dielenboden ist."

„Teil unseres Charmes, originaler Bodenbelag aus dem 18. Jahrhundert."

Er zieht eine Braue hoch.

„Ein Bier kommt sofort." Ich gehe zur Bar, bevor mir der Geduldsfaden reißt. Niemand kann lange mit einem solchen Mann ein freundliches Gespräch führen. Immer auf der Suche nach Fehlern. Dieser Laden hat all den historischen Charme mit all den modernen Kopfschmerzen – schiefe Böden, niedrige Decken, zugige Fenster. Ich bin stolz zu sagen, dass wir die originale Pfosten- und Ständerkonstruktion und den großen Steinofen im vorderen Gastraum erhalten haben. Wenn es ihm nicht gefällt, kann er woanders hingehen. Obwohl wir kilometerweit die einzige Bar sind. Etwa eine halbe Autostunde von hier entfernt müsste er die Staatsgrenze nach Clover Park in Connecticut überqueren, um eine andere Bar zu finden. Vielleicht schlage ich es ihm vor. Nein, das kann ich nicht. Er ist neu hier. *Muss. Gastfreundlich. Sein.*

Mein Bruder Drew packt meinen Oberarm, als ich an der

Bar an ihm vorbeigehe, und hält mich fest. „Belästigt der Typ dich?", fragt er mit leiser Stimme, und sieht Wyatt mit zusammengekniffenen Augen an. Drew ist fünf Jahre älter als ich und ein knallharter Typ – ehemaliger Army Ranger mit einem schwarzen Gürtel. Er betreibt sein eigenes Dojo in der Stadt. Er würde ihm für mich in den Arsch treten, aber ich bin keine hilflose Jungfrau in Nöten. Außerdem bin ich mit Brüdern aufgewachsen – zwei älteren, zwei jüngeren – darum weiß ich, wie man mit Männern umgeht.

„Er nervt nur", sage ich. „Kein Problem."

Er lässt meinen Arm los. „Sag, wenn sich was ändert."

Ich gebe ihm einen übertriebenen Schmatz auf seine Wange, der ihn immer aus dem Konzept bringt.

Er reibt die Stelle. „Syd! Bitte. Hab ich Lippenstift auf der Wange?"

Ich segle hinter die Bar. „Eine Menge Pink", lüge ich. „Geh besser in die Herrentoilette, um dich wieder richtig männlich zu machen." Genau genommen ist die Farbe Koralle, ein warmer Farbton, der zu meinem kastanienbraunen Haar passt, aber versuch mal einem mürrischen Alpha-Mann die Farbskala zu erklären.

Er kontrolliert sein Aussehen mit der Kamera seines Handys und steckt es wieder in seine Hosentasche. „Klugscheißer."

Ich gieße Wyatts Ale ein und sehe dann an der Bar ein paar neue Gäste, um deren Bestellung ich mich ebenfalls schnell kümmere. Hauptsächlich als Verzögerungstaktik, damit ich mich noch nicht mit Mr. Großstadtzyniker befassen muss. Ich habe gehört, Wyatt ist aus Manhattan hierhergezogen. Warum? Warum konnte er nicht in der Stadt bleiben?

Ich winke eine unserer Kellnerinnen zu mir und gebe ihr Wyatts Getränk. Reine Selbsterhaltung. Je weniger ich mit ihm interagiere, desto besser ist die Chance, dass ich ihm keinen Drink über den Kopf kippe. Das wäre nicht sonderlich gastfreundlich von mir.

Nachdem ich in der Küche nachgesehen habe, ob alles für das bevorstehende Abendbuffet vorbereitet ist, mache ich eine weitere Runde durch das Restaurant, um sicherzustellen, dass alle Getränke und Snacks genießen, und erinnere sie an die fabelhaften Gegenstände, die heute zur Auktion stehen. Ich arbeite hart daran, optimistisch über die Auktion zu reden, anstatt verzweifelt zu sein. Mein Vater hat diesen Laden vor seinem Tod tief in die Schulden geritten, und keine Bank will mir einen Kredit gewähren. Böse Überraschung, diese Schulden. Er hat seine finanziellen Probleme vor mir und meinen Brüdern aus einem fehlgeleiteten Bedürfnis, uns zu beschützen, geheim gehalten. Er war ein großartiger Vater und hat sich sehr um uns gekümmert, nachdem unsere Mutter gestorben ist, als ich zwölf war.

„Die Snacks sind gut!", ruft Wyatt in meine Richtung.

Erfreut darüber, dass er endlich *etwas* Positives über mein Restaurant gesagt hat, gehe ich zu seinem Tisch. „Ich bin froh, dass sie dir zusagen."

Er lehnt sich in seinem Stuhl zurück. „Hast du jemals daran gedacht, die Abendkarte aufzumotzen?"

Wut drängt an die Oberfläche, doch ich schaffe es, höflich zu bleiben. „Nein. Die Einheimischen lieben sie so, wie sie ist."

„Ich will nicht sagen, dass sie schlecht ist, nur wenig originell. Ich meine, jede Speise kommt entweder mit Fritten oder Ofenkartoffeln. Ein neuer Koch könnte dem Laden Leben einhauchen. Ist das nicht das, worum es bei der heutigen Spendenaktion geht? Das Restaurant am Leben zu halten?" Er klopft auf den Tisch. „Mit dem richtigen Management und einem besseren Koch hat dieser Laden Potenzial."

Ich leite diesen Laden, und der Koch ist ein Freund der Familie. Ich fletsche meine Zähne. „Scheint, als wüsstest du viel über das Restaurantgeschäft."

„Überhaupt nicht. Ich weiß einfach ein gutes Restaurant zu schätzen."

Ich stemme meine Hände in die Hüften und starre ihn an. *Offensichtlich hält er uns für ein schlechtes!* Ich bin so wütend, dass ich kein Wort herausbekomme.

Er neigt den Kopf. „Cindy, bist du aus irgendeinem Grund böse auf mich?"

„Wer zum Teufel denkst du, dass du bist?", blaffe ich. „Hier reinzukommen und mein Restaurant bei jeder Gelegenheit zu beleidigen! Wenn es dir nicht passt, komm nicht wieder her."

Er zieht eine Braue hoch. „Da dir der Laden gehört, könnten wir vielleicht über ein paar ernsthafte Verbesserungen sprechen. Du weißt nicht, was du nicht weißt, oder?"

Ich brause auf. „Dieses Inn hat meinem Urgroßvater gehört, wurde von Generation zu Generation weitergegeben, und jetzt gehört es mir." Ich lasse aus, dass eigentlich Drew derjenige ist, der es geerbt hat, und es wegen der Schulden, die es immer weiter runterziehen, zu einem hoffnungslosen Fall erklärt hat. Ich habe es übernommen, anstatt ihn verkaufen zu lassen. „Es ist eine Institution in dieser Stadt, und wir kommen ganz gut ohne deine bissigen Städter-Kommentare zurecht. Wie kannst du es wagen, hier reinzukommen und ein Urteil über uns alle hinzurotzen!"

Er schmunzelt. „Ich kann mich nicht erinnern, gerotzt zu haben."

Mein Herzschlag dröhnt in meinen Ohren, Wut trübt jegliche Vernunft. Am liebsten will ich dieses Grinsen aus seinem Gesicht schlagen.

Er deutet auf sein Ale, das er kaum angerührt hat. „Das schmeckt mir nicht. Kann ich eines dieser Biere aus Connecticut bekommen, die du erwähnt hast?"

Ich starre auf sein Glas. Ich will es ihm ins Gesicht kippen und seinen Schock beobachten, wenn es über seinen Bart, seinen schicken Blazer und sein Hemd tropft.

Er schmunzelt. „Das ist ein ziemlich böser Blick in deinen Augen, Cindy. Du denkst darüber nach, mir das Ale über den Kopf zu schütten, oder?"

Woher wusste er das? „Überhaupt nicht", lüge ich.

Er beugt sich vor und grinst. „Tu's doch. Aber du traust dich offensichtlich nicht."

Bitte sag mir, dass er mich nicht gerade herausgefordert hat. Er provoziert mich absichtlich. Ich bemühe mich um einen ruhigen, ausgeglichenen Ton. „Schade, dass dir dein Ale nicht geschmeckt hat, denn das ist das letzte Getränk, das du jemals hier bekommst."

„Nur weil ich gesagt habe, dass dieser Laden mit einem besseren Koch Potenzial hätte?"

Das und ein Haufen anderer Beleidigungen. Ich habe sowas von die Schnauze voll von diesem Typen. Es ist mir egal, ob er neu hier und allein an Silvester ist. Ich drehe mich auf dem Absatz um und stoße beinahe mit Harper und ihrem Verlobten Garrett zusammen, die wahrscheinlich alles gehört haben.

„Syd, bist du okay?", fragt Harper und zieht die Brauen über besorgten haselnussbraunen Augen hoch. Sie trägt ihre dunkelbraunen Locken offen, und ihre Haut strahlt gesund.

Ich umarme sie. „Ich bin so froh, dich zu sehen!" Ich löse mich von ihr. „Dich auch, Garrett. Ich habe einen Tisch für euch reserviert." Ich bedeute ihnen, mir zu folgen, erleichtert, von diesem arroganten, überkritischen, bösen Mann wegzukommen. Ich werde ihn für immer als Wanze bezeichnen. Satan ist zu gut für ihn.

Ich nehme das kleine „Reserviert"-Schild vom Tisch und stelle fest, dass sie mir nicht gefolgt sind. Sie sitzen bei Wyatt und unterhalten sich mit ihm. Harper hält einen Finger hoch und signalisiert, dass ich warten soll. Kennt er sie, oder hat er sie dreist eingeladen, sich zu ihm zu setzen? Harper ist eine sehr beliebte Schauspielerin. Alle wollen mit ihr reden.

Wanze zwinkert mir zu und sagt mit lauter Stimme: „Richtig, *Sydney*." Den Rest von dem, was er sagt, verstehe ich nicht. Ich wette, Harper hat ihn korrigiert, als er mich Cindy genannt hat. Grrr …

Ich drehe mich um und klatsche mir mit der Hand auf den Allerwertesten. *Fick dich, Wart!*

Harper schnappt nach Luft und eilt zu mir. „Was tust du da? Weißt du nicht, wer das ist?"

„Ja, Wyatt." *Das selbstgefällige Arschloch, das das Erbe meines Vaters beleidigt hat.*

Sie beugt sich vor und flüstert: „Hast du meine E-Mail nicht bekommen?"

Ich starre sie verwirrt an. Wir haben über die Spendenaktion heute Abend per E-Mail hin und her geschrieben. „Welche?"

Sie legt eine Hand an meinen Arm, und ihre Stimme nimmt einen eindringlichen Ton an, bei dem sich mir die Nackenhaare hochstellen. „Darüber, wer er ist und was er für dich tun kann."

„Nein, ich habe keine E-Mail über ihn bekommen." Meine Stimme ist kaum lauter als ein Flüstern. Ich räuspere mich. „Sie muss im Spam gelandet oder im Cyberspace verloren gegangen sein. Wer ist er?"

„Er ist ein Milliardär im Ruhestand mit Erfahrung in der Sanierung von gescheiterten Unternehmen. Ich habe ihn bei einer Spendenaktion kennengelernt und ihm von Summerdale erzählt. Er wollte sich irgendwo unauffällig niederlassen und sich entspannen. Wie auch immer, ich habe erwähnt, dass das *Horseman Inn* Hilfe braucht." Als ich verblüffte schweige, fährt sie eilig fort. „Sei nicht böse, okay? Du hast dich geweigert, einen Kredit von mir anzunehmen, was ich einsehe, weil wir Freunde sind, aber ich konnte nicht einfach *nichts* tun. Er könnte dir helfen." Sie schüttelt den Kopf. „Ich kann nicht fassen, dass du so unhöflich zu ihm bist."

Ich starre sie an. „Aber er ist zu jung, um ein Milliardär im Ruhestand zu sein."

„Ich weiß. Er ist einer dieser Technikfreaks. Mit neunzehn hat er seine erste Million gemacht. Jetzt ist er dreißig."

Ich drehe mich langsam um, um den wissenden, grinsenden Augen des Milliardärs Wyatt „die Wanze" Winters zu begegnen. Er grinst und grüßt mich mit zwei Fingern, wahrscheinlich weil er weiß, dass Harper gerade erklärt hat, wer er ist. Mr. Big Shot.

Ich sehe ihn finster an. Ich werde *niemals* mit diesem Mann arbeiten. Es ist mir egal, wie viele Nullen er auf seinem Bankkonto hat oder was für ein Businessguru er ist. Er will ein Stück vom *Horseman Inn*? Auf keinen Fall!

2

Ich ziehe mich hinter die Bar zurück und fange an, eine Margarita zu mixen. Ich brauche Wyatt Winters nicht. Ich habe eine Marketing-Ausbildung. Sobald ich schuldenfrei bin, kann ich mich auf das Marketing konzentrieren, um Leute aus den Nachbarorten anzuziehen, und das wird das Inn neu beleben. Ich weiß, dass es immer noch ein Erfolg sein kann. Doch wenn die Spendenaktion heute Abend nicht gelingt, brauche ich verdammt noch mal irgendeine Rettung.

Ich beschäftige mich damit, Getränkebestellungen zu mixen, doch mein Kopf kreist ständig um jede Beleidigung, die Wanze mir im vergangenen Monat serviert hat und was ich mir gewünscht hätte, darauf antworten zu können. Im Restaurantgeschäft kann man unfreundliche Kunden einfach nicht zurechtweisen, egal wie sehr sie es verdienen. Alles in allem habe ich mein Temperament bis heute Abend bewundernswert gezügelt.

„Hey, Sydney."

Ich blicke zu Garretts warmer Stimme auf. Harpers Verlobter ist ein muskulöses Tier von einem Mann mit einem Herz aus Gold. Im Ernst, er ist vor ein paar Tagen den ganzen Weg von Brooklyn gefahren, um ein paar Sachen in der Küche des Restaurants für mich zu reparieren, und hat sich geweigert, mich dafür bezahlen zu lassen.

„Hey, Garrett", sage ich und klopfe ihm freundschaftlich auf die Schulter. „Was kann ich dir bringen?"

Er nimmt sich eine der Speisekarten, liest sie und bestellt dann ein Ale. Das ist das Bier, das Wanze vorhin wollte. Ich bin sofort misstrauisch, dass er es zu ihm bringen wird, doch ich will nichts sagen, falls es tatsächlich für Garrett ist. Er hat eine undichte Spülmaschine und einen Abluftventilator repariert, der aus dem letzten Loch gepfiffen und ein seltsames Schleifgeräusch gemacht hat. Garrett kann so ziemlich alles im Haus reparieren, das kommt daher, dass er hauptberuflich auf dem Bau arbeitet, und nebenbei hat er hier und da ein paar Schauspielauftritte. Warum konnte ich nicht jemanden kennenlernen, der so lustig, interessant und kompetent ist? Warum muss Wanze die einzige verfügbare Option sein? Er ist auch noch so irritierend gutaussehend mit diesen warmen hellbraunen Augen – Whiskey-Augen – und diesem Bart. Dieser große, muskulöse Körper. Mein Puls hat verrücktgespielt, als wir uns nahe waren.

Das ist fürchterlich. Ich fühle mich zu ihm hingezogen, obwohl ich das sicherlich nicht will. Ich sollte zu einem Psychiater gehen oder so.

Ich gebe Garrett das Glas Bier und unterdrücke den Impuls, ihn zu warnen, es nicht Wanze zu geben. „Bitte sehr."

Er lächelt. „Danke." Er greift nach seinem Geldbeutel.

„Das geht aufs Haus für deine Hilfe mit den Reparaturen."

Er schüttelt den Kopf. „Das mache ich doch gerne." Er lässt einen Zwanziger auf der Theke und geht.

„Danke nochmal!", rufe ich. „Ich bin dir was schuldig."

Er winkt über die Schulter ab, als wäre es nichts. Was für ein toller Typ.

Ich sage mir, ich solle nicht hinsehen, aber ich kann nicht anders. Meine Augen haften an Garrett, als er zu Wanzes Tisch zurückkehrt. Teufel nochmal! Ich wusste es! Er schiebt das Ale zu Wanze hinüber, der sofort mit einem hämischen Grinsen in meine Richtung prostet.

Ich beiße die Zähne zusammen, mein ganzes Gesicht wird heiß vor Wut.

Wyatt trinkt einen Schluck Ale und verzieht übertrieben das Gesicht. „Mögen die Einheimischen dieses verwässerte Zeug?" Laut genug, dass ich es an der Bar hören kann, was sicher seine Absicht war.

Ich zeige ihm den Mittelfinger, und dann fühlt es sich nicht wie genug an, also mache ich einen doppelten *Fuck you*-Salut daraus.

Er wirft den Kopf zurück und lacht.

Ich koche stumm vor mich hin, bis mich meine Barkeeperin Betsy mit dem Ellbogen anstößt. Anscheinend stehe ich ihr im Weg, während ich vor Wut an die Decke gehen könnte.

Ich mache mich wieder an die Arbeit, habe regelmäßig ein Auge darauf, was um Harper herum passiert, und vermeide Blickkontakt mit Wanze.

Harper sitzt an ihrem reservierten Tisch, gibt Autogramme auf Silvesterflyern von der heutigen Veranstaltung und erlaubt Gästen, Selfies mit ihr aufzunehmen.

Nachdem eine große Gruppe ihren Tisch verlassen hat, stürze ich hinüber, um zu sehen, ob alles in Ordnung ist „Was kann ich dir zu trinken bringen, Harp? Alles, was du willst, geht aufs Haus."

Sie lächelt. „Wasser wäre prima."

„Nur Wasser?"

Sie zieht mich an meiner Schulter zu sich herunter, um zu flüstern: „Ich bin schwanger."

Ich quietsche und umarme sie. „Ich freue mich so für dich! Herzlichen Glückwunsch!"

Jenna und Audrey schließen sich uns an, beide tragen glitzernde Diademe und süße schwarze Kleider. „Was quietschst du so?", fragt Jenna.

„Ich habe dir gesagt, du sollst bei Harper nicht zum Fangirl werden", sagt Audrey zu mir. „Sie ist immer noch eine von uns."

Harper flüstert ihnen die Neuigkeiten zu.

„Das ist jedes Quietschen wert", quietscht Jenna ihrerseits und umarmt Harper.

Dann umarmt Audrey sie. „Herzlichen Glückwunsch!" Sie zieht sich zurück und sieht besorgt aus. „Wie hat deine Großmutter das aufgenommen?"

Harper wurde von ihrer toughen Großmutter, die eine Schwangerschaft vor der Hochzeit wahrscheinlich nicht gutheißen würde, aufgezogen. Wir nennen sie heimlich General Joan. Ab und zu kommt der General zu einem frühen Abendessen hierher, und ich ertappe mich jedes Mal dabei, dass ich sie steif, mit zurückgezogenen Schultern und geradem Rücken begrüße. Sie hatte nie ein Problem damit, Harpers Freunde herumzukommandieren, genau wie Harp selbst. Ich denke, das bedeutet, dass sie uns auch liebt.

Harper strahlt. „Überraschend verständnisvoll und unterstützend. Wir haben uns gut unterhalten." Sie deutet mit dem Daumen auf Garrett, der gerade zu uns gekommen ist. „Es hilft, dass der General *ihn* liebt."

„Was ist dein Geheimnis?", fragt Jenna Garrett. „Wir hatten als Kinder alle Angst vor ihr. Meistens hat sie uns zu irgendwelchen Arbeiten verdonnert."

Audrey schüttelt den Kopf. „Wir wollten nie in Harpers Haus rumhängen. Nichts für ungut, Harp."

„Das war wahrscheinlich ihr Ziel", sagt Harper. „Nicht vier Mädchen hinterherräumen zu müssen."

„Sie hat mich auch arbeiten lassen", sagt Garrett mit einem Lächeln. „Es macht mir nichts aus, zu helfen."

Wir alle starren ihn an.

„Jetzt fühle ich mich so faul", witzle ich.

Alle lachen.

„Hier ist jetzt wirklich was los, Syd", bemerkt Harper.

Ich nicke. „Sind alle deinetwegen da." Im Gastraum sind jetzt ungefähr fünfzig Leute. Normalerweise sind es ein Dutzend oder weniger.

Ein Paar in den Dreißigern nähert sich und bittet um ihr Autogramm. Harper lächelt. „Gerne."

Jenna zieht mich zur Bar. „Lass uns ein paar von diesen

Pfeffermintinis holen." Es ist ein spezieller Pfefferminz-Martini für die Feiertage.

Ich gehe mit Jenna und Audrey zurück zur Bar, vorbei an meinem ältesten Bruder Drew. Er benimmt sich seltsam, steht nur da, ein Bier in der Hand und reagiert in keiner Weise auf meinen Bruder Caleb, der lebhaft mit ihm spricht. Drews Blick fällt auf Audrey.

Ich beobachte Audrey, während ich hinter die Bar gehe. Sie vermeidet es sorgfältig, Drew anzusehen. Noch seltsamer. Normalerweise würde sie hallo sagen und lächeln. Audrey war in Drew verknallt, als wir Kinder waren. Während seiner Auslandseinsätze hatte sie ihm regelmäßig E-Mails geschickt, ihm jedoch nie gesagt, was sie für ihn empfindet. Ist in letzter Zeit irgendwas zwischen ihnen passiert? Audrey ist nicht der Typ, der über jede Kleinigkeit tratscht, selbst mit ihren Freundinnen nicht, besonders, wenn es sich um ein sensibles Thema handelt.

Audrey geht steif an Drew vorbei, den Kopf hoch erhoben. Er starrt nur, sein Gesichtsausdruck ist verschlossen.

Sie und Jenna nehmen an der Bar Platz, nicht weit von Drew entfernt. Ich bin mir sicher, wenn noch andere Plätze frei gewesen wären, wäre Audrey dorthin gestürmt.

Ich lehne mich über die Bar zu Audrey. „Pfeffermintini?"

„Klar", sagt sie abgelenkt und starrt in die Ferne. Ich denke immer, Audrey hat viel mehr im Kopf als das, was aus ihrem Mund kommt.

Ich fange an, die Pfeffermintinis meiner Freundinnen zu mixen, und blicke zu Drew hinüber. Er starrt auf sein Bier, hebt den Kopf und klopft Caleb auf die Schulter.

„Sieht so aus, als ob Harper gut beschäftigt ist", sagt Jenna, tastet nach ihrer glitzernden Tiara und streicht ihr blondes Haar glatt.

Ich schüttle den Martini-Shaker. „Oh ja. Alle wollen vor allem von ihrer alten Show *Capital Asset* hören."

„Na ja, die hat sie berühmt gemacht." Sie dreht sich zu Audrey um, die immer noch in die Ferne starrt. „Bist du okay?"

„Ja, ja", sagt Audrey betont gut gelaunt.

Jenna und ich tauschen einen Blick aus. Audrey ist in der ersten Klasse in die Stadt gezogen, und wir stehen uns so nahe wie Schwestern, was bedeutet: wir wissen, dass sie lügt. Etwas stört sie, und es hat mit Drew zu tun. Hat sie ihm endlich gesagt, was sie für ihn empfindet? Wenn dem so ist, ist es wohl nicht so gelaufen, wie sie es sich erhofft hat.

Ich begegne Audreys blauen Augen mit einem mitfühlenden Blick. Jenna drückt Audreys Arm.

Audrey zwirbelt eine Locke ihrer langen schwarzen Haare und spielt nonchalant. „Hört auf mich anzustarren. Es geht mir gut. Alles ist in Ordnung. Es gibt nichts Neues."

Ich gieße einen Martini ein. Ziemlich defensiv für jemanden, der behauptet, in Ordnung zu sein. Ich werde es bei unserem nächsten Buchclub-Treffen am Donnerstagabend, das ich offiziell in Donnerstagabend-Weinclub umbenannt habe (denn wem versuchen wir was vorzumachen?), aus ihr herausbekommen.

Ich schiebe den beiden ihre Getränke über den Tresen und weigere mich, Geld dafür anzunehmen, weil sie mir geholfen haben, die ganze Nacht zu planen, doch Jenna schiebt trotzdem einen Zwanzig-Dollar-Schein über die Bar und wirft mir einen kleinen Luftkuss zu. Audrey folgt diesem Beispiel.

Kurze Zeit später ist im Vorraum das Buffet mit den Hauptspeisen bereit. Ich sorge dafür, dass Harper, Garrett und ihr Leibwächter Joe das Essen an ihren Tisch gebracht bekommen, bevor ich das Buffet offiziell für eröffnet erkläre. Alles läuft so reibungslos, wie ich nur hoffen konnte. Ich gehe zurück in die Küche, um dort nach dem Rechten zu sehen. Dann gönne ich mir endlich eine Pause, setze mich auf einen Hocker in der Ecke und esse mein eigenes Abendessen aus Chicken Wings, Pommes und Karottensticks.

Kurz vor Mitternacht bin ich todmüde. Zwischen all meinen Pflichten und dem permanenten Kampf, mein Temperament zu zügeln, war es ein anstrengender Abend. Ein letzter Energieschub, um die festliche Stimmung aufrechtzuerhalten. *Eins, zwei, drei, los!*

Ich verteile Happy-New-Year-Brillen und Partyhörner an die Leute, die an der Bar sitzen, schiebe mich durch die Menge im Nebenraum und verteile mit einem Lächeln kleine Giveaways. Als ich an Wanzes Tisch ankomme, gebe ich Garrett eines und ignoriere Wanze vollkommen. Er presst seine Hände auf seine Brust, als wäre er verwundet. Garrett blickt mit einem kleinen Lächeln zwischen uns beiden hin und her. *Hat Wanze über mich hergezogen?* Er verdient alles, was ich heute Abend ausgeteilt habe. Und ich habe mich dabei noch zurückgehalten. Ich habe ihm kein Bier über den Kopf gekippt, oder?

Ich schaffe es zurück zum Tisch meiner Freunde, wo Harper jetzt sitzt. „Frohes neues Jahr, Ladys! Möge es unser bestes bisher sein." Dann verteile ich auch dort die Giveaways.

Jenna und Audrey setzen die Neujahrsbrille auf und tuten die Hörner.

Harper überrascht mich, als sie mir ins Ohr flüstert: „Syd, ich weiß, Wyatt ist ziemlich bei dir angeeckt, aber im Grunde ist er ein guter Kerl."

Ich schnaube. „Klar."

„Wie auch immer, frohes neues Jahr!" Sie küsst meine Wange.

Ich setze meine unerbittlich optimistische Tour von Tisch zu Tisch fort und verteile Partygeschenke.

Fünf Minuten vor Mitternacht lasse ich mich neben Harper auf den Stuhl fallen und reiche ihr ein Glas Sprudelwasser, den Champagner der Schwangeren. „Ich werde den Neujahrs-Countdown machen, es sei denn, du willst?"

„Nein, du bist der Star dieser Show."

Ich lege meinen Arm um sie, und sie lehnt ihren Kopf an meinen. „Danke, dass du gekommen bist, Harp. Die Auktion läuft großartig. Jemand hat tausend Dollar geboten, um mit dir zu Mittag zu essen."

„Wirklich? Das letzte Mal, als ich nachgesehen habe, war das Gebot bei hundertfünfzig."

Ich ziehe mich zurück und grinse. „Na ja, du bist Harper Ellis."

„Lass gut sein", kichert sie.

Ich versetze ihr einen Knuff gegen die Schulter und gehe zu Eli an der Gitarre, um ihn wissen zu lassen, dass es fast soweit ist. Sobald er seinen Platz verlässt, klettere ich auf seinen Stuhl und gestikuliere um Aufmerksamkeit.

Garrett steht auf und stößt einen scharfen Pfiff aus, und die Menge beruhigt sich. Er geht hinüber zu Harpers Tisch, und alle Augen folgen ihm durch den Raum. Er setzt sich und legt einen Arm um ihre Schultern. Sie sind ein wirklich schönes Paar.

Ich deute in ihre Richtung. „Einen großen Applaus für den Star unserer Heimat: Harper Ellis!"

Höflicher Applaus ertönt. Harper lächelt und winkt allen zu. Ich habe das Gefühl, dass sie mehr Begeisterung hätten zeigen können, aber ich will nicht um Applaus für sie betteln.

Ich fahre fort. „Ich weiß, dass ihr alle das *Horseman Inn* genauso liebt wie ich, daher hoffe ich, dass ihr im neuen Jahr vorbeischauen werdet, um unsere neue Vorspeisenkarte zu probieren." *Nimm das, Wanze!* Ich war so wütend, dass ich vergessen hatte, das als Retourkutsche zu verwenden, als er unsere Abendkarte kritisiert hat. Ab morgen haben wir fünf neue Vorspeisen auf der Karte. „Von nun an werden wir jeden Freitag eine Quiznacht sponsern, und ab nächster Woche – Ladies – gibt es donnerstagabends Getränke zum halben Preis!" Da morgen Neujahr ist, haben wir geschlossen. An diesem Tag ist in der Stadt nichts los, und ich wollte den Angestellten den Tag freigeben.

Die Frauen applaudieren und jubeln begeistert.

„Was ist mit den Jungs?", fragt Wyatt. „Wann gibt's für uns Getränke zum halben Preis?" Er hebt beide Handflächen, als wollte er sagen, *du hast uns arme Milliardäre vergessen.*

Ich kneife die Augen zusammen.

„Zehn Sekunden!", ruft Harper, um mich davor zu bewahren, Wanze vor allen Leuten zusammenzustauchen.

„Richtig", sage ich fröhlich und werfe einen Blick auf

mein Handy. „Auf geht's!" Ich zähle laut den Countdown herunter. „Fünf, vier, drei, zwei, eins! Prost Neujahr!" Ich blase in mein Horn, und dann bricht der Raum in Gejohle und Getute aus.

Außer Wanze, dem ich kein Horn gegeben habe. Er klatscht langsam, lächelt mich an und sieht geradezu diabolisch aus. Er legt seine Hände um den Mund und schreit über den Lärm der Menge hinweg: „Frohes neues Jahr, Cindy!"

„Frohes neues Jahr, Wanze!"

Ich schließe mich meinen Freunden an und ignoriere sein schallendes Gelächter.

3

Wyatt

Auf Drängen meiner Freundin Harper habe ich meine Nase in Sydney Robinsons Unternehmen, das *Horseman Inn* (seltsamer Name!), gesteckt und bin zu dem Schluss gekommen, dass Sydney zwar unglaublich unterhaltsam ist, doch ich unmöglich mit ihr zusammenarbeiten kann. Ich könnte ihr helfen, aber seien wir ehrlich, ihr Typ – aufbrausend und feurig – ist großartig im Bett, nicht im Geschäft. Und es würde mir nichts ausmachen, wenn mein Bett genau der Ort wäre, wo sie landet.

In der Zwischenzeit kann ich nicht anders, als sie zu provozieren. Sie macht mich fertig. Die meisten Leute kriechen mir in den Arsch, weil sie mein Geld wollen. Sie hat mir bedeutet, den ihren zu lecken. Ich bin gespannt, was sie sich als Nächstes einfallen lässt. Ich bin ein kranker Hund.

Apropos ...

Snowball rast zum Fenster, ihre Pfoten tapsen über die Abdeckplanen, die den ursprünglichen Dielenboden in dem stark renovierungsbedürftigen Haus, das ich gekauft habe, abdeckt. Sie ist ein siebenjähriger Shih Tzu mit überwiegend weißem Fell und ein paar braunen und dunkelgrauen Flecken. Kein Welpe, doch mit ihrer winzigen Größe und den großen schwarzen Augen hat sie immer noch Welpen-Appeal. Sie hängt an mir, also musste ich sie adoptieren.

Ich laufe barfuß hinüber, folge ihr zum Fenster und sehe Bill, den Postboten, der nur für mich hier rausfährt. Es ist Neujahr, was bedeutet, dass die Post geschlossen ist. Und es schneit. Eine weitere Schicht über der, die wir schon hatten. Ich weiß es zu schätzen, dass er heute hierherkommt. Snowball bellt eindringlich – jemand hat die Grenzen unserer Domäne überschritten.

„Aus, Snowball."

Bills Tamales waren ein wichtiges Verkaufsargument für mich, als Harper mir zum ersten Mal von dieser verschrobenen Gemeinde am See erzählt hat. Ein Postbote, der zusammen mit der Post mittelamerikanische Teigtaschen zustellt. Geht es noch besser? Man stelle sich meine Enttäuschung vor, als wir uns vor einem Monat zum ersten Mal begegnet sind, und er mir erklärt hat, dass die Tamales nur ein Frühlings- und Herbstding sind. Im Winter wären die Tamales bei Auslieferung kalt, und die Sommerhitze verdirbt sie. Wir haben einen monatlichen Deal für die Nebensaison ausgearbeitet. Er ist fantastisch in dem, was er tut. Ich sage ihm immer wieder, er solle einen Imbisswagen am See eröffnen.

Snowball verstummt, ihre weißen Augenbrauen heben sich über großen dunklen Augen, als sie mir ihren verzweifelten Blick zuwirft. Oder es könnte extreme Sorge sein, dass ich ihr gesagt habe, dass sie still sein soll, wenn doch eindeutig jemand auf dem Grundstück ist. Ich weiß es nicht. Ich spreche kein Shih-Tzu. Ich erkläre ihr den wichtigsten Punkt.

„Nein, du bekommst keine. Tamales sind kein Hundefutter."

Ich gehe zur Haustür, und sie klebt an meiner Seite. Mir läuft schon das Wasser im Mund zusammen. Das ist meine zweite Tamales-Lieferung, und ich habe mich seit dem Aufwachen darauf gefreut, sie zu Mittag zu essen.

Ich klemme Snowball unter einen Arm, als ich die Tür

öffne, bevor Bill anklopfen kann. Sie ist nach unserer Wohnung in Manhattan nicht an die Weite hier gewöhnt, und ich will nicht, dass sie sich da draußen im Schnee verirrt. Ich lächle meinen Tamales-liefernden Kumpel an. „Da ist ja der Mann der Stunde."

Bills Wangen sind rot von der Kälte. Er ist ein Weißer mittleren Alters, mit grauer Mütze mit Ohrenklappen und einer dunkelblauen Wolljacke. Als ich zum ersten Mal von den Tamales gehört habe, hatte ich auf eine mexikanische Gemeinde hier gehofft. Ich liebe mexikanisches Essen, je würziger desto besser. Nein. Einfach Bill hier, der Tamales macht. Ich werde die hier die ganze Woche essen und das mit Gusto.

„Frohes neues Jahr, Wyatt. Hi, Snowball." Er reicht mir ein in Folie verpacktes Paket mit zwanzig Tamales. „Immer noch warm, hoffe ich."

„Danke. Fühlt sich so an." Snowballs Nase zuckt, während sie sich zum Päckchen reckt, um es zu beschnuppern.

Bill krault sie hinter den Ohren. „Bist du nicht ein hübsches Mädchen?"

Snowball lehnt sich in seine Streicheleinheiten, was Bände spricht. Sie mag nicht jeden, und sie knurrt, um jeden wissen zu lassen, wo er ihrer Meinung nach steht. Sie ist ein gutes Menschenbarometer.

Ich halte die Tamales hoch. „Auf die habe ich mich den ganzen Tag gefreut. Willst du mit mir zu Mittag essen?"

Er lächelt und schüttelt den Kopf. „Meine Frau hat ein frühes Neujahrsessen geplant. Sie wird nicht glücklich sein, wenn ich mich mit Tamales sattesse. Ich sollte wieder losmachen. Genieß sie."

„Ich sag dir, Bill, ein Imbisswagen unten am See mit diesen Tamales, und das Geschäft würde brummen. Die Leute würden Meilen fahren, um die zu bekommen."

Er winkt ab. „*Du* sicher. Schönen Tag noch."

„Eines Tages. Ich sag's dir."

Er geht und pfeift eine fröhliche Melodie.

Ich schließe die Tür, setze Snowball ab und gehe in meine

neu renovierte Küche. Weiße Schränke mit schlichten silbernen Griffen, hellgrauen Granit-Arbeitsplatten und einer Kücheninsel, ebenfalls mit hellgrauem Granit und Schrankraum darunter. Der beheizte Boden ist mit großen weißen und grauen quadratischen Fliesen im Schachbrettmuster gefliest. Das erste, was ich getan habe, als ich das Haus gekauft habe, war, es von oben bis unten reinigen zu lassen, den alten Teppich rauszureißen und alle Tapeten durch einen neutralen Cremeton zu ersetzen. Dann bin ich eingezogen, während die Firmen, die ich beauftragt habe, Küche und Bad saniert haben. Jetzt erinnert mich mein Haus aus den Zwanzigerjahren des letzten Jahrhunderts an eine gemütliche Frühstückspension. Ich habe Pläne für eine Bibliothek, ein größeres Wohnzimmer und eine Schlafzimmersuite. Sobald ich die Genehmigungen bekomme, lasse ich zwei weitere Bäder einbauen.

Das Anwesen war früher eine Farm mit mehreren Hektar Wald, sanften Grashügeln, einem großen Stück flaches Land und einem Teich. Sie wurde schon lange nicht mehr bewirtschaftet, und ich habe viel Spaß damit. Es ist das erste Mal, dass ich ein Renovierungsobjekt besitze, und ich kann mich mit der historischen Architektur befassen. Das Beste ist der Leuchtturm auf dem Grundstück – weit von jedem größeren Gewässer entfernt. Nicht einmal in der Nähe des Lake Summerdale, der ohnehin gerade groß genug für Kanus und Ruderboote ist. Definitiv laufe ich hier nicht Gefahr, dass ein großes Schiff auf Grund läuft. Haha. Ich weiß die Ironie eines Leuchtturms auf dem Trockenen zu schätzen, also habe ich das Haus gekauft.

Ein paar Minuten später stelle ich einen Teller mit drei Tamales auf meinem rechteckigen Küchentisch aus Holz ab, dazu ein Glas Milch, Serviette, Gabel und Messer. Snowball lässt sich neben meinem Stuhl nieder, um zuzusehen, und legt sich hin, weil sie weiß, dass sich das so gehört. Ich füttere sie nie am Tisch, doch sie hofft immer, dass ich versehentlich ein bisschen Essen fallen lassen könnte. Ich falte vorsichtig die Maisblätter auf, in denen die Tamale gekocht werden, und schneide ein Stück ab. Ich stecke es in meinen Mund, schließe die Augen und stöhne, weil sie so gut ist. Die Sauce strotzt vor würziger Schärfe, kombiniert mit geschmolzenem Käse, Schweinehackfleisch und einem köstlichen Maisteig. Perfektion.

Ich bin auf Empfehlung von Harper, die hier aufgewachsen ist, nach Summerdale gezogen. Sie hat es als den schnuckeligsten Ort beschrieben, von dem noch nie jemand gehört hat. Hörte sich nach einem perfekten Ort an, um mich ohne Aufhebens niederzulassen und zu entspannen. Ich wollte das, weil ich es satthabe, falsche Freunde mit gierigen Händen zu haben und von einer Charityveranstaltung zur nächsten zu rennen. Ich arbeite jetzt hinter den Kulissen, meist anonym in Form von Spenden, doch ich habe auch dazu beigetragen, ein paar scheiternde Unternehmen zu sanieren. Aber immer nur, wenn ich mich mit meinem Geschäftspartner wohlfühle. Sie dürfen keine Geldraffer sein, die alles für sich selbst ausgeben, während das Geschäft den Bach runtergeht. Deshalb bestehe ich auf ein gewisses Maß an Kontrolle. Ich gehöre zu den Leuten, die den Wald trotz all der Bäumen sofort sehen können. Und wenn ich etwas anfange, ziehe ich es durch.

Neben dem gelegentlichen Geschäftsprojekt und den Bauleiter für meine Renovierung hier zu spielen bin ich nach mehreren lukrativen Tech-Startups offiziell im Ruhestand. Zuletzt habe ich mein Virtual-Reality-System an ein gewisses Social-Media-Unternehmen verkauft, das bereit war, ordentlich dafür zu bezahlen. Davor hatte ich schon ein paar andere Technologieunternehmen gegründet und verkauft.

Ich trinke einen Schluck Milch und begegne Snowballs gefühlvollen Augen. Sie betet mich an. „Gutes Mädchen", murmele ich, bevor ich mir einen weiteren Bissen Tamale in den Mund schiebe.

Ich habe eine Weile in Kalifornien gelebt, mit den anderen Silicon Valley Tech-Leuten abgehangen, wurde zu schicken Partys eingeladen, darunter ein paar in Hollywood, und habe kurze Zeit eine Schauspielerin gedatet – ein Albtraum. Die

Frau hat kaum was gegessen, und alles war ein einziges Drama mit ihr. Schließlich bin ich nach Manhattan gezogen, um näher bei meiner Familie zu sein. Seit mein Vater gestorben ist, als ich dreizehn war, bin ich der Mann in der Familie. Meine drei jüngeren Schwestern sind jetzt in den Zwanzigern, doch das heißt nicht, dass sie mich nicht brauchen. Zwei von ihnen leben in New Jersey, wo wir aufgewachsen sind, und eine in Manhattan.

Snowball rennt bellend aus dem Zimmer. Komisch. Ich kenne noch nicht viele Leute in der Stadt, und sie bellt normalerweise nicht oft. Vielleicht ist Bill wegen irgendwas zurückgekommen. Ich stehe auf und werfe einen letzten sehnsüchtigen Blick auf mein Mittagessen, bevor ich es verlasse. Niemand außer meiner Familie weiß von meinem Versteck hier draußen in einem Vorort von New York. *Mist.* Besuch ohne Vorankündigung bedeutet, dass eine meiner Schwestern zu emotional ist, um etwas anderes zu tun, als aus Instinkt zu handeln. Sie wissen, dass ich mich um alles kümmere. Es ist kein Problem mit unserer Mutter, sonst hätte ich schon von allen drei Schwestern mehrere SMS und Anrufe bekommen. Außerdem ist Mom Mitte fünfzig, fit wie ein Turnschuh, klettert auf Berge und wandert.

Ich komme ans Fenster, befehle Snowball, sich zu setzen, und beobachte, wie der rote Jeep meiner jüngsten Schwester hinter meinem silbernen BMW SUV anhält. Kayla bleibt sitzen, betrachtet sich im Rückspiegel und schminkt sich dann unter den Augen.

Ich balle meine Hände zu Fäusten. Sie hat geweint, wahrscheinlich lange, wenn sie versucht, geschwollene Augen zu verdecken. Wer ist dafür verantwortlich? Ich wette, es war ein Loser, der sie nicht verdient hat. Ich werde ihm dafür in den Arsch treten.

Sie steigt aus dem Jeep und trägt eine rote Daunenjacke über Jeans und schwarzen Stiefeln. Der Wind peitscht ihr ihr dunkelbraunes Haar um das Gesicht. Sie streicht ihr Haar zurück, als sie sich der Haustür nähert und dabei vor sich hinmurmelt.

Ich warte, bis sie klingelt. Sie hat die Angewohnheit, Selbstgespräche zu führen, wenn sie irgendetwas verarbeiten muss.

Ich warte und warte, doch sie klingelt nicht. Ich hebe Snowball hoch und öffne die Haustür, gerade als Kayla sich umdreht, um zu ihrem Jeep zurückzukehren.

„Kayla! Wo willst du hin?"

Sie erstarrt, den Rücken zu mir, doch ich kann sehen, dass sie sich Tränen von den Wangen wischt. Ich kenne Schwesterntränen sehr gut. Außerdem schrilles Quietschen und Gelächter, das an Wahnsinn grenzt. Das heißt, wenn die drei zusammen sind. Es ist ein Wunder, dass ich noch im Vollbesitz meines Gehörs bin.

Ich seufze genervt, weil sie sich immer noch nicht bewegt hat. „Ich weiß, dass du weinst, also musst du kein fröhliches Gesicht aufsetzen. Komm rein, Zwerg." Sie ist die Jüngste, die Kleinste, da nenne ich sie natürlich Zwerg.

Sie dreht sich um, ihr Gesicht verzweifelt. „Oh, Wyatt."

Ich gehe schnell zu ihr, meine nackten Füße schmerzen in der Kälte des Schnees, lege meinen Arm um ihre Schultern und führe sie hinein. „Mach dir keine Sorgen. Ich habe Tamales."

Sie lacht unter Tränen, und wir gehen zusammen ins Haus.

Lassen Sie sich nie einreden, dass Tamales nicht alles wieder gutmachen können. Schlechte Investition? Tamales. Die große Zehe angestoßen? Tamales. Gebrochenes Herz? Tamales. Ich bin mit den ersten beiden schon auf Tamaleart umgegangen, und ich vermute, dass Kayla mit Letzterem zu tun hat. Soweit ich weiß, läuft mit ihrem Studium alles gut, und sie lebt zu Hause, um Geld zu sparen, also ist es kein berufliches oder finanzielles Problem.

Nach ihrer zweiten Tamale legt sie die Gabel auf den Tisch, trinkt ihre Milch aus und lächelt mich an. „Mir war nicht bewusst, wie hungrig ich war, bis ich diese köstlichen Tamales gerochen habe. Hast du sie gemacht?"

„Ha. Nein. Du weißt, ich bin kein großer Koch."

Sie zuckt eine Schulter. „Ich dachte mir, vielleicht hast du es jetzt, wo du im Ruhestand bist, gelernt."

„Die hat der Postbote gemacht."

Sie blinzelt mit ihren großen braunen Augen. „Wirklich?"

„Ja. Und jetzt raus damit, was ist los?"

Sie sammelt unser Geschirr ein und weicht meinem Blick aus. „Nicht viel."

„Mh-hm."

Sie bringt es zum Spülbecken, lässt Wasser darüber laufen und stellt es in die Spülmaschine.

Ich kippe meinen Holzstuhl zurück und balanciere auf zwei Beinen. „Willst du mir sagen, warum du seit Tagen weinst?"

Sie senkt für einen Moment den Kopf, bevor sie sich zu mir umdreht. „Es waren nicht Tage."

„Versuch, das deinem Gesicht weiszumachen."

Sie schüttelt den Kopf, geht zu mir und versetzt mir einen Stoß. Mein Stuhl kippt fast nach hinten um. Ich fange den Stuhl ab und packe ihren Arm, um das Gleichgewicht zu halten.

„Du hättest mich fast umgeworfen!", protestiere ich.

Sie sitzt wieder neben mir. „Mom hat dir immer gesagt, dass du nicht auf deinem Stuhl kippeln sollst, sonst fällst du nach hinten."

„Mein Haus. Mein Stuhl. Meine Entscheidung zu riskieren, mit dem Arsch auf dem Boden zu landen. Außerdem hast du mich gestoßen."

Sie seufzt.

Das kündet in der Regel einen verbalen Erguss an, also belasse ich es dabei und entscheide mich, die Ruhe vor dem Sturm zu genießen.

Sie starrt auf den Tisch und schiebt mit ihrem Zeigefinger einen kleinen Tamalekrümel herum. Snowball springt begeistert auf, hofft auf ein Stück und kommt unter dem Tisch hervor, um sich neben Kayla zu setzen.

„Hi, Snowball", sagt sie, hebt sie hoch und kuschelt sich in ihr weiches Fell. Snowball hebt ihren Kopf, schnuppert Kaylas Gesicht auf der Suche nach Tamales ab und leckt ihre Wange. Sie hält sie fest und lässt schließlich die Bombe platzen. „Ich sollte gestern Abend heiraten. Es sollte so romantisch an Silvester sein, das neue Jahr mit einem schönen Knall anfangen und so, und dann ist er nicht aufgetaucht." Ihre Stimme bricht am Ende.

Ich lasse den Stuhl auf alle vier Beine vorkippen, Wut und Verletzung streiten sich in mir. Ich bemühe mich, meine Stimme ruhig zu halten. „Warum hast du mir nicht gesagt, dass du heiratest?" Ich sollte derjenige sein, der sie zum Altar führt. Sie ist sechs Jahre jünger, was bedeutet, dass sie immer zu mir aufgeblickt hat. Ich habe ihr beigebracht, wie man Fahrrad fährt, wie man mit Schulhoftyrannen umgeht (hart und schnell zuschlagen) und wie man einen Typen bei Bedarf außer Gefecht setzt. Ich wusste nicht einmal, dass sie eine ernsthafte Beziehung hatte, und es lag nicht an mangelnder Kommunikation. Sie schreibt mir andauernd. Nicht ein Wort von diesem Loser, den sie gedatet hat. *Verheiratet?*

„Wir wollten heimlich durchbrennen", sagt sie leise. „Ich wollte es später allen erzählen."

„Und ..."

„Er hat kalte Füße bekommen. Oh, Wyatt, es war so demütigend, in meinem Hochzeitskleid in unserem Lieblingsrestaurant zu stehen. Er kennt den Eigentümer ..." Ihre Stimme bricht erneut, und Tränen beginnen zu fließen.

Mein Kiefer verkrampft sich. *Ich werde ihm eine Gliedmaße nach der anderen ausreißen.*

Ich rutsche mit meinem Stuhl näher und streiche ihr die Haare aus dem Gesicht. „Wie heißt der Typ?"

Sie sieht mir schniefend in die Augen. „Was?"

„Ich sagte, wie heißt er? Ich werde ihn aufspüren wie einen Hund, denn das ist er, und ihm in den Arsch treten."

Ich wende mich Snowball zu. „Keine Beleidigung deiner Art. Du hast eine bessere Kinderstube."

Snowball blinzelt zustimmend in Kaylas Armen.

„Nein, tu das nicht", sagt Kayla mit Entsetzen in ihrer Stimme. „Ich will nicht, dass er weiß, dass es mir so wichtig war."

„Offensichtlich war es dir wichtig. Du wolltest dich lebenslang an diesen Kerl fesseln. Ein Typ, den ich übrigens noch nie getroffen habe. Mach das nie wieder. Deine Familie will dabei sein." Meine Stimme überschlägt sich für einen Moment, und ich räuspere mich. „Ich soll dich zum Altar führen."

„Tut mir leid. Es kam mir so romantisch vor, heimlich an Silvester durchzubrennen und zu heiraten." Sie setzt Snowball ab, um mich zu umarmen.

Nachdem sie sich wieder auf ihrem Platz niedergelassen hat, wende ich mich erneut meiner Mission zu, den Typen aufzuspüren, der meine kleine Schwester verletzt hat. „War es Christinas älterer Bruder? Wie heißt er nochmal? Rick?" Christina ist ihre beste Freundin von zu Hause. Sie ist jetzt verheiratet und hat ein Baby.

„Nein! Ich habe nie was von Rick gewollt."

„Wer hat dich dem Typen vorgestellt? Wessen Idee war es, heimlich durchzubrennen? Wie lange hast du ihn gedatet? Ich habe Fragen, Kayla." Zur Betonung tippe ich auf den Tisch.

„Du kennst ihn nicht, okay? Ich habe ihn online in *Always Summer* kennengelernt." Das ist ein Multiplayer-Rollenspiel, das sie spielt.

Ich stöhne. „Habe ich dir nicht gesagt, dass du jemandem, der sich online hinter einem Avatar versteckt, nicht trauen sollst?"

Sie schmollt. „Er schien anders zu sein. Außerdem haben wir zwei Monate lang in der realen Welt gedatet und hatten Gemeinsamkeiten."

„Was zum Beispiel?"

Sie hebt das Kinn. „Dass wir beide *Always Summer* mögen, italienisches Essen, und er geht auf meine Uni." Ihre Unterlippe zittert, und meine Brust zieht sich vor Mitgefühl zusammen. „Es ist nicht so, als ob es nichts Reales wäre." Sie lässt den Kopf in die Hände sinken.

Ich knirsche mit den Zähnen. Wie oft habe ich meine Schwestern gewarnt, dass die Anonymität das Internet zu einem gefährlichen Ort macht? Ich sollte es wissen. Ich arbeite seit der Schulzeit an Online-Applikationen und -Technologie. Moment, ich habe jetzt eine wichtige Information – er ist Student an ihrer Universität. Höchstwahrscheinlich ein Doktorand, wenn er heiraten wollte.

Kayla hebt den Kopf und sieht mich mit Welpenaugen an. *Ah, verdammt. Ich kann diesen Welpenaugen nie etwas abschlagen.* „Kann ich ein bisschen bei dir bleiben? Ich brauche nur einen Tapetenwechsel."

Sie wohnt zu Hause, während sie ihre Masterarbeit in Biostatistik schreibt. Grenzenlos langweilig für mich, doch ich habe gehört, dass es gute Karriereaussichten für ihren künftigen Abschluss gibt.

Ich gestikuliere um uns herum. „Mit Ausnahme der Küche habe ich noch keine Möbel, und ich habe nur ein Bett." Und da schlafe ich. Ich habe meine Möbel für die Dauer der Renovierung eingelagert, doch ich weiß, dass ich mehr Möbel brauche, da dieses Haus so viel größer ist als meine vorherige Penthouse-Wohnung.

Sie starrt Snowball an, als hätte sie die richtige Antwort, und dann hebt sie ihren Blick wieder zu mir. „Bitte. Ich kann auf dem Boden schlafen. Mom wird mich zu sehr bemuttern, und ich brauche einfach eine Auszeit von allem, was mich an …" Sie ertappt sich und behält den Namen des Losers für sich. Ich werde ihn schon noch herausfinden.

Trotzdem ist sie zu mir gekommen. Nicht zu unseren Schwestern oder ihrer besten Freundin. Sie braucht *mich*.

Ich gebe nach. Nicht, dass ich jemals ernsthaft daran gedacht hätte, sie wegzuschicken. Ich habe nur erwähnt, dass das Haus weitgehend leer ist, um sie zu warnen, dass es nicht so luxuriös sein wird wie meine Wohnung in der Stadt. „Du kannst mein Zimmer haben. Ich schlafe auf dem Sofa." In meinem leeren Esszimmer steht ein Sofa. Da verbringe ich die meiste Zeit.

„Danke! Du bist der beste Bruder auf der ganzen Welt!" Sie küsst meine Wange und drückt mich.

„Ja, ja."

Sie lässt mich los und stürzt aus dem Zimmer. Snowball tippelt ihr hinterher und wedelt mit dem Schwanz.

Ich hebe den Hund hoch, als Kayla die Haustür öffnet und zu ihrem Jeep geht. Einen Moment lang beobachte ich, wie sie die Heckklappe öffnet und zwei riesige Koffer hervorholt. Sieht so aus, als hätten wir beide gewusst, dass es nie eine Frage war, dass sie hierbleiben würde.

Ich stelle Snowball ab, schlüpfe in meine Stiefel, befehle ihr zu bleiben und schließe die Tür hinter mir. In der Auffahrt nehme ich Kayla die Koffer ab.

„Danke", sagt sie.

Ich brumme, gehe zurück ins Haus und befehle Snowball, von der Tür zu verschwinden. Das Letzte, was ich jetzt brauche, ist Snowball in einer Schneewehe zu verlieren. Ha! Kayla folgt mir nach oben in mein Zimmer, in dem es nur meine Seesäcke und ein französisches Bett auf einem simplen Metallrahmen gibt. Das soll mal ein Gästezimmer werden.

Sie setzt sich auf die Kante des ungemachten Bettes, und ich scheuche sie auf. „Du kannst den halben Kleiderschrank haben." Ich ziehe das Bett ab und mache es mit frischen Laken neu, während sie ihre Kleider im Schrank aufhängt.

Nachdem ich das Bett fertig bezogen habe, nehme ich mir eines der Kissen. Ich bin fast eins neunzig groß, also bezweifle ich, dass ich bequem auf das Sofa passen werde, doch sie bleibt ja nur, bis sie wieder auf den Beinen ist. Sie braucht einen sicheren Ort, an dem sie sich von diesem Schlag erholen kann.

„Ich glaub, ich brauch ein Nickerchen", sagt sie und kriecht schon ins Bett. „Ich habe gestern Nacht nur zwei Stunden geschlafen."

Ich drehe mich um, streiche ihr das Haar aus dem Gesicht und küsse ihre Schläfe. „Schlaf gut, Zwerg. Und wenn du aufwachst, will ich einen Namen." Ich habe genug Erfahrung mit Schwestern, um zu wissen, dass es besser ist, klar zu sagen, was passieren muss, als etwas hinter ihrem Rücken zu versuchen. Der Schrei einer Todesfee ist nichts gegen die Reaktion, mit der man in letzterem Fall rechnen muss. Doch manchmal muss man einfach den Zorn ertragen, wenn was geregelt werden muss. Ich bin jemand, der die Dinge regelt. Es ist das, was ich tue.

„Lass gut sein", murmelt sie und rollt sich auf die Seite.

Ich gehe und schließe die Tür leise hinter mir. Snowball sitzt im Flur und sieht mich erwartungsvoll an. „Ich hole dein Bett, wenn sie ihr Nickerchen gemacht hat. Und denk nicht einmal daran, mein Kissen zu stehlen."

Ich atme scharf aus. Dieser Typ hat eine vertrauensvolle junge Frau ausgenutzt, und wenn ich herausfinde, wer er ist, wird er dafür bezahlen.

4

Sydney

Ich klappe meinen Laptop zu und gehe im Flur meiner Wohnung auf und ab, beunruhigt von meiner finanziellen Situation. Die Spendenaktion gestern Abend hat mir nur genug eingebracht, um die Tilgungsrate für diesen Monat zu begleichen. Das zögert die Zwangsvollstreckung hinaus, ein Aufschub, den ich dringend gebraucht habe, doch ich hatte auf einen Erlös in Höhe von mindestens zwei Monatsraten gehofft, um eine kleine Atempause zu bekommen. Nächsten Monat werde ich wieder vor demselben Problem stehen und den Monat danach wieder. Die harte Wahrheit ist, dass das alles ein Flicken auf einem Problem ist, dessen Behebung lange dauern wird.

Als ich das Restaurant übernommen habe, ist es mir gelungen, die Schulden meines Vaters in einem Darlehen zu konsolidieren. Doch ich habe die letzten drei Zahlungen nicht leisten können, und wenn ich weitere versäume, werden sie mit der Zwangsvollstreckung beginnen. Die drohende Zwangsvollstreckung hält mich nachts wach. Ich werde nicht nur das Erbe meiner Familie verlieren, ich werde obdachlos sein. Ich wohne in einer Wohnung über dem Restaurant. Verzweiflung nagt an mir, und ich kämpfe um einen klaren

Kopf. Ich kann nicht zulassen, dass das meinen Denkprozess stört.

Ich habe nur wenige Möglichkeiten: Konkurs anmelden und das Inn schließen, verkaufen oder Harper oder Wyatt um einen Kredit bitten. Ich kann es nicht ertragen, es zu schließen. Ich bin die vierte Generation stolzer Robinsons, die den Laden führen. Das Inn darf nicht pleitegehen, solange ich es leite.

Es ist meine eigene Schuld, dass ich diesen – wie Drew mich gewarnt hat – hoffnungslosen Fall übernommen habe. Er wollte verkaufen; Ich wollte das Erbe unserer Familie bewahren. Das Erbe der ganzen Stadt, wirklich. Wenn ich verkaufe, könnte es abgerissen und in einen Parkplatz oder eine Bank oder eine Tankstelle umgewandelt werden. Irgendwas Beschissenes. Wenn ich im tiefsten Winter überhaupt einen Käufer finden könnte. Immobilienpreise sind hier in die Höhe geschossen, aber das sind hauptsächlich Wohnimmobilien. Das Inn ist alt und eine Gewerbeimmobilie. Es wäre ein Schuss ins Blaue.

Harper hat mir angeboten, mir einen Kredit zu geben, doch die Sache ist die: Seitdem sie eine berühmte Schauspielerin geworden ist, haben alle ihre süße, großzügige Art ausgenutzt. Sie beschwert sich bitter darüber. Ich will nicht, dass sie je so von mir denkt. Außerdem ist sie schwanger, heiratet und hat sich gerade ein teures Haus gekauft. Und sie gibt großzügig Geld aus, um sich um ihre alte Großmutter zu kümmern, die allein lebt. Es fühlt sich falsch an, Harper damit zur Last zu fallen, und ich will unsere Freundschaft nicht riskieren.

Ich höre auf, auf und ab zu gehen, blicke an die Decke und seufze. Wyatt. Er hat viel Geld, weiß, dass mein Restaurant in Schwierigkeiten ist, und hat sich dafür interessiert. Keine gute Art des Interesses, eher die kritische Art. Ich presse meine Lippen aufeinander. Ich muss meinen Ärger herunterschlucken und auf eine ruhige, kühle und professionelle Art und Weise auf ihn zugehen.

Kann ich das? Kann ich mit seinem Grinsen und seiner

Kritik umgehen, all das über mich ergehen lassen und mit ihm zusammenarbeiten?

Oder würde ich ihn am Ende erdrosseln?

Danach brauche ich vielleicht eine ernsthafte Stresstherapie. Nicht, dass ich nicht schon reichlich Stress habe. Ich sollte mehr über ihn und seine Geschäfte recherchieren. Sehen, womit ich es zu tun habe. Ich entspanne bewusst meinen verkrampften Kiefer. Harper mag ihn. Ich klammere mich an diesen Gedanken. Er kann also nicht ganz schrecklich sein, oder?

Der Mann dringt seit Wochen in meine Träume ein, und seine Whiskeyaugen funkeln mich an. Es ist so peinlich. Wie kann ich gleichzeitig wütend und so angezogen von ihm sein? Es verwirrt mich. Ich muss mich entspannen, wenn ich eine Chance haben will, beruflich mit ihm zusammenzuarbeiten. Keine schmutzigen Träume mehr, kein Rumgezicke mehr.

Eine SMS von Jenna bewahrt mich davor, weiter darüber nachzudenken. Meine Freundinnen sind hier. Ich gehe nach unten, um sie durch die Eingangstür des Restaurants einzulassen. Es ist über Neujahr geschlossen, doch wir treffen uns zu dritt an der Bar für unseren letzten Donnerstagabend-Weinclub, da am nächsten Donnerstag die Ladies Night anfängt.

Sobald wir uns mit unserem Wein an der Bar niedergelassen haben, nehme ich mein Glas Merlot und stoße damit mit Jenna und Audrey an. „Auf den Donnerstagabend-Weinclub."

Audrey presst die Lippen aufeinander und sieht sehr wie eine strenge Bibliothekarin aus. Sie ist nicht gerade streng, doch sie ist Bibliothekarin. Ihre schwarze Blumenbluse mit weißem Bubikragen kombiniert mit ihrem von zwei Bleistiften zusammengehaltenen Dutt trägt zu ihrem Eindruck bei. Sie hat den heutigen Tag damit verbracht, die Regale der Summerdale Library zu ordnen. An ihrem freien Tag. „Es sollte ein Buchclub sein", sagt sie in einem gekränkten Ton und hält ein Buch hoch, das von einem Typen geschrieben wurde, von dem ich noch nie gehört habe. „Donnerstag-abend-Buchclub."

„Im Ernst, Aud, wem haben wir was vorzumachen versucht?", sage ich lachend. „Wir haben nur geredet und Wein getrunken. Ich habe dem Abend einen Namen gegeben, der widerspiegelt, was wir wirklich tun."

„Ich habe versucht, das Gespräch wieder auf das Buch zu bringen", erwidert sie verschnupft.

Jenna beugt sich vor und streicht eine blonde Haarsträhne hinter ihr Ohr. Sie trägt einen süßen weißen Pullover mit Lochmuster und Jeans. Nur Jenna kann Weiß tragen und sich keine Sorgen machen, etwas darauf zu verschütten. „Der Buchclub würde in der Bibliothek wahrscheinlich besser funktionieren."

Audreys Miene hellt sich auf. „Ich könnte einen starten. Wann passt es euch beiden?"

Jenna rümpft die Nase. „Ich mag es, mich hier zu treffen. Außerdem lässt du uns nie in der Bibliothek essen."

„Das ist nur, um die Bücher zu schützen", sagt Audrey. „Es könnte trotzdem Spaß machen. Ich werde auch Wein servieren, solange er nicht rot ist."

„Ich lese nur Horror", sage ich. „Tut mir leid. Ich weiß, dass du gerne die Bücher der angesagtesten neuen Autoren liest."

„Ich könnte Horror lesen", bietet Audrey an.

Ich werfe ihr einen Blick zu. „Süße, du hattest zwei Jahre lang Alpträume, nachdem wir Carrie gesehen haben."

„Hatte ich nicht."

Jenna mischt sich ein. „Und du hast darauf bestanden, bei Pyjamapartys immer nur Komödien anzusehen."

Audrey schnaubt. „Ich bin achtundzwanzig. Ich kann jetzt mit Stephen King umgehen. Wir waren elf, als wir Carrie angesehen haben. Das ist eindeutig zu jung."

Ich gehe hinter die Theke, um ein paar Brezeln zu holen, und schaufle sie in eine Schüssel. „Warum gründest du nicht einen Buchclub und siehst dann, wer in der Stadt noch

Bücher mag, die dir gefallen? Wäre es nicht besser, mit jemandem über ein Buch zu sprechen, der es auch schätzt?"

Audrey wedelt mit dem Finger. „Ich gebe euch nicht auf."

Ich stelle die Brezeln auf die Theke und geselle mich wieder zu ihnen. „Wie auch immer, mit Getränken zum halben Preis hoffe ich, dass der Laden voll wird. Sagt es allen, die ihr kennt. Ich mache wieder das Flyer-im-Briefkasten-Ding. Das hat Leute für Silvester hergebracht. Hoffentlich tauchen Singles auf, um sich den Datingpool anzusehen. Es muss doch ein paar Junggesellen in der Gegend geben, oder? Ich werde die Flyer auch in den umliegenden Städten aushängen."

Jenna seufzt. „Das ist das Einzige, was ich vermisse. Summerdale besteht hauptsächlich aus Familien und ein paar Eltern, deren Kinder schon ausgezogen sind, die aber noch nicht nach Florida in den Ruhestand gegangen sind."

„Da wäre zum Beispiel unser neuster Junggeselle, Wyatt Winters", sagt Audrey in einem neckenden Ton.

Milliardär/Business-Guru mit diabolischem Lächeln und passender Seele.

Ja, ich überlege tatsächlich, meinen Stolz herunterzuschlucken, um mit ihm über die Rettung des Inns zu sprechen.

Verzweifelte Zeiten …

„Gutaussehend wie die Sünde", sagt Jenna verträumt.

Ich erstarre. Ist Jenna an ihm interessiert?

Nicht, dass es mir persönlich was ausmachen würde. Ich mag nur einfach die Vorstellung nicht, dass eine meiner besten Freundinnen mit Satan zusammen ist. Wanze. Wie auch immer. Er ist gut im Geschäft, doch das bedeutet nicht, dass er ein guter Freund wäre. Er würde wahrscheinlich ständig alles kritisieren. Nein. Jenna sollte einen großen Bogen um ihn machen.

Jenna fährt fort. „Armer Kerl allein in diesem großen Haus. Ich sollte ihm ein Einweihungsgeschenk aus meiner Bäckerei bringen. Vielleicht eine Auswahl an Keksen, oder denkt ihr, Cupcakes wären besser?"

„Hast du seinen Arsch in dieser Jeans gesehen?", flüstert Audrey. „Ich bezweifle, dass er viele Süßigkeiten isst."

„Nie bemerkt", lüge ich. „Aber ihr beide solltet euch von ihm fernhalten. Alles, was er tut, ist, das Inn zu kritisieren, und ich wette, er tut dasselbe mit jedem in seinem Leben." Ich stecke mir eine Brezel in den Mund, damit ich nichts weiter über diesen Mann sagen kann, den ich verzweifelt aus meinem Kopf zu verbannen versucht habe.

Jenna und Audrey tauschen einen Blick aus.

„Was?", blaffe ich, das Weinglas halb vor meinem Mund.

„Nichts", sagt Audrey.

Jenna stupst mich an. „Wyatt ist nicht der einzige Junggeselle in der Stadt. Du hast alleinstehende Brüder, die vielleicht jemanden kennenlernen wollen."

„Ha! Sie sind auf was anderes als eine Beziehung aus. Wie auch immer, ich veranstalte die Ladies Night nicht, damit meine Brüder jemanden abschleppen können. Lasst uns über was anderes reden."

Audrey nickt begeistert. „Hat einer von euch *Disappear Me* gelesen?"

„Klar, den Titel", sage ich und zeige auf ihr Buch. „Es fehlen ein paar Buchstaben."

„Weil du dir vorstellen sollst, dass sie verschwinden!", schnaubt sie.

Ich grinse. „War nur ein Witz. Was bist du so angespannt? Ist was mit Drew passiert?"

„Nein, nichts", lügt Audrey und greift nach einer Haarsträhne, die nicht da ist, weil ihr Haar zu einem Knoten zusammengebunden ist. Ich weiß, dass sie etwas zurückhält. Jeder Haarwirbel ist ein Trost aus der Schuld über ihre Lüge.

„Du kannst es uns erzählen", sagt Jenna sanft.

„Es gibt nichts zu erzählen!", ruft Audrey.

Wir starren sie an. Sie ist nie gereizt. So ausgeglichen, wie es nur geht, das ist unsere Audrey.

„Okay", sagt Jenna leise.

Audrey zeigt mit dem Finger auf mich. „Du hast Wyatt den Mittelfinger gezeigt. Was ist denn da los?"

„Klingt nach einem Paarungsritual", witzelt Jenna.

Sie lachen, und die Spannung ist gebrochen. Es macht mir nichts aus, wenn Audrey sich dadurch besser fühlt. Es muss scheiße sein, einen Kerl aus der Ferne anzubeten. Ich habe Audrey gesagt, dass sie es mit Online-Dating versuchen soll, doch sie hat zu viel Angst davor, einen gruseligen Typen zu treffen. Jenna und ich haben in Brooklyn bzw. Hoboken gelebt, bevor wir nach Hause gezogen sind, und beide hatten wir eine anständige Dating-Szene. Nicht, dass irgendwas dabei rausgekommen wäre. Jenna wollte nichts Festes und stattdessen viele verschiedene Leute treffen. Ich hatte ein paar Beziehungen, die jeweils ein Jahr gehalten haben. Es hat etwas Beruhigendes, für jeden Anlass jemanden zu haben, mit dem man ausgehen kann. Bis man eben nicht mehr jemanden hat. Das ist der schwierige Teil.

Jenna nimmt sich eine Handvoll Brezeln. „Ich muss sagen, Syd, es ist nicht ideal, einen Milliardär zu verärgern, der für seine Philanthropie bekannt ist. Harper hat uns gestern Abend von Wyatt erzählt."

„Und ist er nicht ein Businessgenie?", fragt Audrey.

Auch, wenn ich erwäge, mit Wyatt zu reden, wäre es nur für ein Darlehen, das ich mit Zinsen zurückzahlen würde.

Ich blicke finster drein. „Ich bin kein Fall für die Wohlfahrt. Er kann seine Milliarden an eine Organisation spenden, die es verdient, wie Best Friends Care." Das ist eine gemeinnützige Organisation, die Harper im großen Stil unterstützt. Sie bilden Tierheimtiere als Diensthunde für Menschen mit Behinderungen oder psychischen Problemen aus. Sie helfen vielen Militärveteranen mit PTBS. Manchmal frage ich mich, ob mein Bruder Drew, ein ehemaliger Army Ranger, von so einem Hund profitieren könnte. Er ist so stoisch und mürrisch, doch er war schon immer so. Er sollte sich ein oder zwei Hunde zulegen. Er hat ein Haus mit Garten.

Jenna reitet weiter auf dem Thema Wyatt herum. „Ich bin mir sicher, dass Wyatt bereits gespendet hat, da er mit Harper befreundet ist, aber vielleicht –"

Ich stelle mein Glas fester ab, als ich es wollte, und stoße es fast um. „Können wir über was anderes als Wyatts Milliarden reden?"

Audreys Augen weiten sich. „Bisschen empfindlich, was? Vielleicht könntest du als Freundin einer Freundin ein Darlehen von ihm bekommen? Weißt du, wegen der Verbindung zu Harper." Als ich schweige, fügt sie hinzu: „Dazu müsstest du allerdings ein klein bisschen netter zu ihm sein."

Ich gestikuliere wild, wütend auf ihn. „Er kritisiert alles an meinem Inn! Er hat sogar vorgeschlagen, dass wir einen neuen Namen suchen!"

„Es *ist* ein seltsamer Name", sagt Jenna. „Wofür steht er eigentlich?"

Ich schnaube. „Einen Postkutscher? Ich weiß nicht! Der Punkt ist, dass das Inn historisch ist."

Audrey hebt einen Finger. „Ein *Horseman* ist ein Mann, der Pferde wirklich mag."

„Halb Mann, halb Pferd", erklärt Jenna, als wäre das die neuste wissenschaftliche Erkenntnis zum Wort *Horseman*.

Audrey neigt ihren Kopf. „Ist das nicht ein Zentaur?"

„Wie auch immer –", beginne ich.

„Und *Inn* passt auch nicht", betont Audrey. „Jetzt ist es ja nur noch ein Restaurant, keine Herberge mehr."

Ich werfe meine Hände in die Höhe. „Es ist das Herz des Ortes! Ein Vermächtnis, das ich schützen muss, okay?"

Jenna und Audrey tauschen einen weiteren Blick aus.

„Bist du okay?", fragt Audrey.

„Mir geht's gut." Ich nehme mein Weinglas und trinke es aus. „Tut mir leid, dass ich dich angeschnauzt habe. Ich stecke gerade in einer schwierigen Situation, doch ich komme da schon wieder raus."

„Die Silvester-Spendenaktion war kein Erfolg?", fragt Audrey.

„Das war sie, aber …" Ich seufze. „Ich habe gerade genug für die Tilgungsrate dieses Monats eingenommen, und ich kann nicht jeden Monat eine Spendenaktion veranstalten. Ich weiß nicht, wie lange ich noch so weitermachen kann."

Audrey drückt meinen Arm. „Oh Syd, das tut mir so leid."

Jenna presst ihre Lippen aufeinander. „Wie schlimm ist es?"

„Ich will wirklich nicht darüber reden." Es ist mir peinlich, wie tief mein Vater das Inn in die Schulden geritten hat. Er hat jahrelang Verluste eingefahren und Kreditkarten ausgeschöpft, eine zweite Hypothek und hochverzinsliche Kredite aufgenommen, um den Laden am Laufen zu halten. Er wollte in unserem Familienbetrieb kein Versager sein und seine Kinder nicht mit Problemen belasten. Meine Brüder und ich hatten uns für andere Karrieren entschieden. Ich habe für eine Werbeagentur gearbeitet, mein jüngster Bruder Caleb ist Model, Drew leitet sein eigenes Dojo in der Stadt, Eli ist Polizist und Adam Tischlermeister. Dann hat unser Vater dem Ältesten, Drew, das *Horseman Inn* in seinem Testament hinterlassen.

Drew hat es sechs Monate lang geleitet – im Grunde zwei Vollzeitjobs gearbeitet – es zu einem Fass ohne Boden erklärt und gefragt, ob wir damit einverstanden wären, wenn er es verkauft. Da bin ich auf den Plan getreten und nach Hause gezogen, um unser Familienerbe zu bewahren. Ich war so zuversichtlich, dass ich das Inn mit dem richtigen Marketing wieder in Schwung bringen könnte. Doch ich habe lernen müssen, dass man in dieser Situation mehr als nur Marketingkenntnisse braucht. Man braucht Geld.

„Komm", sagt Jenna. „Wir sind unter uns. Wie schlimm ist es?"

„Schlimm", sage ich.

Jenna gibt mir einen kleinen Schubs. „Würdest du einen Moment lang aufhören, die stoische Toughe zu sein, und es uns sagen?"

„Ich bin weder stoisch noch tough", sage ich. „Das ist Drew."

Audrey trinkt einen Schluck von ihrem Wein.

„Du bist die weibliche Version", sagt Jenna. „Willst die Last immer allein tragen."

Wie mein Vater. „Eine bewundernswerte Eigenschaft."

„Aber manchmal muss man sich von seinen Freunden helfen lassen", sagt Jenna.

„Du wirst dich besser fühlen, wenn du mit uns sprichst", sagt Audrey.

Ich atme scharf aus und sehe die beiden Frauen an, die ich kenne, seit wir Kinder waren. Das sind meine Freundinnen durch dick und dünn. Ich würde alles für sie tun. Doch ich werde sie nicht da hineinziehen. „Wenn ich noch eine Rate nicht zahle, leiten sie die Zwangsvollstreckung ein. Ich habe schon drei hintereinander verpasst. Es ist so unglaublich stressig, nicht zu wissen, ob ich die nächste Zahlung zusammenkratzen kann."

„Oh, Sydney", sagt Audrey leise.

„Das tut mir so leid", sagt Jenna.

Ich bemühte mich um ein bisschen Enthusiasmus in meiner Stimme. „Es ist noch nicht vorbei. Es besteht immer noch die Chance, dass uns die Einnahmen der Ladies Night und des Quizabends am Freitag wieder auf die Spur bringen. Sie sollen das Inn wieder zu einem Treffpunkt der Gemeinde machen. Ich denke, der Schlüssel ist, den Leuten einen Grund zu geben hierherzukommen und das immer wieder. Und viele Leute haben Urlaub und drehen zu Hause am Rad. Ich habe ein gutes Gefühl, dass morgen zum Quizabend eine Menge Leute kommen werden."

Ich sage kein Wort darüber, dass ich mich möglicherweise an Wyatt wenden werde. Ich muss seine Geschäftsbeziehungen recherchieren und über meinen Schatten springen, bevor ich ihn anspreche.

Jenna und Audrey tauschen einen besorgten Blick aus.

„Wieviel brauchst du genau?", fragt Jenna.

Eine unmögliche Zahl. Eine peinliche Zahl.

Ich schüttle den Kopf. „Es wird schon wieder, das weiß ich. Das neue Jahr hat gerade erst angefangen, und ich habe ein gutes Gefühl dabei."

Meine Freundinnen werfen mir besorgte Blicke zu.

Ja, mir fällt es selbst schwer, das zu glauben.

5

Sydney

Es ist der Tag nach Neujahr, was bedeutet, dass heute unsere erste Freitags-Quiznacht ist. Ich lasse vor sieben Snacks zum halben Preis laufen, in der Hoffnung, mehr Leute anzuziehen. Das Quiz beginnt um sechs an der Bar. Getränke sind unser großer Geldverdiener. Ich drücke die Daumen, dass die Leute danach zum Abendessen bleiben werden. Es geht nicht nur darum, Geld in die Kassen zu bringen – obwohl ich das offensichtlich brauche –, sondern auch darum, das *Horseman Inn* zu einem Treffpunkt für die Gemeinde zu machen.

Als wir um sechs anfangen, freue ich mich zu sehen, dass wir dreizehn Leute zum Spielen hier haben. Alles Einheimische – hauptsächlich Lehrer, und ein paar Frauen, die an Silvester hergekommen sind, um Harper zu treffen. Ich glaube, sie haben einen Strickclub, weil sie alle stricken und nur Pause machen, um ihre Margaritas zu schlürfen und Quizfragen zu beantworten.

Ich bin der Moderator und arbeite daran, die Energie und das Interesse der Leute aufrechtzuerhalten. Ich habe sogar mein übliches Mitarbeiter-T-Shirt zugunsten eines weißen T-Shirts mit einem Strass-Fragezeichen ausgetauscht, das ich selbst aufgeklebt habe. Schwarze enge Jeans und meine

schwarzen Stiefel mit hohen Absätzen runden mein Modera-
torenensemble ab. Ich hatte gehofft, ein paar Fragezeichen-
Ohrringe zu finden, doch niemand, den ich kenne, hatte ein
Paar, das ich mir ausleihen konnte. Ich mache das billig, das
heißt, ich habe mir alle Fragen ausgedacht, eine kleine Slide-
show auf meinem Laptop erstellt, um die Fragen auf den
Fernsehern über der Bar anzuzeigen, und die Teilnehmer
schreiben die Antworten altmodisch mit Stift und Papier auf.
Fünf Fragerunden. Der Preis ist eine kitschige große Goldme-
daillen-Halskette (natürlich fake), und jeder bekommt Fünf-
Dollar-Gutscheine, die er bei seinem nächsten Besuch einlösen
kann. Ich habe Freitag zum Fajitatag erklärt, damit alle daran
denken, Fajitas, Nachos und Margaritas zu bestellen.

Die Fragen sind bunt gemischt, einige einfach, andere fast
unmöglich zu lösen, abgesehen von den größten Nerds da
draußen. Beispiel: Wofür steht in einer Internetadresse das
„www" (World Wide Web. Kinderleicht.) Aber dann: Wer war
in der griechischen Mythologie die erste Frau auf der Erde?
(Pandora. Das weiß wirklich kaum jemand.)

Alle sind an der Bar versammelt. Meine Freundinnen sind
auch hier, damit haben wir drei Fünferteams. Wir kommen
gerade in die zweite Runde, als ich eine Kellnerin/Tischan-
weiserin Wyatt und eine schöne Brünette an einen Ecktisch
im Nebenraum uns gegenüber platzieren sehe. Ich erstarre,
eine plötzliche Kälte überkommt mich. Ich wusste nicht, dass
er eine Freundin hat.

Ich kann nicht wegsehen. Er rückt den Stuhl für sein Date
zurecht, bevor er sich ihr gegenüber setzt, lächelt und etwas
sagt, das nicht im Entferntesten herablassend aussieht. Bei
manchen Leuten scheint er doch gute Manieren zu haben.

Er muss in sie verliebt sein, denn er blickt nicht ein
einziges Mal in Richtung Bar. Dabei dachte ich, er lebt, um
mir auf die Nerven zu gehen. Wer ist sie?

„Syd?", fragt Betsy, meine Barkeeperin. Sie ist Anfang
zwanzig mit pinkfarbenen Haaren, diversen Piercings und
einem einzigartigen Stil aus Retro-Fünfziger und modernen

Klamotten. Ihr heutiges Outfit ist ein süßer, flauschiger, pfirsichfarbener Pullover zu einer kurzen schwarzen Hose mit Gänseblümchen aus Pailletten. „Willst du, dass ich die nächste Frage aufrufe?"

Ich starre auf die Fernbedienung in meiner Hand. Ich habe ganz vergessen, dass ich sie in der Hand halte. *Konzentration!* „Schon gut, das mache ich." Ich drehe mich um und drücke den Knopf für die nächste Frage, die ich mit Begeisterung laut vorlese. „Welches Land hat den größten Pro-Kopf-Schokoladenverbrauch?"

Die Teilnehmer diskutieren lautstark. Da nur zwei Jungs hier sind, Gymnasiallehrer, diskutieren vor allem die Frauen begeistert über Schokolade und welche Sorte sie am liebsten mögen.

„Schreibt es auf, alle!", rufe ich über das Geschwätz hinweg. „Noch kann jeder gewinnen!"

Sie verstummen, und ich drücke einen Soundeffekt auf meinem Handy für einen spielerischen Countdown.

Jenna winkt mich näher an die Bar.

Ich beuge mich zu ihr vor.

Ihre grünen Augen funkeln, als sie flüstert: „Ich sehe Satan mit einem Engel."

Ich sehe sie weiter an und widerstehe dem Impuls, noch einmal in seine Richtung zu blicken. „Oh ja? Hatte ich gar nicht bemerkt."

Sie verdreht die Augen. „Klar." Sie beugt sich weiter vor. „Also jetzt, wo du dir keine Sorgen machen musst, dass er auf falsche Ideen kommt, könntest du vielleicht freundlich zu ihm sein."

„Darüber habe ich mir nie Sorgen gemacht." Die Anziehung war erniedrigend einseitig und vollkommen unfreiwillig. Ich lächle entspannt und setze mein bestes Heiligengesicht auf. „Außerdem bin ich nett zu allen. Ich bin Miss Gastfreundschaft."

Sie neigt den Kopf. „Dann geh hin und sag hallo mit deinem großen, strahlenden Willkommenslächeln. Es ist ein neues Jahr, gut für einen Neuanfang – einen dringend benötigten."

Ich kneife die Augen zusammen. Ich werde ihn nicht vor seinem Date wegen Geld anhauen. Außerdem habe ich heute was über ihn recherchiert, und ich habe ernsthafte Bedenken hinsichtlich seiner Arbeitsweise. Er investiert und saniert Unternehmen in Schieflage, ja, aber er behält auch als Partner die Kontrolle. Ich kann nicht ein Stück meines Restaurants aufgeben. Das Inn ist seit Generationen im Besitz meiner Familie. Hier kommen keine Außenseiter rein.

„Ich moderiere, Jenna. Lass uns bitte zum Spiel zurückkehren."

Sie dreht sich um und winkt ihm zu. „Hi, Wyatt!"

Meine Wangen werden rot. Ich habe keine Ahnung warum. Es ist nicht so, dass er mich beobachtet. Er ist mit jemandem zusammen. Ich beschäftige mich damit, die Gläser unter der Theke zu verstauen.

„Hey!", ruft er herüber. Ich bin mir nicht sicher, ob er ihren Namen kennt. Er kann sich bestimmt nicht an meinen erinnern und würde mich wieder Cindy nennen. Reizender Mann.

„Das war doch nicht so schwer", sagt Jenna selbstgefällig zu mir.

Audrey winkt ihm ebenfalls zu.

Ich vermeide es beharrlich gute zehn Sekunden lang, ihn anzusehen. Schließlich riskiere ich einen Blick. Er ist in das Gespräch mit seiner mysteriösen Begleiterin vertieft. Sie ist nicht von hier. Besuch aus der Stadt? Nicht, dass ich es wissen müsste. Nur dumme Neugier.

Als das Quiz zu Ende ist – das Grundschullehrerteam posiert begeistert für Selfies mit seiner Goldmedaille – beschließe ich, dass ein freundliches Hallo für die Gäste im Nebenraum angebracht ist. Jetzt sitzt neben Wyatt und seiner Freundin noch eine Familie dort. Gute Restaurantbesitzer machen sowas.

Am Tisch der Familie bleibe ich zuerst stehen. Sie habe ich

hier noch nie gesehen. „Hallo, ich bin Sydney, die Geschäftsführerin des Inns, alles gut heute Abend?"

Die Mutter lächelt. „Gut, danke. Wir sind gerade hierhergezogen und zum ersten Mal hier."

Der Vater nickt beim Kauen, und ihre drei Kinder sind zu sehr damit beschäftigt, ihre Burger zu essen, um aufzusehen.

Ich lächle. „Na dann, willkommen in Summerdale. Ich hoffe, Sie bald wieder hier begrüßen zu dürfen."

Ich drehe mich zu Wyatts Tisch um, als er gerade aufsteht, die Stirn besorgt gerunzelt, während er seinen Arm um die Schultern seiner Freundin legt und sie hinausführt. Sie weint.

„Entschuldige uns", sagt er, als er an mir vorbeigeht. „Ich habe genug Geld auf dem Tisch gelassen, um für unser Essen zu zahlen."

Ich folge ihnen ein paar Schritte und blicke ihnen hinterher. Ich glaube nicht, dass sie sich gestritten oder sich getrennt haben, denn dann würde sie nicht wollen, dass er sie berührt. Er führt sie durch den vorderen Gastraum, öffnet ihr die Tür, und dann sind sie weg.

Ich werde ihnen nicht hinterherspionieren. Geht mich nichts an.

Ich mache mich auf den Weg zum Gastraum, mache einfach meinen Job und vergewissere mich, dass alle mit ihrem Essen zufrieden sind. Es gibt zwei Tische mit Paaren, die sich angeregt unterhalten. Vermutlich Dates. Ich spähe auf den Parkplatz, doch es ist zu dunkel, um etwas zu sehen.

Er wirkte irgendwie besorgt und fürsorglich. Das komplette Gegenteil von seinem Verhalten mir gegenüber. Ich atme scharf aus und verdränge ihn in meinen Hinterkopf.

Wo er den Rest des Abends bleibt. Verdammt.

～

Eine Woche später ist Harper wieder in der Stadt. Sie zwei Wochen hintereinander zu sehen ist eine Überraschung, doch ich bin glücklich. Sie und Garrett sind gerade zum Mittagessen ins *Horseman Inn* gekommen.

Ich treffe sie im Gastraum, wo sie sich an einen Tisch gesetzt haben. Harper steht auf, um mich zu umarmen. „Versuchst du, mein Inn im Alleingang im Geschäft zu halten?", witzle ich.

Sie lächelt und zieht sich zurück und hält meine Arme. „Das Essen ist so gut, dass ich Garrett gesagt habe, dass wir zum Mittagessen hierher fahren müssen." Sie sagt es extra laut, damit unsere Samstagsmittags-Gäste es hören. Alle drei Tische.

Die Wahrheit ist, dass der größte Teil unseres Gewinns von der Bar kommt, doch ich möchte auch, dass es ein Familienrestaurant bleibt. Es ist wichtig, dass sich die ganze Gemeinde hier willkommen fühlt.

Garrett steht auf, um mich zu begrüßen, und ich umarme ihn auch. Trotz seines beeindruckenden Äußeren ist er wie ein großer muskulöser Teddybär. Sein dunkelbraunes Haar ist kurz geschnitten, was seine scharfen Wangenknochen und seinen kantigen Kiefer betont.

„Passt du gut auf unser Mädchen auf?", frage ich und klopfe ihm auf die Schulter.

„Klar und umgekehrt auch."

Sie setzen sich wieder.

„Setz dich ein paar Minuten zu uns", drängt Harper.

Ich nehme den Stuhl neben ihr. „Heute kein Bodyguard?" Normalerweise bleibt Harpers Leibwächter immer in ihrer Nähe.

„Ich mache mir hier nicht so viele Sorgen um die Sicherheit, aber er ist mitgekommen", sagt sie. „Wir haben ihn bei meiner Großmutter gelassen. Sie sehen sich einen alten Cowboyfilm an."

„Wirklich?" Ich stelle mir ihre streitlustige, siebenundachtzigjährige Großmutter vor, die in ihrem Sessel sitzt, während ihr gegenüber der große muskulöse Joe mit seinem Halstattoo auf ihrem Blumensofa mit Plastikschonbezug sitzt. Ein ungewöhnliches Paar.

„Ja", sagt Harper. „Als Garrett ihr gesagt hat, dass Joe cool ist, hat sie ihm eine Chance gegeben. Garrett kann in ihren Augen nichts falsch machen."

„Bist du nicht was ganz Besonderes?", feixe ich.

Er zuckt seine breiten Schultern. „Was soll ich sagen? Ladies stehen auf mich."

Ich lache. „Werdet ihr also eine Weile hier sein? Ich könnte sehen, ob Jenna und Audrey uns treffen können."

„Klar, das wäre toll", sagt Harper. „Nach dem Mittagessen fahren wir zu Wyatts Haus, um uns den Fortschritt der Renovierungen anzusehen. Willst du mitkommen?"

„Er hat euch eingeladen?", platze ich heraus. Dumme Frage. Natürlich hat er sie eingeladen. Sie würden nicht einfach so den ganzen Weg aus der Stadt hierher fahren, um uneingeladen aufzukreuzen.

Harper zieht die Brauen hoch. „Ja, er will, dass Garrett sich den Fortschritt ansieht und ihm seine Meinung dazu sagt. Er ist ja ein Experte auf dem Bau." Sie lächelt ihn verliebt an, und er streift einen Kuss über ihre Fingerknöchel. Ihre Lippen öffnen sich, und es sieht so aus, als würde gleich ein Kuss passieren.

Ich wende mich ab, denn ich habe das Gefühl, einen persönlichen Moment zu stören. „Also, ich sollte –"

„Ich kann es kaum erwarten, das Haus von innen zu sehen", sagt Harper. „Stirbst du nicht vor Neugier? Erinnerst du dich, wie viel Angst wir als Kinder vor dem Haus hatten? Da ist zu Halloween nie jemand hingegangen." Sie wendet sich Garrett zu. „Wir waren überzeugt, dass es da spukt."

„Großes leeres Haus oben auf dem Hügel mit Leuchtturm ohne Wasser in Sicht", sagt er. „Natürlich muss es da spuken."

Harper nickt und fährt fort. „Die Leute haben gesagt, dass der alte Mann, der dort gelebt hat, verrückt war und deshalb den Leuchtturm gebaut hat. Du musst mit uns kommen, Syd. Wir werden endlich sehen, was hinter all den Gerüchten steckt."

Mein Herz pocht. *Was ist los mit mir?* Es ist nicht so, dass ich Angst vor Geistern habe. Warum will jede Zelle in meinem Körper nein schreien? Es ist diese Frau. Ich will Wyatt nicht nochmal mit seiner schönen Freundin erleben, so freundlich und fürsorglich. Das Gegenteil von seinem Verhalten mir gegenüber.

Bin ich etwa eifersüchtig? Auf keinen Fall. Es geht mir nur gegen den Strich, weil er sich offensichtlich große Mühe gibt, mir dauernd ans Bein zu pinkeln.

„Ich weiß nicht, ob ich weg kann", sage ich und gestikuliere um uns herum. „Viel zu tun."

„Er hat uns gesagt, dass wir jederzeit vorbeikommen können", sagt Harper. „Wir können am späten Nachmittag gehen. Machst du zwischen Mittag- und Abendessen nicht ein paar Stunden zu?" Sie hat Recht. Wir haben zwei Stunden geschlossen.

Ich blinzele, denn die Wände kommen auf mich zu. „Ja, aber es gibt trotzdem viel zu tun."

„Oh, Syd, streitest du immer noch mit ihm?", fragt sie.

Als ob das meine Schuld wäre? Wanze ist derjenige, der hier ununterbrochen alles kritisiert. Er kann sich nicht einmal meinen Namen merken! So schwer ist das wirklich nicht. Ich arbeite hart daran, ruhig zu klingen. „Nein. Ich habe nie mit ihm gestritten." Er ärgert mich, und ich reagiere entsprechend.

Sie tauscht einen Blick mit Garrett aus, bevor sie sich wieder mir zuwendet. „Das könnte eine gute Gelegenheit sein, euch zu vertragen, weißt du? Ihn in seinem Revier treffen, was Nettes über sein Haus sagen, und der erste Schritt auf dem Weg zu ... Freundschaft ist gemacht."

Mein Kopf schnellt zu ihr herum, sofort misstrauisch. „Warum hast du da gerade eine Pause gemacht?"

„Wo?", fragt sie unschuldig.

Sie ist eine fantastische Schauspielerin, doch ich kenne sie zu gut. „Vor der Freundschaft."

Sie beugt sich zu mir vor. „Es ist kein Geheimnis, dass Spannungen zwischen einem Mann und einer Frau oft ..." Sie spricht den Rest nicht laut aus, sondern formt die Worte nur mit den Lippen: *sexueller Natur sind.*

Ich kämpfe gegen das Rotwerden an. All diese sexy Träume. „Nein. Das ist hier nicht der Fall. Außerdem hat er eine Freundin. Ich habe sie letzte Woche gesehen."

„Ach, das wusste ich nicht." Sie sieht Garrett an. „Wusstest du das schon?"

„Nein, aber Männer schreiben nicht alles hin und her wie ihr."

„Was genau *hat* er geschrieben?", fragt Harper.

Garrett zuckt mit den Schultern. „Er hat gesagt, komm her und sieh dir das Haus an, und ich habe zurückgeschrieben: okay, wann? Mehr Tratsch gab es nicht. Abgesehen von ein paar Fragen zu Renovierungsarbeiten."

Harper lächelt, packt ihn am Hemd und zieht ihn für einen Kuss an sich. „Ich liebe es einfach, dass du uns Frauen verstehst."

Ich wende den Blick ab. Harper ist normalerweise nicht so kitschig. Sie wurde von ihrer toughen Großmutter aufgezogen. Doch Liebe macht sowas mit Leuten. Sie merken gar nicht, wie lächerlich sie klingen. Nicht ich. Ich war schon einmal verliebt, und nicht ein einziges Mal bin ich so lächerlich kitschig wie sie gewesen.

Ich räuspere mich. „Ich werde Jenna und Audrey eine Nachricht schicken. Vielleicht wollen sie das Haus auch sehen." Ich schicke eine Nachricht in unseren Gruppenchat und stehe auf. „Jetzt muss ich wieder an die Arbeit. Ich lasse es dich wissen, wenn ich von ihnen höre." Mein Handy pingt, und ich werfe einen Blick auf das Display. „Sie treffen sich in der Mall für den Ausverkauf."

„Schade", sagt Harper. „Aber wenigstens kommst du mit. Vielleicht sind sie bis zum späten Nachmittag fertig, und wir können alle zusammen zu Wyatt gehen."

„Warum müssen alle Wyatt besuchen?", frage ich mit mehr Biss als beabsichtigt. Es fühlt sich einfach so an, als ob mich jeder und alles zu dem einen Mann auf Erden drängt, der mich wahnsinnig macht.

Ihre Augen weiten sich. „Ich dachte nur, es wäre cool, das Spukhaus zu sehen, vor dem wir als Kinder alle Angst hatten.

Was ist dein Problem mit Wyatt?"

Ich beiße die Zähne zusammen. „Ich habe kein Problem mit Wyatt." Abgesehen davon, dass meine Freunde mich immer wieder dazu drängen, nett zu ihm zu sein. Es ist, als ob alle vergessen hätten, wie sehr er mich und mein Inn beleidigt hat, und das alles mit diesem selbstgefälligen Grinsen im Gesicht. Er weiß sehr gut, was er tut. Auch, wenn ich all das ignoriere, bin ich mir nicht sicher, ob ich mit ihm zusammenarbeiten könnte, da er von jedem Geschäft, in das er investiert, einen Anteil will. Leider muss ich immer noch in Betracht ziehen, mich an ihn zu wenden, doch ich bin nicht bereit, mit ihm zu arbeiten, solange ich keinen Deal aushandeln kann, bei dem ich die alleinige Besitzerin meines Restaurants bleibe. Ich bin mir nur nicht sicher, was ich anbieten kann, das er wollen könnte.

Alles mit Wyatt ist so verdammt schwierig. Der Mann bringt mich in jeder Hinsicht aus dem Gleichgewicht, weshalb ich nicht bereit bin, ihn zu besuchen und „nett zu sein".

„Mmm-hmm", sagt sie. „Spannungen." Aber sie sagt es wie *sexuell*.

Meine Wangen werden heiß. Ich wende mich schnell ab, um es zu verbergen, und winke über meine Schulter, während ich wieder an die Arbeit gehe.

Wie habe ich mich dazu überreden lassen? Ich sitze mit Jenna und Audrey auf dem Rücksitz von Harpers schwarzem Mercedes-SUV auf dem Weg zu Wyatts Haus. Audrey sitzt auf dem Mittelsitz, weil sie die Kleinste ist.

Adrenalin durchströmt mich, als das Auto die gewundene Straße den Hügel hinauf zu seinem Haus fährt. Es ist ein großes zweistöckiges Gebäude mit grauen Schindeln. Rechts vom Haus ist der graue Leuchtturm mit weißer Spitze. Ich starre den Leuchtturm an. *Warum nur?*

„Ich habe nur eine Stunde, bis ich zurückmuss", sage ich.

„Wissen wir", erwidert ein Chor von Stimmen.

„Das Haus ist größtenteils leer", sagt Garrett vom Fahrersitz aus. „Wir machen einfach die Tour. Ich bezweifle, dass er überhaupt irgendwas hat, worauf wir sitzen könnten."

„Sterbt ihr nicht auch vor Neugier?", fragt Harper mit einem begeisterten Lächeln diejenigen von uns, die auf dem Rücksitz gefangen sind.

„Ja", sagt Audrey.

„Absolut", sagt Jenna.

Ich bin so angespannt, dass ich kurz davor bin, aus dem Wagen zu springen.

„Syd?", fragt Harper.

„Ja, natürlich bin ich neugierig. Das ist der einzige Grund, warum ich hier bin." Ich starre aus dem getönten Fenster. *Fast da.*

„Syd und Wyatt haben so ein Ding", sagt Jenna.

Mein Kopf schießt zu ihr. „Wir haben nichts."

„Habt ihr schon", sagt Audrey.

„Das sind sexuelle Spannungen", sagt Harper nüchtern.

„Er hat eine Freundin!", protestiere ich.

Meine Freundinnen kichern.

„Bei Syd hat sich jede Menge Anspannung aufgebaut", sagt Jenna. „Es ist jetzt, wie lange ist es her?" Sie beginnt an ihren Fingern zu zählen.

Monate. Zu viele Monate.

Ich starre sie an. „Würdest du bitte die Klappe halten? Garrett will nichts von meinem Sexualleben hören."

Er grinst. „Tu so, als wäre ich nicht hier."

„Sechs Monate!", kräht Jenna. „Richtig? Seit Todd."

Todd war der Typ, mit dem ich kurz zusammen war, als ich in Hoboken gelebt habe, bevor ich nach Hause gekommen bin, um das Inn zu übernehmen. Doch ich werde ihnen nicht auf die Nase binden, dass es nie so weit gekommen ist. Ich habe es versucht, wirklich. Doch er hat mich so vorsichtig berührt, dass ich mich wie bei einem Mädchen gefühlt habe. Ich brauche einen Mann, der keine Angst hat, zuzugreifen und zu nehmen. So bin ich eben. Wahrscheinlich habe ich

Todd mit meiner Kühnheit verscheucht. Also, ja, es ist mehr als sechs Monate her. Egal. Es gibt wichtigere Dinge im Leben als Sex.

Ich habe beschissene Liebhaber einfach satt. In meinem Alter weiß ich, was ich mag und was nicht, und warum ist das für einen Mann so schwer zu verstehen? Ich habe es satt, Regie führen zu müssen – *härter, nein, nicht hier. Mehr davon, ein bisschen weiter rechts.*

Es ist zum größten Teil ein grundlegendes Problem der Inkompatibilität. Es liegt nicht an mir.

Der Wagen hält neben einem roten Jeep an. Davor parkt ein silberner BMW SUV. Ich wette, seine Freundin ist hier. Na toll, vielleicht hat er ihr geholfen, sich besser zu fühlen, nachdem sie geweint hat, sonst wäre sie nicht hier geblieben. Über die Enge in meiner Brust zwinge ich mich, tief durchzuatmen. Es hat keinen Sinn, sich verletzt zu fühlen. Dann ist er eben ein Arschloch zu mir und ein Schatz zu ihr. Warum kümmert es mich überhaupt, was er tut?

Ich steige aus und stecke die Hände in die Taschen meiner schwarzen Daunenjacke. Das gedämpfte Bellen eines Hundes erregt meine Aufmerksamkeit. Da ist er, an einem Fenster, das den Vorgarten überblickt. Ein kleiner weißer Shih Tzu mit den Vorderpfoten auf der Fensterbank. Er kläfft, als ob er es ernst meint. Muss der Hund seiner Freundin sein. Ich kann mir vorstellen, dass Wyatt einen großen, gefährlich aussehenden Hund wie die Bulldogge meines Bruders Adam hätte.

Garrett erreicht als Erster die blaue Haustür, und wir versammeln uns alle hinter ihm. Ich sehe, wie Wyatt den Hund hochhebt, bevor er zur Tür geht.

Ich ziehe mich ans hintere Ende der Gruppe zurück, hinter Jenna.

„Versteckst du dich etwa?", fragt sie.

Ich antworte nicht. Ich weiß nicht, warum ich einen Puffer brauche. Ich weiß nicht, warum mein Puls rast und mein Mund trocken ist. Ich muss mir irgendeinen Virus eingefangen haben.

6

Sydney

„Willkommen in der *Casa Winters*", sagt Wyatt, als er die Tür öffnet.

Ich folge allen hinein, als sie ihn herzlich begrüßen. Ich werde dasselbe tun, mich unter die Menge mischen. Nur ein herzliches Hallo. Oder hallo. Kein großes Aufheben machen.

Doch in dem Moment, in dem wir uns von Angesicht zu Angesicht gegenüberstehen, verzieht er seinen Mund zu einem schiefen Grinsen, seine Whiskeyaugen funkeln, und nichts kommt aus meinem Mund. Schlimmer noch, mein Magen flattert – ja, *flattert*. Es muss daran liegen, dass diese Augen in all meinen sexy Träumen vorkommen.

Verdammt, Satan!

Er setzt den kleinen Hund ab, der sofort an meinen Stiefeln schnuppert. „Cindy, du hast es geschafft. Ich war mir nicht sicher, ob du das *Horseman Inn* jemals verlässt."

Er nennt mich absichtlich Cindy, und ich weigere mich, darauf einzugehen. „Ja, ich habe tatsächlich ein Leben."

„Sie ist in einer Stunde wieder dort", fügt Harper hilfreich hinzu.

„Danke für die Erinnerung, Harp", sage ich, während

mein Blick zu einer Art von Starrwettbewerb auf Wyatt gerichtet ist.

Wyatt blinzelt zuerst. „Na dann, lasst uns mit der Tour anfangen." Er bedeutet uns, ihm zu folgen, und sagt dann: „Snowball, komm."

Snowball? Der Hund trabt Wyatt gehorsam hinterher, als er zu Garrett geht.

Der Hund muss beiden gehören. Ich kann mir nicht vorstellen, dass Wyatt einen weißen Shih Tzu kaufen und ihm einen so süßen Namen wie Snowball geben würde. Er ist Satan. Snowball? Eher friert die Hölle zu. Ich lache innerlich über meinen kleinen Witz.

Ich folge der Gruppe, während Wyatt durch das Wohnzimmer neben dem Foyer gestikuliert. Es ist ein großer leerer Raum mit cremefarbenen Wänden und einem verzierten Kamin mit einem weißen geschnitzten Holzsims und Umrandung. „Wir haben die Trennwand zwischen Salon und einem anderen Zimmer rausgerissen, sodass es jetzt ein großes Wohnzimmer ist. Unter den Planen ist ein originaler Eichendielenboden, den ich abschleifen und neu lackieren lassen will."

Garrett geht hinüber, um den Kamin zu inspizieren.

Die Fenster sind hoch, sitzen tief am Boden und lassen viel Licht herein. Ich sehe mich um. Ich sehe das Potenzial des neuen Raumes. Alles ist hell und freundlich. Ich bekomme definitiv keine gruseligen Geistervibes. Ich denke, wenn man nicht weiß, was wirklich in einem Haus ist, ist es leicht, eine Geschichte zu erfinden. Nicht nur wir Kinder dachten, dass der exzentrische alte Mann hier oben in einem Spukhaus lebt. Die ganze Stadt war davon überzeugt.

„Ich werde hier ein paar coole Kronleuchter aufhängen", sagt Wyatt von der anderen Seite des Zimmers.

„Du brauchst drei", sagt Garrett. „Es sei denn, du lässt zusätzliche Wandleuchten installieren."

Wir gehen weiter zu einer großen modernen Küche mit weißen Schränken, glattem hellgrauem Granit als Arbeitsflächen und Geräten aus Edelstahl, dazu eine Insel in der Mitte.

Gegenüber der Insel steht ein großer Küchentisch aus hellem Holz mit passenden Holzstühlen mit Sitzkissen. Es ist alles überraschend heimelig und überhaupt nicht das, was ich erwartet habe. Wie dekoriert Satan die Hölle? Haha. Wenn man bedenkt, wie alt das Haus ist, hatte ich erwartet, dass es zugig ist. Sogar meine Füße sind angenehm warm.

„Hast du Fußbodenheizung einbauen lassen?", frage ich.

„Jupp. Küche und Bad", antwortet Wyatt. „Nicht schwer, wenn man sowieso neue Böden verlegen lässt."

Ich starre ihn an und merke erst verspätet, dass ich ihn anstarre, und nicke. Es ist nur so, dass er in dieser schönen Umgebung so anders aussieht. Entspannt und zu Hause. *Intelligente Feststellung, Syd! Er ist zu Hause.*

„Hier entlang", sagt er und bedeutet uns, ihm durch einen Torbogen zu folgen.

In diesem Zimmer steht nur ein braunes Ledersofa. Ein weiterer Kamin, weniger verziert als der erste, und ein Holzboden mit ein paar Kratzern. An einem Ende des Sofas liegen ein Kissen und eine ordentlich gefaltete Decke. Schläft er hier? Wo schläft seine Freundin? Auf das Sofa passen auf keinen Fall beide. Wyatt ist so groß wie meine Brüder, über gut eins neunzig groß und breitschultrig. Sein langärmeliges schwarzes Baumwollhemd betont seine breiten Schultern und seine wohlgeformten Bizepse. Und das Schwarz bringt seine Whiskey-Augen wirklich zum Strahlen.

„Ich nenne das mein Sofazimmer, aber es wird irgendwann das Esszimmer werden", sagt er.

Hör auf zu starren! Er hat eine Freundin. Nicht, dass es wichtig wäre, denn selbst, wenn er Single wäre und nicht so irritierend, dass etwas passieren *könnte*, würde ich nie die Grenze zu jemandem überschreiten, von dem ich hoffe, eine geschäftliche Beziehung mit ihm aufzubauen.

„Als Nächstes kommt die zukünftige Bibliothek", sagt er und führt uns in den nächsten Raum.

Audrey ist begeistert und rennt voraus, um sie zu sehen. *Unser kleiner Bücherwurm.*

Ich folge den anderen. Es ist nur ein leerer Raum, doch er

hat ein Erkerfenster, das tief genug ist, um darin zu sitzen, und einen Kamin. Ich könnte mir vorstellen, mich hier in einem bequemen Sessel zusammenzurollen, um an einem regnerischen Tag zu lesen.

„Was hast du hier vor?", fragt Audrey Wyatt. Sie wird wahrscheinlich alle seine Bücher für ihn arrangieren und dann bleiben wollen, um so viele wie möglich zu lesen.

Wyatt deutet auf die Wand auf der anderen Seite des Raums. „Eingebaute Bücherregale mit hüfthohen Schränken hier." Er deutet auf die angrenzende Wand. „Und hier." Plötzlich begegnet sein Blick meinem, was mich erschreckt.

Er zieht die Brauen hoch und sieht mich erwartungsvoll an.

„Sorry, was?", sage ich, als es so aussieht, als hätte ich was verpasst.

Ein Mundwinkel hebt sich. „Ich sagte, die Bibliothek ist Teil dessen, woran Adam arbeiten wird." Adam ist mein Bruder, der Tischlermeister.

Mein Mund ist trocken. Ich benetze meine Lippen. „Cool. Ich bin sicher, du wirst mit seiner Arbeit zufrieden sein."

„Deshalb habe ich ihn eingestellt."

Ich reibe meinen Nacken und wende den Blick ab. Das Kompliment an meinen Bruder ist das Netteste, was er je zu mir gesagt hat.

„Das ist so wunderbar", haucht Audrey. „Eine richtige Bibliothek im Haus."

„Das Erkerfenster wird eine Leseecke." Wyatt deutet dorthin. „Regale bis zur Decke und eine Leiter auf Rädern, um an die Bücher oben ranzukommen."

Audrey klatscht in die Hände, strahlt und schaut sich um. Sie würde sich besonders über eine Rollleiter freuen, da sie mit knapp eins fünfundfünfzig klein ist. „Ich kann es kaum erwarten, sie fertig zu sehen!"

Wyatt schenkt ihr ein echtes, nicht süffisantes Lächeln, und mein Atem stockt. Dieses Lächeln lässt sein Gesicht strahlen. „Ihr seid alle herzlich eingeladen zur großen Einweihungsparty, die hoffentlich im März stattfinden wird. Also zurück zu meinem bescheidenen Lebensraum. Oben ist noch nicht viel. Es gibt ein fertiges Badezimmer, und sobald wir die Genehmigung bekommen, lasse ich ein weiteres großes Bad und eine Gästetoilette installieren. Ist es zu fassen, dass es in diesem riesigen Haus nur ein Badezimmer gibt? Offensichtlich hatte der alte Mann keine Töchter."

Er sagt das, als wüsste er alles über Frauen, die Bäder in Beschlag nehmen. Vermutlich hat er viel Erfahrung mit Frauen. Ich wette, das waren alles schöne Models wie seine Freundin. Und wenn schon. Mein jüngerer Bruder Caleb ist auch ein Model. Keine große Sache.

Wir folgen ihm zurück ins Sofazimmer. „Setzt euch", sagt er und deutet auf das Sofa, auf dem Snowball auf dem Kissen liegt.

Er hebt sie hoch. „Was habe ich dir über mein Kissen gesagt? Ich hole dein Bett." Er wendet sich uns zu. „Bin gleich wieder da."

Harper nimmt auf dem Sofa Platz und winkt uns zu sich. Jenna und Audrey sitzen zu beiden Seiten von ihr, und ich setze mich auf die Sofalehne auf der dem Kissen und der Decke gegenüberliegenden Seite. Ich will seine Schlafsachen nicht anfassen. Zu persönlich.

Garrett wandert durch das Zimmer, stochert an der Decke und inspiziert die Fenster. Wyatt kehrt zurück und stellt ein rosa-weißes Körbchen mit Pfotenabdruck-Print-Bezug vor den Kamin. Dann setzt er Snowball hinein, krault sie unter dem Kinn und geht zu Garrett. In ihrem bequemen Körbchen rollt Snowball sich zusammen und schläft weiter.

„Ich sehe das Potenzial", sagt Harper zu uns, während Wyatt und Garrett auf der anderen Seite des Zimmers in ein Renovierungsgespräch vertieft sind.

„Es wird schön", sagt Audrey.

„Ich kann es kaum erwarten, es zu sehen, wenn es fertig ist", erklärt Jenna.

„Ich weiß nicht, warum er so oft in mein Restaurant kommt", schnaube ich. „Er hat hier eine Gourmetküche. Habt ihr das gesehen? Der Herd hat sechs Brenner!"

Jenna lacht. „Meine Güte, ich kann mir nicht vorstellen, warum er so oft in dein Restaurant kommt."

Meine Freundinnen kichern. *Er hat eine Freundin!*

„Er muss ein schlechter Koch sein", sage ich. „Doch jetzt, wo seine Freundin in der Stadt ist, habe ich ihn nicht oft gesehen. Vielleicht kocht sie ja."

In diesem Moment kommt sie herein, einen Laptop vor ihrer Brust. Sie ist Anfang zwanzig mit dunkelbraunem Haar, das in glänzenden Wellen über ihre Schultern fällt, großen braunen Augen, zarten Wangenknochen, einem süßen Puppenschmollmund. Sie trägt eine lässige blassrosa Tunika über schwarzen Leggings mit rosa Flauschsocken.

Sie lächelt uns an. „Hi, allerseits. Ich bin Kayla."

Wir begrüßen sie angemessen. Ich sehe zu, wie sie Wyatt den Laptop übergibt.

„Hat dir dein Chick-Flick gefallen?", fragt er und klemmt ihn unter einen Arm.

Sie lächelt. „Ja. Am Ende sind mir die Tränen gekommen."

„Natürlich." Sein Blick fällt auf ihre Füße. „Geh und zieh dir Schuhe an. Ich will nicht, dass du auf einen losen Nagel trittst oder dir einen Splitter einreißt."

Gehorsam dreht sie sich um und geht aus dem Zimmer, vermutlich, um Schuhe zu holen. Wow. Ich würde es sicherlich nicht dulden, dass mein Typ mich so herumkommandiert.

Er klappt den Laptop auf, geht zum Eingang des Zimmers, und ruft an die Decke: „Und bring bitte das Ladekabel mit!"

Wenigstens hat er *bitte* gesagt. Erinnert mich an meinen älteren Bruder Drew, der mir mit seinem militärischen Ton Befehle zubellt.

„Wyatt, warst du beim Militär?", frage ich.

Er dreht sich um. „Nein. Wieso?"

Weil du deine Freundin herumkommandierst. „Nur so."

Er kommt auf mich zu, ein Schmunzeln in seinem wunderschönen Gesicht. „Komm, Cindy, erzähl mir, warum du gefragt hast. Höre ich mich wie ein Drill Sergeant an?"

Alle schweigen. Ich kann die Blicke meiner Freunde spüren, wahrscheinlich, weil sie erwarten, dass ich ihn anzicken werde. Nein, ich kann höflich sein, trotz des Grinsens, das ich unbedingt aus seinem Gesicht schlagen will. Und der Tatsache, dass er mich absichtlich Cindy nennt, um mich zu ärgern.

„Wenn du so fragst, ja", sage ich ruhig. „Du hast gerade deiner Freundin befohlen, Schuhe anziehen zu gehen."

Er verzieht das Gesicht und sieht mich an, als hätte ich zwei Köpfe. „Widerlich. Das ist nicht meine Freundin. Sie ist meine kleine Schwester."

Mein Puls schießt in die Höhe. *Er ist Single.*

„Warum dachtest du, dass sie meine Freundin ist?", fragt er.

„Ich habe dich mit dem Arm um ihre Schultern in meinem Restaurant gesehen." Ich sehe mich zur Bestätigung um, doch meine Freundinnen sehen aus, als wollten sie nur die Show genießen. *Soll ich Popcorn verteilen?*

Er blickt zur Decke und atmet aus, bevor er mir einen beleidigten Blick zuwirft. „Ich hatte meinen Arm um sie gelegt, weil sie kurz davor stand, in aller Öffentlichkeit zusammenzubrechen. Manche Dinge sind privat, Sydney."

Er hat meinen Namen gesagt. Nicht Cindy, um mich zu ärgern. Und er ist ein beschützender großer Bruder. Ich respektiere das.

Ich hatte das Glück, als Kind zwei tolle große Brüder zu haben, die auf mich aufgepasst haben. Wie sonst hätte ich meine Teenagerjahre nach dem Tod meiner Mutter überstanden? Drew und Adam haben mir alles beigebracht, was ich wissen musste, unterm Strich war das, *stolz darauf zu sein, eine Robinson zu sein und mich zu behaupten*. Sie haben von mir erwartet, stark zu sein und meine Meinung zu sagen, selbst wenn ich im Teenageralter von Unsicherheiten geplagt war. Und das tat ich, auch wenn ich mich manchmal hatte verkriechen wollen. Die beiden gehen auch mit gutem Beispiel voran.

„Deshalb schläfst du auf dem Sofa", sage ich leise und

denke an das Opfer, das er für seine jüngere Schwester bringt. Sie muss in seinem Zimmer schlafen.

Er reibt sich den Nacken. „Ja, sie braucht einfach ein bisschen Abstand von allem."

Ich will fragen warum, doch das wäre zu neugierig.

Dann schockiert er mich und erzählt von sich aus mehr über seine Schwester. „Im Moment ist sie in einem sehr verletzlichen Zustand." Sein Kiefer verspannt sich, und er blickt hinter sich, um zu sehen, ob sie da ist. Er dreht sich wieder zu mir um. „Sie ist untröstlich, und wenn ich endlich einen Namen aus ihr herausbekomme, werde ich diesem Typen das Leben zur Hölle machen."

Mir bleibt überrascht der Mund offen stehen. Er nimmt seine Schwester auf, tritt einem Typen für sie in den Arsch. Er ist *nett*.

Ich versetze ihm einen Knuff gegen die Schulter. „Du bist ein guter großer Bruder."

„Warum klingst du so überrascht? Und *au*." Er reibt sich die Schulter.

Ich zucke mit den Achseln.

Er schüttelt den Kopf und sieht zu Snowball hinüber. Er hat einen kleinen weißen Hund namens Snowball. Wie liebenswert ist das?

„Ich finde es toll", sage ich.

Er sieht mich an, ein Mundwinkel hebt sich.

Ich ertappe mich beim Lächeln. Dann merke ich, dass uns alle beobachten und lächeln. Mein Lächeln verschwindet. Das Letzte, was ich brauche, ist, auf der Nachhausefahrt aufs Brot geschmiert zu bekommen, dass ich für Wyatt Winters Cartoon-Herzen in den Augen hatte.

Denn die habe ich nicht.

Aber vielleicht habe ich ihn falsch eingeschätzt.

7

Sydney

Montag ist mein freier Tag im *Horseman Inn*. Es ist Nachmittag, als ich endlich Papierkram nachhole und Geld hin und her schiebe, um unsere Lieferanten bei Laune zu halten und die Angestellten zu bezahlen.

Mein Telefon kreischt mit einem Unwetteralarm, der mich daran erinnert, dass wir einen großen Schneesturm erwarten, zwanzig bis dreißig Zentimeter Schnee mit böigen Winden. Mist. Ich hoffe, dass der Strom nicht ausfällt. Das kommt hier regelmäßig vor, wenn umgestürzte Bäume Leitungen umreißen, und das bedeutet, dass ich das Restaurant schließen muss, bis die Stromversorgung wiederhergestellt ist, was Tage dauern kann. Ich habe einen Generator, der die Kühl- und Gefrierschränke am Laufen hält, doch er ist nicht stark genug, um alle anderen wichtigen Geräte zu speisen. Außerdem wagen sich die meisten Leute nicht hinaus, bis die Straßen von Bäumen und heruntergerissenen Kabeln geräumt sind. Ich sollte besser zum Lebensmittelladen gehen, um ein paar Sachen zu besorgen.

Es ist nur ein kurzer Spaziergang zu dem kleinen Lebensmittelladen in der Stadt, also ziehe ich meine schwarze Daunenjacke, die graue Strickmütze und die Schneestiefel an.

Als ich ankomme, ist der Laden nicht überfüllt. Die meisten Leute haben sich bereits am Wochenende eingedeckt, doch da habe ich gearbeitet.

Der Ladenbesitzer, Nicholas, sieht aus wie immer – wie der Weihnachtsmann. Er ist ein älterer Mann mit weißem Haar, langem Bart und einem dicken Bauch. Und der Name passt auch, wie St. Nicholas. Beim jährlichen Weihnachtsfrühstück spielt er immer den Weihnachtsmann. Als ich ein Kind war, war ich beeindruckt, dass ich das ganze Jahr den Weihnachtsmann besuchen konnte, obwohl er erklärt hat, dass er nur der Helfer des Weihnachtsmanns sei.

„Hallo, Nicholas", sage ich.

„Hallo, Sidney. Ich mache in einer halben Stunde zu, du hast es also gerade noch rechtzeitig geschafft. Muss vor dem Sturm zu Hause sein."

„Ich werde nicht lange brauchen." Auf der Suche nach Milch und Keksteig gehe ich zum Kühlregal im hinteren Teil des Ladens. Nachdem ich diese wichtigen Grundnahrungsmittel gefunden habe, sehe ich mich nach allem um, was ich vielleicht sonst noch brauche. Ich habe Brot, aber eins habe ich nicht. Eiscreme. Ich könnte Schokokeks-Eiscreme-Sandwiches machen. Ich hole eine Packung Vanilleeis und gehe zur Kasse. Mein Herz macht einen Sprung und pocht mir bis zum Hals.

Da ist *er*.

Wyatt steht in einem langen schwarzen Wollmantel und schwarzen Stiefeln an der Kasse. Ich habe ihn letzte Woche ein paarmal im *Horseman Inn* gesehen, doch er war mit seiner Schwester da, also haben wir nicht viel geredet. Sein Blick begegnet kurz meinem und wandert dann zu meinen Schneesturmeinkäufen. „Nur das Wesentliche, was?"

„Ich höre ein Urteil in deiner Stimme." Ich versuche, seine Einkäufe zu sehen, die auf der Theke liegen, doch er bewegt sich, und seine Schultern versperren mir die Sicht. Er holt seine Brieftasche heraus und reicht Nicholas einen Hundert-Dollar-Schein. „Hier. Bitte behalten Sie das Wechselgeld." Er nimmt sich seine Einkäufe und steckt sie in seine Manteltaschen, einschließlich der Innentaschen, als wären sie supergeheim.

Nicholas sieht besorgt aus. „Das ist viel zu viel, Wyatt. Warten Sie. Ich hole Ihr Wechselgeld."

Ich grinse und lege meine Sachen auf den Tresen. „Hmm … klein genug für deine Taschen, aber peinlich genug, sie verstecken zu wollen. Was könnte es sein?"

„Geht dich nichts an", brummt Wyatt. Oh mein Gott, sein Nacken ist rot. Es muss etwas Interessantes sein. Wyatt wendet sich Nicholas zu. „Bitte behalten Sie das Wechselgeld. Wirklich!"

„Ich kann immer noch ganz gut zählen, junger Mann!", ruft Nicholas, während er langsam die Kassenschublade durchwühlt und ein wenig verärgert über die unterstellte Altersschwäche wirkt. Er drückt Wyatt das Wechselgeld in die Hand, der es widerwillig nimmt.

„Danke", murmelt Wyatt.

„Ist es eine Schachtel Zigaretten?", frage ich und trete näher. „Schlechte Angewohnheit." Ich zerzause sein Haar, um ihn abzulenken, während meine andere Hand seinen aufge-knöpften Mantel aufzieht. Aus seiner Innentasche ragt eine Schachtel Tampons.

Seine Wangen werden rot. „Jetzt zufrieden? Die sind für meine Schwester. Offensichtlich."

Meine Knie werden tatsächlich schwach, Wärme durch-strömt mich. Keiner meiner Brüder würde jemals für mich Tampons kaufen. „Ist das alles?"

Er schaut zur Decke, und die Röte wandert von seinen Wangen bis zu den Ohrenspitzen. „Und sie hatte Gelüste auf Erdnuss-M&Ms."

Ich weiß nicht, was über mich kommt, aber ich möchte plötzlich Zeit mit diesem Mann verbringen. Sofort. „Vielleicht hätte sie auch gerne ein Schokokeks-Eiscreme-Sandwich. Ich könnte welche für euch zwei machen."

Er studiert mich vorsichtig. Es ist fast so, als ob er denkt, dass wir normalerweise nicht miteinander auskommen. Haha.

„Ich meine es ernst", sage ich. „Es ist wirklich schön, was du für sie tust. Meine Brüder würden nie –"

Er unterbricht mich. „Klar, komm mit deinen Eiscreme-Sandwiches vorbei. Da könnt ihr Mädels euch unterhalten. So von Frau zu Frau."

„Okay. Lass mich bezahlen, dann komme ich gleich rüber." Ich denke, ich kann vor dem Sturm noch auf einen Sprung bei ihnen vorbeischauen. Es wird Stunden dauern, bis die Straßen unpassierbar sind. Sein Haus ist nicht weit vom Inn entfernt.

Er tritt einen Schritt zurück und betrachtet mich einen Moment, bevor er kurz nickt und geht.

Nicholas kratzt sich am Kopf. „Der ist ein bisschen seltsam, findest du nicht?"

Meine Gedanken wandern zurück zu den Hippie-Gründern von Summerdale und den Traditionen, die wir immer noch von ihnen haben – Shows in der großen roten Scheune, das Flottillenrennen aus gefundenen Dingen, Muschelessen am See, obwohl die Muscheln aus dem Supermarkt kommen und nicht in unserem See wachsen. Unser Briefträger, der Tamale mit der Post liefert, und andere schrullige Leute im Ort. „Eigentlich denke ich, dass er ganz gut hier reinpasst."

Die Kekse sind innerhalb einer Stunde fertig, und ich weiß, dass ich losmachen sollte, doch ich finde mich in meinem Zimmer wieder und durchsuche meinen Kleiderständer. Das Zimmer ist zu klein für eine Kommode, und der winzige Schrank reicht gerade für meine Jacken und Schuhe. Was ich trage – Sweatshirt und Jeans – geht gar nicht. Ich will vorzeigbar aussehen. Ich versuche nicht, ihn zu beeindrucken. Nichts dergleichen. Es ist nur wichtig, sich ab und zu Zeit zu nehmen, um gut auszusehen, wenn man ausgeht.

Ich entscheide mich für einen weichen grünen Pullover mit V-Ausschnitt zu schwarzen Röhrenjeans und meine hoch-hackigen schwarzen Lederstiefeletten. Jenna nennt sie meine

First-Date-Stiefel, weil ich sie nicht lange tragen kann, ohne, dass mir die Füße wehtun, doch sie machen schöne lange Beine. Bei einem ersten Date ist die Kleiderwahl in der Regel eher unbequem. Natürlich ist das hier kein erstes Date. Ich besuche nur ein paar Freunde – von denen eine ein Gespräch von Frau zu Frau braucht, und der andere nicht so schlimm ist, wie er schien. Ich habe wieder dieses warme Gefühl in meiner Brust. Ich kann mir kaum vorstellen, dass jemand, der seiner Schwester Tampons kaufen würde, Satan ist. Er hat heute definitiv weniger satanisch ausgesehen, selbst mit schamrotem Gesicht.

Ich gehe für eine kurze Sichtkontrolle im Spiegel in mein winziges Bad. Wenn ich mir endlich wieder eine eigene Wohnung leisten kann, ist die erste Anforderung Abstellfläche. In diesem Bad ist gerade genug Platz für ein Standwaschbecken, eine Toilette und eine kleine Dusche. Alles ist weiß gehalten, mit Ausnahme des Bodens, der mit schwarz-weißen runden Mosaikfliesen gefliest ist. Sehr zweckmäßig. Ich ziehe mein Haarband heraus und nehme eine Bürste aus dem Medizinschrank, bürste meine langen Haare aus, dich ich zu meinen besten Eigenschaften zähle. Ich bin nur praktisch. Wenn es draußen kalt ist, hält es meinen Nacken warm, wenn ich meine Haare offen lasse. Nur ein bisschen Make-up, um vorzeigbar auszusehen, ein Spritzer Geißblattparfüm, und ich bin bereit zu gehen. Mein Magen flattert.

Ich lege eine Hand auf meinen Bauch und atme tief durch, um mich zu beruhigen. „Das ist kein Date." Ich sehe mir im Spiegel in die Augen. „Beruhige dich. Kein Date."

Ich blicke aus dem Fenster, nehme meine Handtasche und die Kekse und gehe zur Treppe, die zum Hinterausgang des Restaurants führt. Ich bin auf halbem Weg die Treppe hinunter, als ich merke, dass ich das Eis vergessen habe. Ich gehe zurück und dann wieder die Stufen hinunter und überlege, ob ich noch irgendwas brauche. Ich bin normalerweise nicht so zerstreut.

Ich fahre das kurze Stück zu Wyatts Haus, das ich theoretisch zu Fuß zurücklegen könnte, nur dass ich dafür nach einer Meile die Straße hinunter, eine Hauptverkehrsstraße mit viel Verkehr überqueren, und dann einen steilen Hügel hinauf gehen müsste. Außerdem ist es eiskalt, und ich trage meine unpraktischen Stiefel. First-Date-Stiefel zu einem Nicht-Date. Normale Stiefel, die meine langen Beine zur Geltung bringen, weil ich für Freunde vorzeigbar aussehen möchte. Wirklich.

Ich parke in der Einfahrt und blicke zu meiner Rechten zum Leuchtturm auf. Jetzt, wo wir miteinander reden, würde er mir den Turm zeigen, wenn ich ihn darum bitte? Es ist einfach die Art von Verrücktheit, die ich liebe. Ich nehme die Tüte mit den Leckereien und steige aus dem Auto. Ich sehe Snowball im Fenster, die mich anbellt.

„Hallo Hübsche!" Ich klingle an der Tür und hüpfe auf meinen Fußballen, Energie durchströmt mich.

Wenige Augenblicke später öffnet sich die Tür, und Wyatt hat Snowball wie einen Football unter seinen Arm geklemmt. „Passwort?" Er späht von links nach rechts, als gäbe es Spione hier.

Ich unterdrücke ein Lachen. „Eiscreme-Sandwiches?"

„Nah genug dran." Er nickt mit dem Kopf und tritt beiseite, um mich einzulassen.

Ich gehe ins Haus und sehe mich nach Veränderungen um. Im Wohnzimmer nichts Neues. Ich war vor etwas mehr als einer Woche hier, also bin ich gespannt, was die Bauarbeiter zwischenzeitlich gemacht haben.

Er setzt Snowball ab. „Ich gehe kurz nach oben. Geh ruhig schonmal in die Küche." Er winkt in die grobe Richtung und verschwindet nach oben.

Snowball sieht mich erwartungsvoll an.

Als ich in die Küche gehe, folgt Snowball mir. Ich stelle meine Sachen auf die Insel und gehe in die Hocke, um den Hund zu streicheln. „Was für ein süßer Hund du doch bist", schnurre ich. Ihr kleiner Schwanz wedelt, und sie stellt sich auf ihre Hinterbeine und stützt ihre Pfoten auf meine Brust. „Oh wie süß! Versuchst du, mich zu umarmen?" Ich stehe auf und kuschele sie an mich, und als ich ihr seidiges Fell streichle, schmiegt sie ihren Kopf an meinen Hals.

Wenige Augenblicke später taucht Wyatt in der Küche auf, bleibt mir gegenüber auf der anderen Seite der Insel stehen und starrt mich an.

„Was ist?", frage ich.

„Sie mag dich wirklich. Das ist ihre Art der Umarmung, wenn sie ihren Kopf an deinen Hals schmiegt und ihre Pfoten auf deine Schultern legt."

Ich bewege mich, um Snowball in die Augen zu sehen. „Natürlich magst du mich. Ich bin ausgesprochen sympathisch und habe Essen mitgebracht." Ich stelle sie wieder auf den Boden, und sie setzt sich und sieht mich bewundernd an.

Wyatt lächelt umwerfend, und mein Atem stockt. Wenn er nicht herablassend grinst, ist er umwerfend. Das sexy zerzauste dunkle Haar, die whiskeygoldenen Augen und die sinnlichen Lippen haben was. Auch der Bart ist heiß. Er ist lässig gekleidet in ein dunkelblaues Thermohemd, verwaschene Jeans und Turnschuhe.

Mir ist klar, dass ich ihn ein bisschen zu lange gemustert habe. „Ich liebe deine Küche. Hast du das alles ausgesucht oder einen Innenarchitekten engagiert?"

Er breitet die Arme aus. „Alles ich, Baby."

„Ich bin beeindruckt."

Er zieht sein Handy aus der Jeanstasche. „Lass mich sehen, wo Kayla bleibt. Ich habe ihr gesagt, dass du hier bist." Er drückt einen Knopf und hält das Handy ans Ohr. Einen Moment später fragt er: „Kommst du zu Eiscreme-Sandwiches? Die Kekse sind frisch gebacken." Er schüttelt den Kopf. „Ich hab dir doch gesagt, du sollst nicht alle M&Ms essen. Familienpackung bedeutet, dass sie für mehr als eine Person gedacht ist." Er hört einen Moment zu. „Ich verstehe Gelüste, aber – nein, ich bin nicht angepisst. Okay, tschüss." Er sieht mich an. „Sie hat sich mit M&Ms vollgestopft. Umso mehr Eiscreme-Sandwiches für uns."

„Kein Problem. Ich kann ein paar für sie in deinem

Gefrierschrank lassen. Dann kann sie welche haben, wann immer sie Lust darauf hat."

Ich mache mich an die Arbeit und packe die Tüten aus. Die Kekse waren noch warm, als ich gegangen bin, also dachte ich, ich könnte die Sandwiches hier machen. „Ich habe einen Eisportionierer mitgebracht. Ich wusste nicht, ob du einen hast."

„Was bin ich, ein Höhlenmensch? Wir haben alles, was nötig ist, hier. Eisportionierer, Pizzaschneider, Marshmallow-Röstspieße."

„Nur keine Möbel."

Er nickt. „Ich habe ein paar Sachen eingelagert, und ich werde einkaufen gehen, wenn die Renovierung abgeschlossen ist. Lass mich Teller holen." Er geht zu einem Schrank.

„Hi, Sydney." Kayla kommt in ein übergroßes graues Sweatshirt, eine ausgebeulte Jogginghose und Flip-Flops gekleidet in die Küche. Kein Make-up, ihr dunkles Haar in einem unordentlichen Knoten gebunden. „Danke, dass du das alles mitgebracht hast. Wyatt hat mir gerade erst erzählt, dass du Eiscreme-Sandwiches machst."

Wyatt stellt einen Stapel Teller und Servietten auf die Insel. Ich werfe ihm einen Blick zu. „Du kannst ihr nicht vorwerfen, dass sie die Schokolade gegessen hat, wenn sie es nicht wusste."

„Ich dachte, sie hätte ein besseres Urteilsver…" Er verstummt, als Kayla ihm einen vernichtenden Blick zuwirft. „Schon gut. Du kannst morgen eins essen."

Ich lächle sie an. „Ich habe genug für eine ganze Menge mitgebracht. Du wirst nichts verpassen."

„Danke", sagt sie. „Ich fühle mich in letzter Zeit einfach nicht wie ich selbst." Sie schlurft zur Spüle hinüber und nimmt sich ein Glas Wasser.

„Tut mir leid, das zu hören." Wyatt hat erwähnt, dass ihr das Herz gebrochen worden war, und ich weiß nicht, wie ernst die Beziehung war, doch es muss eine harte Trennung gewesen sein, wenn sie zu ihrem großen Bruder gegangen ist und so lange bleibt – sie ist schon mindestens zwei Wochen hier. Meine eigenen Trennungen habe ich dank meiner Freundinnen gut überstanden. Und obwohl es wehgetan hat, wusste ich immer, dass es am besten so war. Wenn etwas nicht funktioniert, ist es besser, es zu beenden.

Sie öffnet den Kühlschrank. „Wo ist der Wein?"

„Du hast ihn getrunken", sagt Wyatt.

„Sonst noch irgendwas Alkoholisches da?", fragt sie.

„Whiskey", antwortet er. „Das gute Zeug. Eine Verschwendung, wenn du es trinkst, also denk nicht einmal daran."

Sie schnaubt und dreht sich zu mir um. „Hast du auch einen herrischen großen Bruder?"

„Ich habe vier." Ich schaufle Vanilleeis auf einen Keks. „Zwei ältere und zwei jüngere. Nur die ältesten sind herrisch."

„Das Privileg des Erstgeborenen", sagt Wyatt mit einem Schmunzeln, das mich nicht stört, solange es an seine Schwester gerichtet ist.

„Schwestern?", fragt Kayla, die neben mir an die Insel gelehnt steht.

„Nein." Für mein erstes Sandwich drücke ich einen Keks auf das Eis.

„Oh, das ist traurig", sagt sie.

Ich drehe mich überrascht zu ihr um. „Warum sagst du das?"

„Weil Schwestern eine besondere Bindung haben."

Ich blicke zu Wyatt hinüber, der sie mit gebrochenem Herzen aufgenommen und ihr Tampons gekauft hat. „Ich würde sagen, dein Bruder macht einen tollen Job. Ich sehe hier keine Schwestern, die sich so gut um dich kümmern."

Ihre Unterlippe zittert, und ich werfe Wyatt einen erschrockenen Blick zu. Seine Augen werden weich, als er seine Schwester ansieht.

„Tut mir leid", sage ich. „Ich wollte kein empfindliches Thema ansprechen."

„Schon gut", sagt Kayla. „Die sind nur mit ihrer Karriere

beschäftigt. Eine ist zum Arbeiten für einen Monat in Chicago, und die andere ist wegen ihres tollen Jobs in der Stadt, mit verrückten Arbeitszeiten und allem, doch sie lebt auch mit einem Typen zusammen, und für mich ist da kein Platz. Da blieb mir nur Wyatt."

Ich hole tief Luft, empört um seinetwillen. *Da blieb ihr nur Wyatt?* Er zuckt nur mit den Schultern.

Ich zeige mit dem Finger auf sie. „Du hast Glück, ihn zu haben. Du solltest deinem Bruder danken, dass er dir Tampons und Schokolade gekauft hat. Glaubst du, jeder Bruder würde das tun? Meine sicher nicht."

„Schon gut", sagt er und hebt beschwichtigend die Hände. „Sie hat sich schon bei mir bedankt."

Kaylas Augen weiten sich vor Schock. „Das würden sie nicht tun? Nicht einer deiner Brüder? Nicht einmal der Älteste?"

„Ich denke nicht." Nicht, dass ich jemals einen von ihnen darum gebeten hätte. Ich versuche, mir den toughen Drew vorzustellen, der sich den Gang mit den Hygieneartikeln entlang pirscht, oder Adam mit seiner zurückhaltenden Art. Ja, ich glaube nicht, dass das jemals passieren würde.

„Das ist schade", sagt sie voller Sympathie. „Manchmal, wenn man Tampons am dringendsten braucht, fühlt man sich am schlimmsten, und in den Laden zu gehen ist das Allerletzte, was man tun will."

„Stimmt", sage ich. „Ich glaube, ich dachte immer, ich müsste die Krämpfe einfach allein durchstehen. Ich werde auch richtig reizbar."

„Okay, können wir wieder zu den Eiscreme-Sandwiches zurückkehren?", fragt Wyatt. „Genug mit dem Mädelsgeratsche."

Ich gebe ihm das erste Eiscreme-Sandwich.

„Danke", sagt er und beißt aggressiv hinein. Er kaut kurz. „Mhh. Wirklich gut. Die Schokostückchen schmelzen im Mund."

„Toller Kontrast zum Eis und perfekt für einen Schneesturm", sage ich selbstgefällig. „Und du hast dich über meine

Schneesturm-Einkäufe lustig gemacht." Ich mache mich an die Arbeit, mehr Sandwiches zu machen.

„Kann ich dir helfen?", fragt Kayla mich.

„Klar. Ich kümmere mich um das Eis, und du drückst den Keks obendrauf."

Wir finden schnell einen Rhythmus, und Wyatt geht und sagt, er müsse sich um Snowball kümmern.

„Also, wie lange hast du den Typen gedatet, der dir das Herz gebrochen hat?", frage ich.

Sie beugt sich über die Insel und lässt den Kopf in die Hände sinken: „Wyatt hat es dir erzählt."

„Nur, weil ich dich im Inn weinen gesehen habe, also habe ich ihn gefragt, ob es dir gut geht. Er hat nur gesagt, dass dein Herz gebrochen ist. Keine Details. Ich kann gut zuhören, wenn du darüber reden willst." Ich drücke sanft ihre Schulter. „Ich verspreche, auf deiner Seite zu stehen und böse Dinge über deinen Ex zu sagen."

Sie richtet sich auf: „Er *ist* böse."

„Die meisten Ex sind das auch." Ich mache mich wieder an die Arbeit, streiche Eiscreme auf einen Keks und schiebe ihn ihr zu, damit sie den Deckel aufsetzt.

Sie nimmt einen Keks und drückt ihn darauf. „Er hat zwei Monate damit verbracht, mich zu umwerben, mich mit Komplimenten und Blumen und Karten mit matschigem Zeug drin zu überschütten. Supersüßes Zeug." Ihre Stimme bricht. „Und dann ..."

Als sie den Satz mehrere Augenblicke lang nicht beendet, rate ich: „Ist er fremdgegangen?"

„Nein! Er hat mir einen Antrag gemacht."

Verwirrt arbeite ich weiter. „Oh. Und das wolltest du nicht?"

Sie drückt einen Keks auf meine Eiskugel, bevor ich sie überhaupt zu ihr schieben kann, bricht dann ein Stück Keks ab und steckt es sich in den Mund: „Oh, das ist gut. Hast du die gemacht?"

„Direkt aus der Tube mit gekauftem Teig." Ich drücke

einen frischen Keks auf das Sandwich und lege den zerbrochenen auf einen Teller für sie.

„Also, er hat mir einen Antrag gemacht, ich habe ja gesagt, und wir haben beschlossen, am Silvesterabend durchzubrennen und heimlich in unserem italienischen Lieblingsrestaurant zu heiraten. Es sollte so romantisch werden. Er kennt den Besitzer, wir haben den Bürgermeister der Stadt dazu gebracht, uns zu verheiraten, und sie haben das Restaurant geschlossen, damit wir es für unsere Hochzeit allein haben." Sie seufzt und bricht ein weiteres Stück von dem frischen Keks ab, den ich gerade auf das Sandwich gedrückt habe.

Ich nehme den zerbrochenen Keks und ersetze ihn durch einen neuen. „Warum wolltet ihr heimlich heiraten?"

Sie starrt auf den frischen Keks. „Hauptsächlich, um Geld zu sparen. Wir sind beide noch auf der Uni. Ich mache meinen Master, er promoviert."

„Warum wolltet ihr nicht warten, bis ihr euren Abschluss gemacht habt?"

„Er konnte nicht warten. Das hat er gesagt." Sie sieht mir mit verwirrt hochgezogenen Brauen in die Augen. „Er wollte mich so schnell wie möglich heiraten, und dann ist er nicht aufgetaucht." Sie nimmt sich den frischen Keks und hält ihn hoch und schüttelt ihn. Geschmolzenes Eis tropft auf den Tresen. „Ich bin von diesem Arsch am Altar sitzengelassen worden!"

Nicht gerade ein Altar, aber ich weiß, was sie meint. Der Typ hat einen Rückzieher gemacht, nachdem er ein großes romantisches Ereignis wollte. Ergibt keinen Sinn, doch wer kann schon die Gedankengänge eines Mannes nachvollziehen? Sie *denken*, dass sie logisch sind, doch wenn wir ehrlich sind, ihre Logik kann von Emotionen verzerrt werden, genau wie bei Frauen. Natürlich ziehen Frauen mit Hilfe von Emotionen häufiger die richtigen Schlüsse. Männer verlieren die Orientierung. Jemand sollte ein Emotions-GPS erfinden, um Männern zu helfen, wieder auf Kurs zu kommen.

„Hat er dir gesagt, warum?", frage ich.

„Kalte Füße!", ruft sie aus. „Ich meine, wirklich. Es war

seine Idee, so schnell zu heiraten. Er hat über den Restaurantbesitzer eine Nachricht geschickt, der so viel Mitgefühl hatte, dass er mir angeboten hat, unser Hochzeitsessen für mich einzupacken und nichts zu berechnen."

Ich schüttle den Kopf. „Das ist echt scheiße. Irgendwelche Rachepläne?"

„Rache?", fragt sie, als ob sie nie auf die Idee gekommen wäre.

„Ja, du musst irgendwas tun, um dich zu revanchieren."

Sie starrt mich an. „Also Wyatt will ihm in den Arsch treten, aber ich lasse ihn nicht. Ich will, dass mein Ex denkt, dass ich über ihn hinweg bin."

„Hattest du ein weißes Hochzeitskleid oder einfach ein schönes normales Kleid?"

Sie schneidet eine Grimasse.

„Mh-hm. Das schreit nach Rache. Hat er vielleicht sein Lieblingshemd bei dir gelassen? Verbrenn es. Habt ihr gemeinsame Freunde? Lass jede Frau wissen, was er getan hat. Niemand wird jemals mit ihm ausgehen wollen. Außer den Verrückten, die denken, dass sie ihn ändern können. Wenn du wirklich wütend bist und denkst, dass du unentdeckt an sein Auto rankommen kannst, kannst du es mit dem Schlüssel zerkratzen."

Ihre Brauen schießen in die Höhe: „Hast du sowas schonmal gemacht?"

„Meistens verbrenne ich das Zeug meines Ex. Unglaublich kathartisch, das. Bei einem habe ich eine Voodoo-Puppe gemacht und sie das eine oder andere Mal in den Schritt gestochen." Als sie mich mit weit aufgerissenen Augen anstarrt, füge ich hinzu. „War nur ein Witz." *Ich bin nicht handwerklich genug veranlagt, um eine Voodoo-Puppe zu machen, doch ich habe sie mir lebhaft im Detail vorgestellt.*

Sie steckt sich ein Stück Keks in den Mund und sieht mich mit Bewunderung in den Augen an. „Wow, Sydney, du neigst wirklich stark zur dunklen Seite. Ich hoffe, du lässt dich nicht auf Wyatt ein, denn ich würde mir nur ungern vorstellen, was du ihm antun würdest."

„Ich würde mich nur rächen wollen, wenn er mir das Herz bricht." Hitze kriecht meinen Nacken empor. „Ich meine nicht, dass ich – wir – du weißt schon." Ich kann nicht einmal behaupten, dass wir Freunde sind. Ich weiß nicht wirklich, was wir sind.

Sie starrt auf das schmelzende Eis auf dem Keks vor sich und legt ihren halb aufgegessenen Keks wieder darauf. Ich gebe ihr eines der Bruchstücke von einem anderen Keks, von dem sie einen Teil gegessen hat, um ihn zu vervollständigen. „Ist dir schonmal das Herz gebrochen worden? Ich meine, so richtig zerschmettert?"

Ich zucke zusammen. So muss sie sich fühlen. „Ja, ein paarmal. Zweimal nach einem Jahr Beziehung. Das scheint der kritische Punkt zu sein, ein Jahr. Und einmal auf der Highschool, aber ich weiß nicht, ob das zählt."

Sie drückt meinen Arm. „Alles zählt."

Wir sind mit den Sandwiches fertig, und ich nehme mir endlich eins. Ich bemerke, dass Wyatt noch nicht zurückgekommen ist.

„Wo ist dein Bruder?", frage ich.

„Hängt wahrscheinlich mit Snowball auf dem Sofa rum. Da ist er sonst auch immer."

„Oh." Meine Schultern sinken, und ich straffe sie sofort wieder. Anscheinend hat er mich nur eingeladen, damit ich mit seiner Schwester spreche, nicht weil er an mir interessiert ist.

Das ist cool. Es ist gut, diese Dinge im Voraus zu wissen, bevor Erwartungen geweckt und enttäuscht werden können.

Tatsächlich ist es so viel einfacher, ihn wegen eines geschäftlichen Deals anzusprechen. Ich habe darauf hingearbeitet und versucht, Konditionen auszuarbeiten, mit denen wir beide leben können.

Es geht mir *gut*.

8

Wyatt

Kayla und Sydney unterhalten sich seit etwas mehr als einer Stunde in der Küche. Ich hoffe, es hilft. Ich weiß immer noch nicht den Namen des Typen, der Kayla zu einer Hochzeit gedrängt und sie dann sitzengelassen hat. Was für ein Arsch tut sowas? Ich war sehr versucht, zu lauschen, falls sie Sydney gegenüber den Namen erwähnt, doch ich habe mich zurückgehalten. Sie braucht Zeit mit einer Freundin. Ich tue, was ich kann, doch ich habe nunmal keine Eierstöcke.

Es ist gegen sechs, draußen ist es schon dunkel, als Sydney den Kopf ins Sofazimmer steckt, wo ich rumhänge. „Hey, ich gehe, bevor der Schnee schlimmer wird."

Ich klappe meinen Laptop zu und stelle ihn auf das andere Ende des Sofas. Snowball nutzt die Gelegenheit, um auf meinen Schoß zu klettern, ihre Vorderpfoten auf meine Schultern zu legen und ihren Kopf an meinen Hals zu schmiegen. Ich lege eine Hand auf ihren Rücken und drücke sie an mich. „Welchen Eindruck hat sie auf dich gemacht?"

Sydney kommt herüber, und ich verliere den Fokus, abgelenkt von der Art und Weise, wie ihr grüner V-Ausschnitt-Pullover an ihrem sexy Körper hängt. Dazu ihre langen Beine in schwarzen Röhrenjeans und hochhackigen Stiefeln. Sie trägt ihr kastanienbraunes Haar offen. Ich liebe das. Ihr Haar ist lang, hängt weit über ihre spektakulären Brüste, die Art von Haaren, die man wie ein seidenes Seil um die Faust wickeln kann.

Sie antwortet leise. „Ihr Herz ist gebrochen, wie du gesagt hast, und so verdammt süß, dass sie keine Rache will."

Mein Blick begegnet ihrem. „Ich will Rache für sie."

„Ich auch. Was für ein Arschloch."

Ich klopfe auf das Sofakissen neben mir, weil wir jetzt ein gemeinsames Ziel haben. Ich möchte mehr mit ihr reden. Es liegt nicht an diesem sexy Pullover, doch er schadet auch nicht. Snowball denkt, ich hätte für sie auf das Sofa geklopft, also setzt sie sich auf die Stelle. Ich ziehe sie wieder auf meinen Schoß, damit Sydney neben mir sitzen kann.

Sie lässt sich nieder, und ich rieche Blumen. Süße Blumen, wie Sommer mitten im Winter. Ich muss gegen den Drang ankämpfen, mich zu ihr vorzubeugen und ihren Duft zu inhalieren.

Sie begegnet meinem Blick, ohne meine wachsende Lust zu bemerken. „Ich kann dir nicht alles erzählen, was sie mir gesagt hat. Schwesternkodex, du weißt schon."

Konzentrier dich. Das könnten gute Informationen sein. „Hat sie dir den Namen des Typen gesagt?"

Sie zieht die Brauen hoch. Aus der Nähe sind ihre Augen hellbraun mit goldenen Flecken und erinnern mich an Honig. Sydney mit den Honigaugen und dem süßen Duft. Es ist ganz natürlich, dass ich mich zu ihr hingezogen fühle. Sie ist nicht süß, was mir gefällt, weil süße Frauen mir meine direkte Art zu oft übel nehmen. Nur Kayla nicht, doch sie ist mit mir aufgewachsen. Sydney sieht süß aus und riecht süß, doch mit einer feurigen Persönlichkeit. *Das will ich.*

„Du kennst seinen Namen nicht?", fragt sie.

Ich blinzle ein paarmal und versuche mich zu erinnern, worüber wir gesprochen haben. Oh ja, Kaylas Ex. „Ich habe ihn nie kennengelernt. Das Ganze war eine böse Überraschung."

Sie schüttelt den Kopf. „Sie hat seinen Namen nie gesagt. Nur, dass er Doktorand ist."

„Das grenzt es ein. Wie viele könnte es im Biostatistik-Programm geben? Sie sagt, dass sie an derselben Uni waren." Ich setze Snowball, die mich verärgert anstarrt, auf den Boden und hole meinen Laptop. Ich finde die Website der Universität und suche im Fachbereich Biostatistik nach Doktoranden. Manchmal listen sie Absolventen auf, wenn sie als Lehrassistenten arbeiten.

Sydney schaut herüber. „Sie hat nicht gesagt, dass er im selben Programm war. Sie können sich aus einem überlappenden Kurs kennen oder in einer Studentenlounge oder bei einer Party begegnet sein oder sowas."

Ich ignoriere sie. Ich bin auf der Jagd. Es gibt zwei Doktoranden, die als Lehrassistenten arbeiten. Nerdige Typen wie Kayla sie bevorzugt. Ich klappe den Laptop zu. „Ich habe zwei potentielle Kandidaten, aber du hast Recht, er muss nicht aus demselben Programm sein. Sie hat gesagt, sie haben sich online kennengelernt und dann herausgefunden, dass sie auf dieselbe Schule gehen. Warum kann sie nicht einfach seinen Namen ausspucken?"

Ihre Augen leuchten. „Was willst du mit ihm tun?"

„Ich würde ihm gerne in sein dummes Gesicht schlagen." Snowball hebt ihren Kopf von der Stelle, an der sie sich zu meinen Füßen zusammengerollt hat.

Sydney nickt begeistert. „Und dann?"

Ich werfe ihr einen vorsichtigen Blick zu. Sie ist blutrünstig. „So weit bin ich noch nicht gekommen." Snowball rollt sich wieder zum Schlafen zusammen.

„Du musst ihm in die Nüsse treten", sagt sie, als ob das der natürliche nächste Schritt wäre.

„Erinnere mich daran, nie was mit dir anzufangen."

Sie steht auf und zieht sich einen Schritt zurück. „Kein Problem. Du bist nicht mein Typ. Überhaupt nicht. Eher das genaue Gegenteil."

Ich ignoriere den Stich und das enttäuschte Gefühl. Ich hatte irgendwie gedacht, dass sich hier was entwickelt. Sie redet viel mit mir und hat mich jetzt zweimal besucht. Und mir ist ihr Blick nicht entgangen, als sie das erste Mal hier war. Ihr gefällt, was sie sieht.

Ich antworte mit betont kühler Stimme, da ich instinktiv weiß, dass sie als Reaktion darauf heißlaufen wird. „Das ist praktisch, weil du auch nicht mein Typ bist."

Sie verschränkt die Arme, was ihre Brüste in diesem weichen Pullover hübsch anhebt. „Du datest wahrscheinlich ausschließlich Models."

Ich winke müde ab. „Und Schauspielerinnen und Erbinnen. Alles aus dem wohlhabenden Charity-Circuit." Ich seufze, als wäre es ein Fluch. Nicht, dass es mir was ausmacht, dass schöne Frauen sich auf mich stürzen. Ich wünschte nur, sie wären tatsächlich an mir interessiert, anstatt an meinem Bankkonto. „Das sind die Frauen, die ich treffe. In der Tat –"

„Ich will nichts von deinen Frauen hören", knurrt sie, und ihre Honigaugen blitzen.

Das Blut rauscht durch meine Adern. „Das sind nicht *meine* Frauen. Sie sind nur ausgeliehen. Lass mich raten, dein Typ sind große dumme Sportskanonen." *Das genaue Gegenteil von mir.*

„Warum denkst du, dass das mein Typ ist?"

„Du weißt, warum."

„Nein, das tue ich nicht."

„Du interessierst dich mehr für das Paket."

Sie stemmt die Hände in die Hüften. „Also bin ich jetzt oberflächlich?" Ihr Kopf schießt zu mir herum, und ich weiß, jetzt bin ich dran. „Warum zum *Teufel* denkst du, dass du mich gut genug kennst, um zu sagen, was mein Typ ist, ist mir ein Rätsel. Du kennst mich überhaupt nicht."

„Natürlich tue ich das."

„Nein, tust du nicht. Nicht annähernd."

Das ist so offensichtlich falsch, dass ich sie korrigieren muss. Ich zähle alles an meinen Fingern ab. „Du bist pleite, du hast keinen Geschäftssinn, du bist aufbrausend, was toll im Bett und schlecht fürs Geschäft ist – siehe gescheitertes

Restaurant –, und du weißt nicht, wann du die weiße Fahne schwenken solltest." Als sie schweigt, fällt mir noch ein Punkt ein. „Und du bist viel zu stur und unabhängig, und damit tust du dir keinen Gefallen." Technisch gesehen sechs Punkte, aber ich bleibe bei meiner einen Hand.

Sie hebt das Kinn. „Und du bevorzugst deine Frauen gefügig und abhängig."

„Ich bevorzuge eine Frau mit gesundem Menschenverstand."

Ihr Gesicht wird rot. „Fahr zur Hölle!"

Ich bin das vielleicht falsch angegangen.

Sie zeigt mir den Mittelfinger und marschiert aus dem Zimmer.

Ich muss wirklich aufhören, sie so zu reizen. Es ist nicht so, dass ich sie beleidigen wollte. Sie ist zu stur und zu unabhängig, kämpft darum, das Restaurant über Wasser zu halten, ignoriert alle meine guten Vorschläge und weigert sich, einen Kredit von Harper anzunehmen. Wobei ich Letzteres nachvollziehen kann, da sie Freunde aus Kindertagen sind, aber trotzdem. Der Rest war wahr, und das weiß sie auch.

Ich sitze ein paar Augenblicke da und überlege, ob ich ihr hinterherlaufen und mich entschuldigen soll. Sie ist vor einem Schneesturm hierhergekommen, um meine Schwester aufzuheitern, und hat hausgemachte Eiscreme-Sandwiches mitgebracht.

Ich gehe zurück durch die Küche und finde Kayla, die auf der Insel sitzt und auf ihrem Handy scrollt. Snowball folgt mir hinein.

Kayla schaut auf. „Sydney ist gerade in Eile gegangen."

Ich ignoriere den Stich der Schuldgefühle. „Sie wollte nach Hause, bevor der Sturm schlimmer wird."

Snowball sieht mich erwartungsvoll an. Ihr Menschenradar hat Sydney für gut befunden.

Ich habe Mist gebaut.

∼

Sydney

Verdammt noch mal! Mich mit diesem schützenden Großbruder-Zeug weichmachen, und dann – *wham!* – volle Breitseite mit den Beleidigungen. Zu denken, dass ich kurz vor einem Schneesturm mit Eiscreme-Sandwiches hierhergekommen bin, um seiner Schwester zu helfen! So dankt er mir. Indem er mich, mein Restaurant und meinen gesunden Menschenverstand beleidigt!

Das war das letzte Mal. Ich bin mit Wanze für immer fertig.

Selbst das Schneegestöber kann sich nicht mit meiner Wut messen. Ich verlasse das Haus gerade, als der Sturm stärker wird und die Bäume sich im Wind biegen. Ich gehe zu meinem alten schwarzen Honda, reiße den Kofferraum auf und hole den Eiskratzer heraus. Frontscheibe. Heckscheibe. Seitenfenster. Ich werfe den Kratzer zurück in den Kofferraum und eile zurück auf die Fahrerseite, um einzusteigen. Mist. Ich habe meinen Eisportionierer in seiner Küche gelassen. Ich hätte ihn und alle meine Eiscreme-Sandwiches mitnehmen sollen. Er hat meine Schneesturm-Essentials nicht verdient. Jetzt muss ich mit leeren Händen nach Hause gehen.

Ich zittere und überlege, wieder hineinzugehen, um meine Sachen zu holen. Ich will nicht, dass er *mein* Essen genießt. Ich will, dass er Dreck frisst. *Scheiß drauf.* Ich will nur hier weg. Ich lasse den Motor an und drehe die Heizung auf. Ich schwöre, er hat mich zum letzten Mal beleidigt, und wenn ich ihn nie wieder sehen muss, macht mich das zu einer sehr glücklichen Frau.

Ich fahre langsam los, weil ich nicht will, dass meine Reifen auf dem Neuschnee durchdrehen. Ein monströses Krachen zerreißt die Luft, kurz bevor eine riesige Kiefer in mein Blickfeld kippt. Ich schreie auf, als sie direkt vor meinem Auto kracht. Das Auto bebt von dem Beinahetreffer. Der Baumstamm neben meinem Auto ist fast so hoch wie das Dach. Ich presse eine Hand auf mein klopfendes Herz, Adrenalin schießt durch meine Adern.

Das Ding hätte mich erschlagen können.

Oh mein Gott.

Ich hätte *draufgehen* können.

Meine Hände zittern. Ich blinzle ein paarmal, immer noch geschockt. *Nichts passiert. Alles ist okay.* Ich lebe. Das ist der wichtige Teil.

Mein Verstand beginnt wieder zu funktionieren. Ich kann nicht um diesen Baum herumfahren. Er ist zu groß und blockiert seine Auffahrt. Den Leuchtturm hat er auch nur knapp verfehlt. Wenn ich nicht drum herum fahren kann, heißt das ... oh nein. Nein, nein, nein. Ich kann nicht hier festsitzen.

Er ist der Allerletzte, den ich jetzt oder jemals wiedersehen will.

Ich hole mein Handy heraus und rufe Drew an. Er hat einen Pickup, der im Schnee sicher ist. Sobald er antwortet, platze ich heraus: „Vor meinem Auto ist eine Kiefer umgefallen, und ich komme nicht drum herum. Kannst du mich abholen?"

„Wo bist du?"

Ich zucke zusammen. Er wird wissen wollen, was zum Teufel ich in Satans Haus wollte. Denn er hat gehört, dass ich ihn so genannt habe. Wahrscheinlich hätte ich meinem Instinkt folgen sollen. „Am Ortsrand. Im Haus eines Freundes auf der anderen Seite der Route 15."

„Route 15 ist dicht. Überall umgekippte Bäume und abgebrochene Äste. Eli ist gerade mit der Polizei draußen. Es ist nicht sicher. Und ich will auch nicht, dass du zu Fuß nach Hause gehst. Bleib einfach, wo du bist. Bei wem bist du?"

Er weiß, dass Jenna und Audrey in der Nähe des Zentrums wohnen. Ich hasse es, die Wahrheit zuzugeben. Ich komme mir so töricht vor, zu riskieren, bei einem Sturm rauszugehen, nur weil ich mich dummerweise vom falschen Mann angezogen gefühlt habe.

„Syd, welcher Freund?"

„Wyatt", gebe ich zu.

„Bist du okay da? Ich kann mit ihm reden, ihn warnen."

Ich spiele an meinem Gurt herum, verlegen bei dem Gedanken, dass mein großer Bruder für mich interveniert. Ich komme mit Wyatt klar. Ich will es nicht müssen, aber ich kann es. „Nein, schon gut. Seine Schwester ist hier. Ich hänge einfach mit ihr ab."

„Was hast du überhaupt in diesem Mistwetter draußen gemacht?"

Ich bin einem Mann mit Tampons gefolgt.

Ich seufze. „Ich habe seine Schwester besucht. Sie macht eine schwere Zeit durch."

„Meld dich morgen bei mir oder Eli. Einer von uns holt dich, sobald die Straßen geräumt sind."

„Okay, danke."

Ich lege auf und starre die Kiefer an, die mir den Gefallen getan hat, mich nicht zu töten, mich dafür aber zwingt, mehr Zeit mit dem letzten Menschen auf Erden zu verbringen, mit dem ich welche verbringen will. Es wird eine Weile dauern, bis jemand hier rauskommen wird, um den Baum wegzuräumen. Ich atme ein paarmal tief durch und versuche, mich zu beruhigen, damit ich Satan wie eine vernunftbegabte Frau gegenübertreten kann.

Ich kann nicht glauben, dass ich die Nacht bei meinem Todfeind verbringen muss! Verdammter Baum!

Ich erschrecke, als es an die Scheibe klopft.

Wyatt starrt mich an. „Bist du okay?"

9

Wyatt

Das schreckliche Geräusch, das ich gehört habe, war eine riesige Kiefer, die quer über meine Auffahrt gestürzt ist. Sie ist nur wenige Zentimeter von Sydneys Auto entfernt gelandet. Sie hätte erschlagen werden können.

Sie reagiert nicht, sitzt nur da und starrt geschockt auf den Baum. Kein Blut. Gott sei Dank. Schnee peitscht um mich herum, vom tosenden Wind getrieben, die Bäume knarren in den Böen. Der Schnee ist so nass und schwer, dass leicht noch mehr Bäume umstürzen könnten.

Ich klopfe wieder ans Fenster. „Sydney!"

Sie starrt weiter auf den Baum vor ihrem Auto. Vielleicht hat sie ein Schleudertrauma, weil sie auf die Bremse getreten ist.

Ich öffne die Tür. „Sydney, bist du okay?"

Sie dreht sich langsam zu mir um. „Ja, mir geht's gut."

Ich reiche ihr die Hand und helfe ihr aus dem Auto, beuge mich hinein, um ihre Handtasche zu holen und schließe die Tür. Sie zittert und verschränkt die Arme gegen die Kälte. „Ich komme um diesen Baum nicht herum. Drew sagt, die Straßen sind nicht befahrbar."

„Okay. Komm wieder rein, bevor noch mehr Bäume

umstürzen." Ich lege meinen Arm um ihre Schultern und führe sie ins Haus.

Ich schließe die Haustür hinter uns, gerade als ich einen Ast krachen höre. Sie packt mich, klammert sich fest um meine Mitte. Purer Instinkt. Nichts Persönliches. Sie muss Angst haben.

Ich lasse ihre Handtasche fallen und lege meine Arme um sie, halte ihren Kopf an meine Brust. Sie fühlt sich richtig in meinen Armen an. Noch nie hat sich jemand so richtig ange-fühlt. *Okay, denk nach. Was braucht sie?* Keine Frage, sie bleibt über Nacht hier. Es ist nicht sicher da draußen. Ich lasse sie los und bemerke plötzlich, wie viel Kraft es braucht, sie nicht wieder an mich zu ziehen. Ich werde die Situation nicht ausnutzen. Der Schreck steckt ihr noch in den Knochen und wahrscheinlich ist sie nicht glücklich, dass sie hier festsitzt. *Ist es schlimm, dass ich froh bin, dass sie noch ein bisschen länger hier ist?* Ich bekomme eine zweite Chance, mit ihr zu reden, auch wenn die Umstände nicht ideal sind. Ich mag sie.

Sie zieht sich zurück. „Tut mir leid."

„Kein Problem. Mir tut leid, was ich vorhin gesagt habe. Ich hätte so was nicht über dein Restaurant und dich sagen sollen." Man könnte zwar argumentieren, dass es nicht sehr vernünftig war, uns zu besuchen, wenn ein großer Schnee-sturm angekündigt ist, doch ich bin froh, dass sie es getan hat, also halte ich den Mund. Und ja, ihr Geschäft scheitert, aber jetzt ist nicht die Zeit für unangenehme Wahrheiten. Ich versuche, mich vor der langen Nacht, die vor mir liegt, mit ihr zu vertragen. Ich will keinen Krieg.

„Okay", sagt sie leise.

Snowball kommt zu uns. Sie muss nach dem Krachen des umgestürzten Baumes zu große Angst gehabt haben, um auch nur zu bellen. Ich hebe sie hoch. „Willst du sie halten?" Ein flauschiger Puffer. Perfekt.

„Gerne." Sie nimmt Snowball und schmiegt sich an sie. Snowball windet sich glücklich und wedelt mit dem Schwanz. Snowball mag Syndey, und das sollte ich ernst nehmen. Sie knurrt die meisten meiner Freundinnen an.

Nicht, dass sie meine Freundin wäre, aber die Chemie stimmt auf jeden Fall, auch wenn sie manchmal explodiert.

Ich bedeute Sydney, mir ins Sofazimmer zu folgen. Sie folgt mir langsam. Die Küche ist leer. Kayla muss die Situation erkannt haben und sicher sein, dass ich mich darum gekümmert hatte. Sie hat mich wahrscheinlich durch das Fenster beobachtet und, so wie ich Kayla kenne, muss sie beschlossen haben, uns Zeit allein zu geben. Sie hat gesagt, es ist an der Zeit, dass ich aufhöre, meine Zeit mit Frauen zu verschwenden, die mich nicht verdient haben. Sie verehrt ihren großen Bruder. Berechtigterweise.

„Wenn du willst, können wir uns einen Film auf meinem Laptop ansehen", sage ich, als wir in das Sofazimmer kommen. „Und später kannst du auf dem Sofa schlafen." Ich mache mir nicht die Mühe, mich umzudrehen und ihre Reaktion anzusehen, die sicherlich entsetzt ist. Vorhin wollte sie nur schnell hier weg, weil ich sie wütend gemacht habe, und jetzt verbringt sie die Nacht bei mir. Nicht *mit* mir. Neben mir.

Die sonst so schlagfertige Sydney bleibt stumm. Langsam fange ich an, mir Sorgen um sie zu machen.

Ich bedeute ihr, sich zu setzen. „Ich werde ein Feuer machen."

Sie zeigt auf das Sofa. „Ich kann dir dein Bett nicht nehmen. Wo wirst du schlafen?"

Ich bin so erleichtert, dass sie wieder normal klingt, dass ich fast lächele. Ich zucke mit den Schultern, als wäre es mir egal. Ich hätte mir ein Schlafsofa kaufen sollen, aber woher hätte ich wissen sollen, dass Kayla auftauchen und mein Bett brauchen würde? Und ich weiß, dass sie meine Schwester ist, aber es fühlt sich komisch an, auch nur daran zu denken, ein Bett mit ihr zu teilen. „Ich werde mir schon was einfallen lassen."

„Was zum Beispiel?"

Ich gehe vor dem Kamin in die Hocke und werfe Anzündholz auf ein paar größere Scheite. „Ich kann mit einem Kissen auf dem Boden schlafen und meinen Wintermantel als Decke benutzen." Erinnert mich irgendwie an Dickens. Das bin ich, die Milliardärsausgabe eines Oliver Twist.

Die naheliegende Lösung, die ich nicht erwähnen werde, besteht darin, die kleine Kayla auf das Sofa zu verbannen, während Sydney und ich das Queensize-Bett oben nehmen. Aber das wird nicht passieren. Sie ist immer noch geschockt von gerade eben. Und es ist noch nicht lange her, dass Sydney gebrodelt hat, wenn sie mich auch nur gesehen hat. Nur weil ich konstruktive Kritik an ihrem scheiternden Geschäft geübt habe.

Ich blicke über meine Schulter zu ihr zurück.

Langsam lässt sie sich auf dem Sofa nieder. „Also, äh, danke, dass ich dableiben kann."

„Natürlich." Ich werfe mehr Anzündholz in den Kamin und zünde ein langes Streichholz an. Ich liebe es, einen Kamin (oder mehrere) Kamine zu haben. In meiner Wohnung in der Stadt hätte ich das nie tun können. „Wenigstens haben wir Eiscreme-Sandwiches."

Ich warte, bis das Anzündholz brennt, und werfe das Streichholz in den Kamin. Ich sehe sie über meine Schulter an. „Ob du es glaubst oder nicht, ich habe auch richtiges Essen."

„Ach ja, was zum Beispiel?"

Ich wende mich wieder dem Feuer zu und benutze den schmiedeeisernen Schürhaken, um das Anzündholz ein wenig zu verschieben. Sieht so aus, als ob das Feuer jetzt auf die Scheite überspringt. Ich lege das Werkzeug weg und stehe auf. „Chinesisches Essen von gestern, und ich kann dir Trut-hahn-   oder   Erdnussbutter-Marmeladen-Sandwiches anbieten."

Sie lächelt, und mein Magen zieht sich zusammen. Sie ist atemberaubend schön, wenn sie lächelt. „Was braucht man sonst noch?"

Ich zeige mit dem Finger auf sie. „Eiscreme-Sandwiches mit selbstgebackenen Keksen."

„Dann haben wir alles. Nochmal danke, dass ich bleiben kann. Ich weiß, dass es eine Unannehmlichkeit ist."

„Eine Leiche in der Auffahrt wäre eine Unannehmlichkeit. Deine Gesellschaft ist eine Freude."

Ihr Mund bleibt offen stehen, dann klappt sie ihn abrupt zu.

„Ich bin froh, dass dir nichts passiert ist", füge ich hinzu.

„Ich auch", sagt sie leise.

Ein Moment verstreicht still. Die einzigen Geräusche sind das Knistern des Feuers und der Wind, der durch die Bäume fegt. Mein Puls pocht in meinen Adern, der Moment fühlt sich plötzlich aufgeladen an.

Snowball springt von Sydneys Schoß herunter und trottet zu mir herüber.

Sydney steht auf, geht zum Fenster und späht hinter die provisorische Jalousie, die ich aufgehängt habe. „Das haut ordentlich runter."

Ich sehe mich nach meinem Laptop um und stelle fest, dass Kayla ihn mit nach oben genommen haben muss. „Soll ich meinen Laptop holen? Wir könnten uns was ansehen."

„Schon okay."

Also reden wir wohl. Das macht man wahrscheinlich am besten aus der Ferne. Snowball hat sich jetzt vor dem Feuer zusammengerollt. Ich gehe ihr Körbchen von neben dem Sofa holen, gerade, als Sydney es sich in der einen Ecke des Sofas bequem macht. Sie späht über die Lehne und beobachtet mich.

„Du hast deinem Hund ein rosa Körbchen mit Mono-gramm gekauft?", fragt sie.

Ich kann das Amüsement in ihrer Stimme hören. „Das hatte sie schon. Außerdem, woher sollte sie wissen, welches ihr Körbchen ist, wenn ihr Name nicht draufsteht?"

Sie lacht, ein kehliger Laut, der mich bei den Eiern packt. Das könnte mir genauso gut gefallen wie ihre blitzenden Augen und ihr feuriges Temperament.

Ich gehe zurück, hebe Snowball hoch und lege sie in ihr Bett neben dem Kamin. Sie seufzt. Nicht zu nahe, damit sie keine Funken abbekommt, doch nah genug, um schön warm zu bleiben. Dann nehme ich den großen Plastikbecher mit ihrem Pflegekit vom Kaminsims und setze mich im Schneidersitz neben sie auf den Boden.

„Das Wichtigste zuerst", sage ich zu Snowball. „Du weißt ja, was jetzt kommt." Ich ziehe sie auf meinen Schoß, und sie sieht mich genervt an. Ich drücke einen Klecks Zahnpasta mit Geflügelgeschmack auf ihre Zahnbürste und mache mich an die Arbeit.

„Du putzt deinem Hund die Zähne?", fragt Sydney.

Ich bleibe konzentriert und achte darauf, ihre Reißzähne bis zum Zahnfleischrand zu schrubben. „Das kann sie ja schließlich nicht selbst, oder?"

„Ich denke nicht. Ich wusste nur nicht, dass man das tun muss."

„Besonders wichtig bei Shih Tzus wegen ihres Unterbisses. Sie bekommen leicht Karies, und dann muss der Tierarzt die Zähne ziehen." Ihr Vorbesitzer hat mir alles erklärt, was ich wissen musste.

Sydney wird still. Ich spüre, dass sie unsere abendliche Routine beobachtet. Ich muss es hinter mich bringen, bevor ich von Sydney abgelenkt werde und es vergesse. Außerdem gibt es ihr Zeit, sich hier bei mir wohl zu fühlen. Ich denke, das ist die längste Zeit, die wir miteinander gesprochen haben, ohne, dass ich einen bösen Blick von ihr geerntet habe. Ich tue das nicht. Ich grinse. Meistens, wenn mich etwas unterhält. Sydney ist verrückt nach meinem Grinsen.

Nachdem ich mit Snowballs Zähnen fertig bin, hole ich das weiche Tuch heraus, um ihre Augen und Ohren zu reinigen. Sie lässt es geduldig über sich ergehen. Es ist ein Ritual, das sie seit ihrer Welpenzeit kennt. „Sieht gut aus", sage ich zu Snowball, als ich fertig bin. „Jetzt kannst du am Feuer dösen." Ich lege sie zurück in ihr Körbchen, und sie rollt sich zusammen und sieht zufrieden aus.

Ich packe das Pflegekit weg und wende mich Sydney zu, die auf ihr Handy starrt. „Ich wasche mir die Hände und fange mit dem Abendessen an. Immer noch nur das eine Badezimmer. Es ist oben, falls du es brauchst."

„Danke", sagt sie leise.

Ich bin versucht, dieser Weichheit nachzugehen, der ersten, die ich je von ihr gehört habe, doch zuerst muss ich mich waschen.

Nachdem ich mir oben im Badezimmer die Hände gewaschen habe, betrachte ich mich im Spiegel und streiche mir die Haare aus dem Gesicht. Ich brauche einen Haarschnitt. Meine Haare können bei den dicken Wellen widerspenstig werden. Wenn ich sie jemals lang wachsen lassen würde, würde es sicher genauso aussehen wie das von Kayla. Apropos …

Ich klopfe an ihre Tür und öffne sie dann, als sie nicht antwortet. Sie sitzt aufrecht im Bett mit meinem Laptop auf dem Schoß und hat Ohrhörer in den Ohren.

Sie nimmt einen heraus. „Wie läuft's unten mit Sydney? Erholt sie sich von ihrem Beinahe-Unfall?"

„Ja, und sie bleibt über Nacht hier. Der Baum blockiert die Auffahrt, und in diesem Sturm kann man nicht raus. Komm doch runter und bring den Laptop mit." Ich brauche jemanden als Puffer zwischen uns, damit ich nicht in Versuchung gerate, irgendetwas zu versuchen. Sydney ist verletzlich und erschüttert, und sicher nicht freiwillig hier. Das darf ich nicht ausnutzen.

Ein Lächeln umspielt Kaylas Lippen, ihre braunen Augen funkeln. „Ach, ich weiß nicht. Vielleicht wollt ihr euch ein bisschen besser kennenlernen." Sie zwinkert mir übertrieben zu.

Ein Anflug von Panik steigt in mir auf. „Sie würde sich wohler fühlen, wenn du da wärst. Außerdem hast du den Laptop."

„Gott bewahre, dass du tatsächlich mit einer Frau sprechen und sie kennenlernen musst."

„Ich kenne sie. Und du willst Abendessen, oder? Also komm runter. Du kannst mit Sydney quatschen, während ich es fertig mache."

Sie winkt ab. „Ich kann mir jederzeit ein Sandwich oder was von dem Lo Mein von gestern holen." Sie legt den Kopf zur Seite. „Also, wie werdet ihr schlafen?"

„Sie auf dem Sofa und ich am Boden. Würdest du bitte kurz runterkommen?"

„Aber du hast keine zusätzlichen Decken. Wie willst du warm bleiben?"

Offensichtlich wird sie nicht runterkommen.

Ich gebe auf. „Ich werde meinen Wintermantel benutzen."

Sie runzelt die Stirn, bevor sich ihre Miene aufhellt. „Ich weiß! Ich werde sie fragen, ob sie mit mir eine Pyjamaparty veranstalten will. Wir können uns das Bett teilen, und du kannst das Sofa haben."

„Wie du meinst." Ich wende mich zum Gehen.

„Bist du sauer, weil du sie ganz für dich haben wolltest?"

Ich drehe mich um. „Ich bin nicht sauer. Ich habe dich eingeladen, dich uns anzuschließen." *Ich wollte keine Versuchung, und jetzt wird es keine geben, denn die Mädchen werden sich das Bett oben teilen. Ich werde wie immer allein mit meiner pelzigen Gefährtin sein. Auch gut.*

Ich gehe zur Tür.

„Nicht jede ist wie Julia", sagt Kayla leise.

Ich erstarre, schüttle dann den Kopf und gehe hinaus. Meine Schwestern glauben, dass Julia der Grund ist, aus dem ich seit drei Jahren keine ernsthafte Beziehung hatte. Das ist sie *nicht*. Hat sie mich betrogen? Ja, das hat sie. Aber ich bin darüber hinweg. Tatsächlich ist mir nach zwei Jahren mit ihr bewusst geworden, dass mein größter Fehler gewesen war, mich zu früh an jemanden zu binden. Man sollte seine Zwanziger genießen und viele verschiedene Leute kennenlernen. Spaß haben und all den Scheiß.

Jetzt, wo ich dreißig bin, gilt dasselbe. Warum zum Henker nicht?

10

Sydney

Wyatt kehrt mit irritierter Miene zurück.

Es muss an mir liegen. Er ärgert sich darüber, dass er für einen unerwarteten Übernachtungsgast sein Bett aufgeben muss. „Ich werde keine Belastung für dich sein."

Er zuckt zusammen, als hätte ich ihn überrascht. Er muss tief in Gedanken versunken sein. „Was?"

„Ich will keine Belastung für dich sein. Ich mache mir einfach ein Sandwich und spiele ein Spiel auf meinem Handy. Du wirst nicht einmal bemerken, dass ich hier bin. Und ich schlafe mit meiner Winterjacke auf dem Boden, okay? Du kannst deine Sachen benutzen und auf dem Sofa schlafen."

Er starrt mich an. „Wovon in aller Welt redest du?"

„Dass ich keine Belastung sein will?"

„Bist du nicht. Und ich lasse dich auch nicht auf dem Boden schlafen. Lächerlich. Komm, lass uns zu Abend essen."

Er scheint immer noch wegen irgendwas angepisst zu sein. Vielleicht ist ihm Kayla auf die Nerven gegangen. Ich weiß, dass Geschwister einem ganz schnell unter die Haut gehen können.

Ich folge ihm in die Küche. „Deine Schwester scheint cool zu sein."

„Ja." Er trommelt mit beiden Händen auf die Insel. „Also, was möchtest du zum Abendessen?"

„Was immer du nicht willst."

Er schüttelt den Kopf und murmelt was vor sich hin, als er zum Kühlschrank geht. Er holt vier Behälter mit chinesischem Essen heraus und stellt sie auf der Insel ab, wobei er mir die Auswahl beschreibt. „Entscheide dich."

„Kann ich ein bisschen von allem haben?"

„Klar."

Er holt Teller und Besteck aus dem Schrank. Dann bedeutet er mir, mich zuerst zu bedienen. Er ist einsilbig auf diese männliche Art und Weise, wenn sie versuchen, nicht über das zu reden, was sie stört. Wir kennen uns nicht gut genug, um ihn zu drängen, also lasse ich ihn in Ruhe und hoffe, dass es bald vorbei sein wird. So ist es mit meinen Brüdern und den drei Typen, mit denen es mir ernst genug war, um ihre Stimmungen kennenzulernen.

Ich bediene mich und achte darauf, genug für ihn und Kayla übrigzulassen.

Er stellt meinen Teller wortlos in die Mikrowelle und bedient sich, häuft Essen auf seinen Teller. Nachdem unser Abendessen aufgewärmt ist, essen wir schweigend an der Center sitzend. Im Grunde ist es eine behagliche Stille, der Raum ist warm und hell im Vergleich zu dem tobenden Sturm draußen. In der Ferne höre ich das Rauschen des Windes in den Bäumen.

„Ich hoffe, der Strom fällt nicht aus", sage ich.

Er hält seine Gabel Brokkoli auf halbem Weg zu seinem Mund an. „Das wäre scheiße. Passiert das hier oft?"

„Findest du drei- oder viermal im Jahr ist oft?"

„Oh ja."

„Dann ja."

„Warum hat mir der Makler nichts davon erzählt? Ich hätte Vorkehrungen getroffen."

Ich wickle meine Lo Mein um meine Gabel. „Der war wahrscheinlich so glücklich, dass er dieses Haus endlich verkauft hat, da wollte er nichts Schlechtes erwähnen. Es ist der Wind, der das Problem ist. Er bricht Äste ab und lässt – wie du ja gesehen hast – ganze Bäume umfallen und Stromleitungen runterreißen. Und es dauert eine Weile, bis die Reparaturtrupps hier zu uns rauskommen. Bevor sie die Leitungen reparieren können, muss die Straße von umgestürzten Bäumen geräumt werden, dann erst können sich die Reparaturtrupps um die Leitungen kümmern. Wir haben einen Generator im *Horseman Inn* für das Wichtigste. Du solltest dir auch einen besorgen." Ich kaue mein Essen. Ich bin überraschend hungrig, wenn man bedenkt, dass ich vor nicht allzu langer Zeit ein Eiscreme-Sandwich gegessen habe. Ich glaube, fast von einem Baum erschlagen zu werden, hat meinen Appetit geweckt. Ich bin einfach so dankbar, hier zu sitzen, warm, satt, sicher vor dem Sturm. Wer hätte gedacht, dass ich mich mit Wyatt Winters so gut fühlen kann?

Er zieht eine Grimasse. „Wir sind hier wirklich am Arsch der Welt. Zuerst erfahre ich, dass ich Brunnenwasser und eine Klärgrube brauche, und jetzt muss ich für meinen eigenen Strom sorgen. Was kommt als Nächstes? Müssen wir unser Essen über offenem Feuer kochen?"

„Sei auf alles vorbereitet. Offensichtlich warst du nie ein Pfadfinder."

Ein Mundwinkel verzieht sich zu einem kleinen Lächeln, das ich erwidere. Seine schlechte Stimmung von vorhin vergeht, ersetzt durch den Wyatt, den ich kenne und liebe. *Mag.* Ich mag ihn. Manchmal. „Ich war zu beschäftigt damit, Computer auseinanderzunehmen und bessere zu bauen."

„Ah, du warst einer dieser Stubenhocker, die sich in ihrer Kellerhöhle verkriechen und an Computern rumbasteln." Ich huste „Nerd".

Er zeigt mit seiner Gabel auf mich. „Ich darf dir sagen, dass ich als Erstgeborener und einziger Junge mein eigenes Zimmer hatte, in dem ich mich verkriechen konnte. Wie auch immer, es hat sich gelohnt. Mit neunzehn habe ich mein erstes Tech-Startup verkauft und seitdem zwei weitere." Er isst mit großem Appetit sein Abendessen.

Ich esse noch ein paar Bissen und denke darüber nach,

was er jetzt mit seiner Zeit anstellt. „Ich habe gehört, dass du im Ruhestand bist, aber du beschäftigst dich in deiner Freizeit immer noch mit Technik, nur so zum Spaß, oder? Woran arbeitest du gerade?"

„Auf keinen Fall. Ich will nicht mehr an einen Computer gekettet sein. Ich habe das Licht gesehen." Er blinzelt und blickt zur Decke. „Und es ist die Sonne."

Ich lache. „Okay, dann hast du also entdeckt, dass du das Haus verlassen kannst, was nun?"

„Ich renoviere dieses Haus."

„Und?"

„Und dann chille ich."

Ich trinke einen Schluck Wasser. „Das ist langweilig."

Er sieht mir in die Augen, seine Stimme ist heiser. „Bisher nicht."

Ich wende den Blick ab, meine Wangen werden rot. Das war … *heiß*. Und es war kaum ein Flirt. Ich habe die Absicht nur tief in meinem Bauch gespürt, wo jetzt eine Sehnsucht erwacht ist. Nein. Ich verzehre mich nicht nach dem Mann, den ich um einen Kredit bitten wollte. Jetzt, wo wir zivilisiert miteinander umgehen, sollte ich das ansprechen und dann erklären, wie ich es ihm mit Zinsen zurückzahlen würde. Ich will nicht, dass er denkt, dass ich hinter seinem Geld her bin. Nun, das bin ich, aber es wäre für eine für beide Seiten vorteilhafte Transaktion. Wenn ich nur eine Idee hätte, was ich als Gegenleistung zu bieten habe, außer einem Stück meines Restaurants. Das ist ein klares Nein, von dem ich nicht abweichen werde.

Und es versteht sich von selbst, dass wir alles streng professionell halten. Sex und Geschäft passen nicht zusammen. Nicht, dass Wyatt und ich gleich Sex haben würden. Gott, es ist so lange her, dass ich davon besessen bin. Ich muss mich für eine dieser Dating-Apps anmelden, um jemanden kennenzulernen.

Tatsache ist, wenn ich mit ihm die Grenze überschreite, wird er mich als Geschäftsfrau nicht ernst nehmen. Und Respekt ist im Geschäft alles. Ich will ernst genommen werden. Ich weiß, was ich tue. Ich bin nur in eine schwierige Situation geraten.

Ich spüre seinen Blick. Er isst nicht, er studiert mich nur. Wir sind nah genug, um seinen sauberen Duft und den schwachen Geruch von Rauch vom Kamin wahrzunehmen. Mein Blick fällt auf seine Lippen, diese sinnlichen Lippen. Ich benetze meine eigenen, bemerke plötzlich die schimmernde Stille, die voller Möglichkeiten ist, und begegne seinem glühenden Blick wie in meinen Träumen. Mein Atem stockt, ein Schauer der Aufregung rast mir über den Rücken. *Sag was!* „Und was passiert, nachdem du die Renovierung abgeschlossen hast?" Meine Stimme klingt hoch. Ich räuspere mich. „Wirst du ein anderes altes Haus kaufen, um es zu renovieren?"

Er wendet sich wieder seinem Abendessen zu und spießt ein Stück Hühnchen auf. „Ich weiß nicht. Habe noch nicht so weit gedacht."

Ich beende mein Essen, meine Gedanken sind wirr. Was kommt als Nächstes? Intimes Gespräch am Feuer? Gemeinsam einen Film auf seinem Laptop anschauen? Wieder meine Arme um ihn werfen? Es hat sich so gut angefühlt, von ihm im Arm gehalten zu werden. Als könnte mir da nichts passieren. Und das bei einem Mann, von dem ich dachte, dass er auf die Erde geschickt wurde, um mir auf die Nerven zu gehen!

Chill, Syd. Frag ihn nach dem Kredit. Bleib professionell.

Er räumt unser Geschirr ab und dreht sich wieder zu mir um. „Komm, auf zum einzigen Sitzplatz im Haus."

Ich folge ihm zurück zum Sofa und starre in das knisternde Feuer. Snowball hat sich in ihrem Körbchen vor dem Kamin zusammengerollt. „Sie muss das Feuer lieben, denn sie hat beim Essen nicht einmal gebettelt."

„Sie schläft immer nach ihrer Abendroutine. Ihr Abendessen war um drei, und mehr erwartet sie nicht vor dem Morgen."

Ich betrachte das Sofa. Es gibt drei Kissen. Ich setze mich an das eine Ende, um einen professionellen Abstand zu wahren. Er nimmt das andere Ende und lächelt mich verkniffen an und sieht dabei unbehaglich aus. Dabei habe ich noch mehr das Gefühl, eine Belastung zu sein. Mist. Wie kann ich ihn um einen Kredit bitten, wenn er so unbehaglich aussieht?

Ich versuche es mit Smalltalk. „Bist du schon oben im Leuchtturm gewesen?"

Er lacht leise und wedelt mit den Fingern in meine Richtung. „Du meinst mein Geheimversteck?"

Ich wende mich ihm begeistert zu. „Wie ist es?"

Seine Lippen zucken. „Schwörst du, dass du es niemandem erzählst?"

„Oh, da muss es was Gutes geben." Ich hebe eine Hand. „Ich schwöre!"

Er beugt sich vor und sagt mit verschwörerischer Stimme: „Es ist kein Leuchtturm."

„Ist es nicht? Verdammt, das ist so enttäuschend. Natürlich war es nie sinnvoll, hier oben, so weit im Landesinneren, einen zu haben."

„Es ist ein Wasserturm, und der letzte Besitzer hat ihn wie einen Leuchtturm streichen lassen, weil er Leuchttürme mochte."

Auf einer ehemaligen Farm ergibt ein Wasserturm viel mehr Sinn. „Geheimnis gelüftet." Ich rümpfe die Nase. „Ich denke, ich werde das Rätsel für den Rest der Stadt fortbestehen lassen. So macht es mehr Spaß."

„Natürlich. Du hast einen Bluteid geschworen."

Ich runzle die Stirn. „Nicht ganz, aber dein Geheimnis ist bei mir sicher. Ich frage mich, warum sonst niemand davon weiß."

Er lehnt sich zurück und streckt seine Arme über die Sofalehne. „Jemand müsste auf das Grundstück kommen und den Turm aus der Nähe untersuchen. Ich glaube nicht, dass der ehemalige Besitzer viele Besucher hatte. Er war Witwer, und sein Sohn ist jung gestorben. Ich habe recherchiert."

„Das ist traurig. Er muss einsam gewesen sein."

„Sehr wahrscheinlich. Hoffentlich hatte er einen Hund."

Ich lächle. „Ich habe mir dich nie als den Typ mit einem kleinen weißen Hund namens Snowball vorgestellt."

„Willst du damit sagen, dass der Name nicht zu ihr passt? Sie sieht aus wie ein Schneeball." Snowball hebt den Kopf, sieht Wyatt müde an und schläft weiter.

„Nein, du passt nicht."

„Ach so? Was für einen Hund sollte ich deiner Meinung nach haben?"

Ich stelle mir sofort einen selbstgefällig dreinblickenden Hund vor, den ich einmal in einem Internet-Meme gesehen habe, der ohne jegliches Bedauern das Sandwich seines Besitzers geleckt hat. „Eine Deutsche Dogge."

„Weil?"

„Äh, nur so."

Er beugt sich vor, lächelt und sieht eher charmant als selbstgefällig aus. Mein Puls rast. „Komm schon, ich kann es verkraften."

„Weil du, äh, manchmal selbstgefällig aussiehst wie dieses Deutsche-Dogge-Meme, in dem der Hund die Erdnussbutter vom Sandwich seines Besitzers leckt, als er nicht hinsieht. Das war vorher, ich meine, als ich dich in meinem Restaurant gesehen habe. Jetzt bist du okay." *Gut die Kurve gekriegt. Frag ihn nach dem Kredit.*

Er presst die Lippen aufeinander, seine Augen tanzen amüsiert. „Ich bin nicht selbstgefällig. Ich bin genau richtig."

Mein Temperament lodert auf. „Jemanden ungefragt zu kritisieren ist nicht richtig." *Es macht dich selbstgefällig und herablassend.*

„Sydney, Sydney, Sydney, ich kritisiere nicht. Ich mache hilfreiche Vorschläge für dein Restaurant. Du könntest es in vielerlei Hinsicht verbessern. Ich weiß es, und ich lasse es dich wissen. Gern geschehen."

Ich kneife die Augen zusammen.

Er zeigt auf mich. „Auf den Blick habe ich gewartet. Der natürliche Zustand deines Gesichts in meiner Gegenwart."

Meine Schultern sind angespannt. Ich sage mir, dass ich mich beruhigen muss. Er hat mich aufgenommen und mir

Essen gegeben. Er stellt mir sein Bett/Sofa zur Verfügung. Nicht, dass ich Letzteres annehmen würde. Der Punkt ist, ich will mich nicht mit ihm streiten. Ich will einen Deal aushandeln. Wie kann ein Mann gleichzeitig so großzügig und so ärgerlich sein?

Er grinst, und ich schwöre, er weiß, wie sehr mich dieses Grinsen irritiert. Er will streiten. Ich weigere mich. Ich bin ein Gast in seinem Haus, und ich werde liebenswürdig und freundlich sein. Ich entspanne meine Fäuste.

„Also", sage ich fröhlich, „was wollen wir jetzt tun?" Es ist meine subtile Art zu sagen, dass wir aufhören sollten zu reden, weil das nur zu einem Streit führen kann, und wohin soll ich dann gehen? Ich sitze hier mit einem Mann fest, der Teils Teufel, Teils Engel zu sein scheint.

„Ich würde dir einen Drink anbieten, doch dank der Säuferin oben habe ich keinen Wein mehr, und ich bezweifle, dass du Whiskey magst."

„Warum sagst du das?"

„Frauen tendieren eher zu den süß-fruchtigen Getränken. Nicht, dass du süß bist, aber deine Augen erinnern mich an Honig."

Ich wehre mich gegen ein Lächeln, Wärme breitet sich in mir aus. Das war schon ein Kompliment. Seine Augen erinnern mich an Whiskey, doch das behalte ich für mich. „Die meisten Leute halten mich für edgy genug, um einen harten Drink zu vertragen." Was kann ich sagen? Ich entschuldige mich nicht dafür, eine starke Frau zu sein, die ihre Meinung sagt.

Er gestikuliert um meinen Kopf herum. „Edgy wären stachelige Haare und Piercings. Du siehst aus, als würdest du regelmäßig zum Friseur gehen wie meine Schwester Paige. Massen von kastanienbraunen Haaren mit sanften Wellen."

Ich schätze, er hat mehrere Schwestern, also kennt er Haarfarben. Ich bin mehr als geschmeichelt von seiner Beschreibung. „Ich gehe einmal im Jahr zum Trimmen. Das ist selbstverständlich."

Er streckt die Hand aus, als wollte er meine Haare berühren, lässt sie dann jedoch wieder sinken. „Wow. Paige würde für deine Haare töten. Sie braucht ein ganzes Team für Highlights und Styling, und ich weiß nicht einmal, was sonst noch."

Ich werde rot, meine Wimpern flattern, und ich senke den Blick. „Danke."

„Außerdem schmiegt sich deine Kleidung immer auf eine Weise an deine Kurven, als würdest du die Welt wissen lassen wollen, dass du eine sexy Frau bist. Edgy muss was beweisen. Du bist einfach selbstbewusst."

Mein Mund bleibt mir angesichts des Kompliments offenstehen, während Hitze durch mich rast. *Er findet mich sexy.*

Er fährt fort, als hätte er nicht gerade etwas extrem Flirtiges und Schmeichelhaftes gesagt. „Das ist einfach eine unbestreitbare Tatsache. Du kannst jeden fragen."

Es ist, als hätte er ein logisches Argument dafür konstruiert, warum ich nicht edgy bin. Er sieht mich als selbstbewusste, schöne, sexy Frau. Noch nie in meinem Leben hat mir jemand ein solches Kompliment gemacht. Und obwohl Whiskey in einer kalten Winternacht großartig ist, bitte ich nicht um einen einzigen Tropfen. Sonst kann ich meine Abwehr ganz vergessen. Ich kann es auch nicht gebrauchen, dass meine Hemmungen aus dem Fenster fliegen.

„Danke, Wyatt."

Er neigt den Kopf, seine Augen werden weich. „Tatsache."

Ich möchte unbedingt zu ihm, wieder seine Arme um mich spüren. Das Sitzkissen Abstand zwischen uns fühlt sich an wie eine riesige Distanz. Ich kann mich nicht bewegen. Wenn er mich in seiner Nähe wollte, ist er der Typ, der es einfach sagen würde. Beweisstück A? Wie klar er die „Tatsache" dargelegt hat, dass ich eine sexy Frau mit tollen Haaren bin.

Warte, was denke ich da? Ich überschreite nicht die Grenze mit meinem zukünftigen Geschäftspartner. Ich habe plötzlich Angst, dass er all die verschiedenen Impulse durch mich hindurchrasen sieht – näher kommen zu wollen, Grenzen aufrechterhalten zu müssen.

Ich konzentriere mich auf das Feuer, alles, nur nicht die starke Anziehung, die von ihm ausgeht. Diese Komplimente haben mich einfach total matschig gemacht. „Ich verstehe, warum Kayla den ganzen Wein getrunken hat. Es ist ein wesentlicher Bestandteil des Trennungsprozesses, zusammen mit Eis oder Schokolade. Ich esse eine ganze Packung Schokoladeneis …"

„Schokolade, das natürliche Antidepressivum für Frauen."

„Mh-hm, und dann verbrenne ich alle Bilder oder Souvenirs der Beziehung an seiner Stelle."

Er beugt sich vor. „Machst du das oft?"

„Nicht wirklich."

„Stunde der Wahrheit. Wie viele feste Freunde hast du verbrannt?"

„Drei ernsthafte Ex. Einer mehr als die anderen. Er war mein Highschool-Freund. Wir sind auf unterschiedliche Colleges gegangen, und das war's."

„Warum hast du mit den anderen Schluss gemacht?"

„Einer, weil wir dauernd gestritten haben und es offensichtlich nicht funktioniert hat, und einer, weil …"

Er sieht mich erwartungsvoll an.

Ich schlucke schwer. „Nur weil."

Er schaut zum Feuer hinüber. „Sag's nicht."

„Er hat gesagt, dass er nicht mehr in mich verliebt ist." Ich verschränke meine Arme vor dem Bauch und umarme mich. Das war eine harte Trennung.

Er wendet sich mir wieder zu, seine Stimme ist überraschend sanft. „Warst du immer noch in ihn verliebt?"

„Oh ja. Es war ein Schock."

Er schüttelt den Kopf. „Er hat dich wahrscheinlich betrogen."

„Was?"

„Ich sage nur, wie kann jemand verliebt sein und dann plötzlich nicht mehr? Da war wahrscheinlich jemand anderes."

Ich runzele die Stirn. „Das ist noch schlimmer. Ich habe

nie Fragen gestellt. Ich habe einfach mein Leben weitergelebt."

„Meine Ex hat mit meinem ehemaligen besten Freund geschlafen. Sie sind jetzt verheiratet."

Ich mache große Augen. Er sagte es so nüchtern, doch ich weiß, dass das wehgetan haben muss. „Oh Scheiße. Wie hast du davon erfahren?"

„Eines Tages kam ich nach Hause, und sie saßen beide am Esstisch und haben ernst ausgesehen. Sie haben gesagt, sie müssten mir etwas sagen."

„Im Ernst? Sie haben dich zu Hause damit überfahren? Was haben sie gesagt?"

„Sie sagte, dass sie nicht mehr in mich verliebt ist. Siehst du, nicht nur dir ist dieser Bullshit passiert. Und dann haben sie erklärt, dass sie *ineinander* verliebt sind, es ernst ist und sie vorhaben zu heiraten."

„Was hast du gemacht, als sie die Bombe haben platzen lassen? Ich würde rotsehen."

„Ich werde kalt, wenn ich wütend bin, also habe ich gesagt, danke, dass ihr es mir gesagt habt, jetzt raus, und ich will keinen von euch jemals wiedersehen. Dann habe ich mein Haus verkauft – das war in Kalifornien – und bin nach Manhattan gezogen. Ich wollte keine Erinnerungen an die beiden haben."

„Wie lange ist das her?"

„Drei Jahre."

Ich nehme an, dass er seitdem keine richtige Beziehung mehr hatte. Es muss schwer sein, nach einem solchen Verrat wieder jemandem zu vertrauen. „Wow, das ist viel schlimmer als meine Trennungsgeschichte."

Er grinst schief. „Ich gewinne."

Es ist ein trauriges Grinsen, und ich will ihn einfach umarmen. In meiner Brust tut sich ein Brunnen von Emotionen auf, nach allem, was er gesagt hat. Er ist überraschend offen und ehrlich. Es bringt mich dazu, alles über ihn herausfinden zu wollen. Wenn ich ehrlich bin, mag ich ihn sehr. Und nicht auf die professionelle Art, an der ich festhalten will. Das ist nicht gut. Ich weiß es, aber ich kann nicht anders, als da reingezogen zu werden. Wie viele Männer würden sich so verwundbar machen?

Er wechselt das Thema. „Hast du dein ganzes Leben in Summerdale gelebt?"

„Die meiste Zeit. Ich bin für die Uni weggezogen und habe danach eine Weile in Hoboken gelebt, bevor ich nach Hause gekommen bin, um das Inn zu übernehmen. Und du? Bist du in Kalifornien aufgewachsen?"

„New Jersey. Meine Mutter ist Geschichtsprofessorin an der Princeton University. Mein Vater war dort Mathematikprofessor, doch er lebt nicht mehr."

„Wie alt warst du, als du ihn verloren hast?"

„Dreizehn." Er klopft sich mit beiden Händen auf die Brust. „Ab da war ich der Mann der Familie."

Mein Herz zieht sich schmerzlich zusammen. Ich kenne dieses Gefühl. Ich habe einen Großteil des Kochens und Putzens übernommen und mich um meinen jüngsten Bruder gekümmert, nachdem sie gestorben war. Ich war die Frau der Familie. „Meine Mutter ist gestorben, als ich zwölf war, also kann ich es verstehen. Ich war das einzige Mädchen, und ihre Verantwortung lag bei mir. Ich meine, ich wollte helfen, versuchen, allen das Gefühl zu geben, dass sie immer noch bei uns ist. Sie war Krankenschwester und mein Vater..." Meine Stimme erstickt. „Gott, es ist jetzt ein Jahr her, und es fühlt sich immer noch frisch an." Ich blinzle die Tränen zurück. Ich hasse es zu weinen. „Das *Horseman Inn* war sein Geschäft. Ich bin die vierte Generation. Drew war der eigentliche Erbe, er ist der Älteste von uns. Er kam zu dem Schluss, dass es ein Fass ohne Boden ist, und dann bin ich eingesprungen, um es zu retten."

Er schweigt, seine Augen sind weich.

Ich atme tief durch.

„Es ist schwer, ein Elternteil zu verlieren", sagt er schließlich. „Mein Vater ist an einem Herzinfarkt gestorben – bam, aus heiterem Himmel, weg – gerade als bei mir die Teenagerhormone explodiert sind." Er blickt zur Decke. „Tolles

Timing, Dad." Er dreht sich wieder zu mir um. „Aber ich bin dadurch gewachsen, habe mich um meine Schwestern gekümmert und meiner Mutter geholfen, wenn sie mich gebraucht hat."

Jetzt verstehe ich, warum Kayla während ihrer Krise zu ihm gekommen ist und warum sie es für normal hält, dass er sich um ihre weiblichen Hygienebedürfnisse kümmert. Er hat immer für sie gesorgt. Sie sieht jung aus. Sie muss noch klein gewesen sein, als ihr Vater gestorben ist.

„Ich hatte Glück, dass ich zwei ältere Brüder hatte, und mein Vater hat sich der Verantwortung gestellt und wurde in seiner Rolle aktiver. Sie haben sich um mich gekümmert, während ich mich um das Haus und meine jüngeren Brüder gekümmert habe."

„Drei Männer haben dich durch deine Teenagerzeit begleitet?" Er zieht mir zum Spaß an einer Haarsträhne. „Kein Wunder, dass du so ein zäher Knochen bist."

Ich lächle. „Nicht zäh, stark."

„In Ordnung, Sydney, du hast es dir verdient. Ich teile meinen Whiskey mit dir." Er steht auf und bietet mir seine Hand an. „Das gute Zeug, das man genießen muss."

Ich starre auf die angebotene Hand, die Einladung, näherzukommen, und zögere. Mein Verstand schreit, Abstand halten. Aber der Rest von mir? Es ist eine Anziehung, der man unmöglich widerstehen kann.

Ich lege meine Hand in seine und Wärme umhüllt mich, während er mich vom Sofa hochzieht. „Dann werde ich darauf achten, über den vollmundigen Gaumen und Abgang zu berichten."

„Mmm, ich mag es, wenn du mit mir Whiskey sprichst."

Unsere Blicke begegnen sich einen aufgeladenen Moment lang, bevor er an meiner Hand zieht und mich in die Küche führt.

11

Sydney

Bei einem kleinen Glas teurem Whiskey lachen wir über den Schabernack unserer jüngeren Geschwister. Ich musste ihm erzählen, dass der sechsjährige Caleb bei einer Schulaufführung vor dem Publikum blankgezogen hat, weil er es für lustiger gehalten hat als das langweilige Stück, und ich habe bei meinem Leben geschworen, nie ein Wort über einiges von dem, was seine Schwestern angestellt haben, zu verlieren. *Ha, aber ich weiß, was ich weiß, Kayla, Paige und Brooke!*

Jetzt sind wir beide ziemlich entspannt und lächeln viel.

Wyatt beugt sich über die Kücheninsel zu mir. „Du willst, dass ich Kayla den Laptop aus der Hand reiße, damit wir einen Film oder so ansehen können?"

Ich lache. „Sie kann sich uns gerne anschließen."

Er richtet sich auf. „Was ich ihr schon gesagt habe. Sie schaut wahrscheinlich eine ihrer Shows. Sie hat so ziemlich ununterbrochen gestreamt, seit sie mehr oder weniger am Altar sitzengelassen worden ist. Technisch gesehen an einem Tisch."

Ich unterdrücke ein Kichern. Er wedelt mit dem Finger und lächelt.

Er gestikuliert ausladend. „Oder wir könnten noch ein bisschen reden."

„Worüber?"

„Ich weiß nicht. Ist das nicht das, was Frauen gerne tun, reden?"

Ich tue so, als würde ich ihn schlagen und wedele mit der Hand vor seinem Gesicht. „Für jemanden mit drei Schwestern bist du ein ziemlicher Sexist."

„Ich bin kein Sexist. Ich verstehe Frauen, weil ich drei Schwestern habe. Sie lieben es zu reden."

„Nicht alle Frauen sind wie deine Schwestern."

Er presst die Hände zusammen, als würde er beten, und blickt an die Decke. „Ich danke Gott dafür."

Ich lache. „Du hast Glück, dass Kayla das nicht gehört hat."

Er grinst. „Ich weiß. Also … sieht aus, als sollten wir wieder auf das Sofa zurückkehren, um weiter zu reden, zu reden, zu reden." Er stößt einen demonstrativen Seufzer aus, während seine Augen amüsiert funkeln. Er schließt sich mir an meiner Seite an und bedeutet mir dann weiterzugehen.

Ich setze mich in die Ecke, in der ich zuvor gesessen habe, und er setzt sich auf den Mittelplatz direkt neben mich. Ich bin froh. Er riecht gut, holzig, und ich fühle mich ihm nahe, nachdem wir so viel geredet haben. Der Whiskey entspannt mich. Oder vielleicht liegt es nur an seiner Nähe.

„Also, was gibt's Neues bei Sydney Robinson?"

Ich liebe es, ihn in seinem tiefen Bariton meinen vollständigen Namen sagen zu hören. Und richtig noch dazu. Nicht Cindy. „Nichts Neues. Ich habe die letzten sechs Monate damit verbracht, das *Horseman Inn* zu einem blühenden Restaurant zu machen, das meinen Vater stolz machen würde."

Ein Anflug von einem Grinsen huscht über sein Gesicht. „Aber du weigerst dich, auch nur einen meiner hilfreichen Vorschläge anzunehmen."

Sogar entspannt vom Whiskey irritiert dieses Grinsen mich. „Unser Bier ist vollkommen in Ordnung."

„Dein Bier ist scheiße. Außerdem musst du die Speise-karte aufmotzen."

Ich hebe meine Hand. „Ich will nicht mit dir streiten."

„Dann tu's nicht."

Ich drehe mich um, um ihn anzusehen. „Du fängst an, mich zu ärgern."

„Wieso? Es ist eine unbestreitbare Tatsache. Das Inn muss verbessert werden, also mach es besser."

„So leicht ist das nicht! Wir stehen kurz vor dem Bankrott. Mein Vater – ach, egal."

„Dein Vater hat dir Schulden hinterlassen, nicht wahr? Auf keinen Fall hättest du es in nur sechs Monaten in Grund und Boden wirtschaften können, besonders, nachdem du kein Geld für Verbesserungen ausgegeben hast. Du versuchst sein Erbe zu schützen, so wie er dich beschützt hat, indem er seine finanziellen Probleme vor dir geheim gehalten hat."

Ich öffne überrascht den Mund. „Woher wusstest du, dass er sie geheim gehalten hat?"

Er zuckt mit den Schultern. „Das würde ein überfürsorgli-cher Vater tun. Weil er dich geliebt hat und nicht wollte, dass du dir Sorgen machst. Dasselbe hat mein Vater mit uns gemacht. Er hat an der Börse investiert und eine Menge Geld verloren. Seltsam, so analytisch er auch war, er hat hauptsäch-lich aus emotionalen Impulsen heraus gekauft und verkauft. Aktien gekauft, wenn sie am Steigen waren und in Panik verkauft, wenn es bergab ging. Ich habe die Depotauszüge gesehen. Meine Mutter hat es geschafft, sich langsam von den Schulden zu arbeiten. Glücklicherweise konnten meine Schwestern und ich gebührenfrei in Princeton studieren, da meine Mutter dort Professorin war. So ist alles gut ausgegan-gen. Wie hoch verschuldet bist du?"

„Zweihunderttausend. Ich zahle monatliche Raten, aber wenn ich noch eine Zahlung versäume, wird die Zwangsvoll-streckung eingeleitet. Ich habe im letzten Quartal schon drei Zahlungen versäumt. Jeden Monat kratze ich das Geld gerade so zusammen. Dank der Silvester-Spendenaktion habe ich die Rate für Januar zusammen. Was im Februar wird, weiß ich nicht." Ich seufze. „Es ist wirklich stressig, von Monat zu Monat zu existieren und nicht zu wissen, wie lange ich den Laden noch über Wasser halten kann."

Er hört sich alles ruhig an. „Sicher. Und dazu brauchst du Geld für Verbesserungen."

„Ja, wenn ich diesen Weg gehe."

„Du musst diesen Weg gehen, wenn du überleben willst." Er hebt eine Hand. „Ich könnte dir helfen. Ich könnte in dein Geschäft investieren, aber wir müssen gleichberechtigte Partner sein. Ich hätte gerne ein Mitspracherecht."

Ich hatte das erwartet, aber trotzdem sträubt sich alles in mir. Das ist das Erbe meiner Familie, keine Außenseiter erlaubt. Zeit, zu verhandeln.

„Noch was", sagt er. „Du darfst mich nicht anzicken und die Beherrschung verlieren, wenn wir zusammenarbeiten. Das funktioniert nicht für mich und ist ehrlich gesagt der Hauptgrund, warum ich es dir noch nicht angeboten habe. Sicher, es ist unterhaltsam, wenn nichts auf dem Spiel steht …"

„Unterhaltsam?", wiederhole ich ungläubig. „Ich war wirklich wütend."

„Aber ich will nicht jedes Mal streiten, wenn wir etwas ändern müssen. Natürlich müssen große Änderungen vorgenommen werden, um das Restaurant zu retten. Der Status Quo funktioniert nicht."

Ich brause auf. Als wäre es *meine* Schuld, dass wir uns gestritten haben. Er provoziert mich absichtlich. Ich entspannte bewusst meinen verkrampften Kiefer. Ich muss darüberstehen und ihm zeigen, wie professionell ich sein kann.

„Das ist ein schönes Angebot, Wyatt, aber ich will keinen Partner. Ich hatte auf ein Darlehen gehofft, das ich mit Zinsen zurückzahlen würde." *Über einen langen Zeitraum.*

„Dann geh zu einer Bank."

Ich versteife mich. *Hat Harper ihm nicht schon von meiner Situation erzählt?* Er versucht, mich mit Logik einzuwickeln und sich in mein Restaurant zu drängeln. „Ich habe es bei den Banken versucht."

„Hat nicht funktioniert, nicht wahr? Überrascht mich nicht. Banken wollen niemandem Geld leihen, der sowieso schon hoch verschuldet ist. Das wollen sie nicht riskieren."

Ich starre geradeaus und überlege, was ich ihm bieten könnte. Ich hasse es zuzugeben, dass er hier am längeren Hebel sitzt. Sein Geld. Aber es ist mein Restaurant. Jeder andere Robinson hat es gut allein hinbekommen. Na ja, außer Dad, aber ich bin sicher, das war nicht seine Schuld. Der Ort war in einer Übergangsphase, in der viele Leute in den Ruhestand gegangen und weggezogen sind, und nicht viele neue Leute kamen. Erst vor kurzem sind junge Familien auf Summerdale aufmerksam geworden. Wahrscheinlich, weil unsere Highschool als eine der besten des Staates eingestuft wurde.

„Lass mich die ungeschminkte Wahrheit zusammenfassen", sagt er, „Du führst das Restaurant seit sechs Monaten, und es scheitert. Nimm mich an Bord, und es wird laufen. Ich habe drei erfolgreiche Unternehmen allein gegründet. Das letzte habe ich für einen lächerlich hohen Betrag an einen Social-Media-Giganten verkauft. Ganz zu schweigen von dem halben Dutzend angeschlagener Unternehmen, für die ich als Berater und Investor aktiv war und die ich profitabel gemacht habe. Ich mache meine Arbeit, und alle sind besser dran."

„So bescheiden", brumme ich.

„Nur Fakten", sagt er schlicht. „Ich weiß, was ich tue."

Ich wende mich ihm zu und versuche, die Verzweiflung aus meiner Stimme zu verdrängen. „Ich brauche keinen Partner. Ich brauche nur einen Kredit."

„Das Geld gibt es nur im Paket mit mir. Ich investiere nicht blind in ein Unternehmen ohne Kontrolle. Bitte sag mir, dass du nicht nur einer dieser falschen Freunde bist, die nur an meinem Geld interessiert sind."

„Nein! Natürlich nicht. Ich würde nicht einmal fragen, wenn mir nicht die Zwangsvollstreckung drohen würde."

Er mustert mich ernst. „Gut."

Umso wichtiger erscheint es mir, der Chemie zwischen uns zu widerstehen. Diese Grenze zu überschreiten würde ihn denken lassen, dass ich ihn ausnutzen will. Warum muss er die Antwort auf mein Problem sein und gleichzeitig der erste Mann, zu dem ich mich seit langer Zeit hingezogen fühle?

„Also?", fragt er.

Ich stehe auf und bringe etwas Abstand zwischen uns. „Ich muss die alleinige Eigentümerin sein. Es ist das Erbe meiner Familie."

Er neigt den Kopf. „So stur. Ist das auch ein Familienmerkmal?"

Ich ignoriere die Provokation. Was das Eigentum angeht, gibt es keinen Spielraum für mich. Ich gehe zum Feuer und starre in die Flammen. Ich weiß, dass er tief im Inneren ein guter Mensch ist, sonst würde er sich nicht so um seine Schwester kümmern. Und um seinen Hund. Man muss sie sich nur ansehen, so verwöhnt, zusammengerollt in ihrem flauschigen Körbchen mit Monogramm. Er hat ihr die Zähne geputzt! Wenn ich gut verhandle, könnte das funktionieren. Ich weiß nur nicht, was ich als Gegenleistung anbieten kann.

„Wo hast du Snowball her?", frage ich.

Er sieht zu Snowball hinüber. „Schöner Themenwechsel. Also reden wir nicht mehr über deine verzweifelte Situation?"

Ich beobachte Snowball, weil ich sicher bin, dass Wyatt wieder grinst. „Ich war nur neugierig, wie du zu so einem süßen kleinen Hund gekommen bist."

„Kurze Version – die alte Frau, der sie gehört hat, ist gestorben."

Ich wende mich ihm zu. „Ich will die lange Version."

Der Anflug eines Lächelns huscht über seine Lippen, und ich bin wieder ganz zu ihm hineingezogen, gehe zurück zum Sofa, um mich neben ihn zu setzen. Es ist nur dieses süffisante Grinsen, das mich verrückt macht.

„Sie hat in der Stadt in der Wohnung unter meiner gelebt. Wir haben uns oft im Fahrstuhl gesehen, nachdem sie immer mit Snowball spazieren gegangen ist, wenn ich zum Mittagessen runtergefahren bin. Ich habe Snowball gestreichelt, und wir haben ein bisschen geredet. Ich und Mary Pat, meine ich. Snowball kann ja nicht sprechen." Ich lache, und er grinst. „Eines Tages ist mir aufgefallen, dass Mary Pat nicht im Aufzug war. Sie war gebrechlich, um die achtzig, also habe ich mir Sorgen um sie gemacht. Ich habe an ihre Tür geklopft, und sie hat mir gesagt, dass es ihr nicht gut ging, also habe ich angeboten, Snowball auf einen Spaziergang mitzunehmen. Ich war sowieso unterwegs, und so ein kleiner Hund braucht nicht viel Auslauf. Keine große Sache."

Mein Herz drückt. Ein großzügiger Mann, der keine Anerkennung für seine guten Taten will. „Ich bin sicher, sie hat es zu schätzen gewusst."

„Ja, das hat sie gesagt. Der Hund hat sich an mich gewöhnt. Und Mary Pat ist immer schwächer geworden. Ich habe versucht, sie zu einem Arzt zu bringen oder zumindest ihre Familie für sie zu kontaktieren, doch sie hat sich geweigert. Später habe ich herausgefunden, dass sie unter Lungenkrebs im Endstadium litt und Krankenhäuser satthatte. Sie hat immer nur gesagt, ihr Körper sei erschöpft, und es gebe nichts, was irgendwer tun könne. Ich bin jeden Tag bei ihr vorbeigekommen, um Snowball zu füttern und spazieren zu gehen und nach Mary Pat zu sehen. Als sie ins Krankenhaus musste, habe ich Snowball zu mir genommen. Und dann kannst du sicher das Ende der Geschichte erraten. Sie ist wenige Tage später im Krankenhaus gestorben."

„Das tut mir so leid."

Er nickt. „Sie war eine nette alte Lady. Ich bin zu ihrer Beerdigung gegangen und wollte ihrem Sohn, der in Oregon lebt, Snowball geben, doch in seiner Wohnung waren keine Haustiere erlaubt und er wollte sie sowieso nicht. Ihre Tochter ist in Maine und hat selbst sechs Kinder und zwei Hunde. Sie hat sich nicht in der Lage gefühlt, noch ein Haustier aufzunehmen. Sie haben mich gebeten, ein neues Zuhause für Snowball zu finden." Er zuckt die Schultern. „Es war keine schwere Entscheidung. Sie hatte ihre Sachen ja sowieso schon bei mir."

Mein Herz schmilzt. „Ich liebe diese Geschichte. Ein Happy End für Snowball. Du weißt, was du getan hast, ist großartig."

Er reibt sich den Nacken. „Snowball war an mich gewöhnt. Was sollte ich tun, sie einem Fremden aufs Auge drücken?"

Er ist ein anständiger Kerl, vernünftig und gutherzig. Plötzlich weiß ich, was ich ihm anbieten kann. „Diese Geschichte hat mir klargemacht, was ich dir anbieten kann. So wie du deiner Nachbarin geholfen hast, kann ich dir helfen. Wie wäre es damit? Du gibst mir einen Kredit, und ich stehe dir zur Verfügung, bis meine Schulden beglichen sind. Ich kann Handwerker beaufsichtigen, mit deinem Hund Gassi gehen, was immer du brauchst." Ich bin so zufrieden mit meinem Vorschlag, von dem wir beide profitieren, dass ich von seiner Antwort überrascht bin.

„Was immer ich brauche? Was ist, wenn ich sage, dass ich eine Geliebte in meinem Leben brauche?"

Ich keuche sprachlos, während mein Herz vor Aufregung rast.

Er schmunzelt. „Ha. War ein Witz, und nein, ich bin Partner, oder ich bin raus. Haben wir das nicht schon durchgekaut?"

Ich will ihn treten. Gleichzeitig will ich ihn küssen. *Was, wenn es kein Witz war? Geliebte zu mieten?* Ich ohrfeige mich innerlich. *Was denkst du nur? Du stehst nicht zum Verkauf.*

Er schenkt mir ein langsames, sexy Lächeln, als wüsste er, was ich denke. Dann beugt er sich vor und murmelt: „Ah, Sydney, dieser Ausdruck in deinen Augen ist sehr vielsagend."

Ein Schauer läuft mir über den Rücken. „Ich denke nur nach. Dann bist du wohl raus. Wir befinden uns in einer Sackgasse." Meine Stimme klingt atemlos.

Seine Worte laufen heiß über meine Haut. „Also keine berufliche Beziehung?"

Ein knisternder Moment der Anspannung vergeht, mein Herz hämmert in meinen Ohren. Wenn ich diese Grenze überschreite, war es das. Keine Chance, jemals zusammenzuarbeiten. Sex oder Geschäft, was ich will oder was ich brauche. Welche Anziehung ist stärker? Ich kann nicht denken, wenn er so nah ist. In meinem Kopf ist alles so durcheinander.

„Wyatt", flüstere ich, „ich kann nicht."

Er weicht von mir zurück. „Du kannst was nicht?"

Kann dich nicht küssen. Kann nicht mit dir arbeiten. Ich kann die Kontrolle in meinem Geschäft nicht aufgeben. Ich weiß nicht mehr, welches *kann nicht* am wichtigsten ist. Mein Körper summt vor Verlangen, während sein Blick meinen sucht.

Er gestikuliert zwischen uns hin und her. „Ich bin verwirrt. Ist es, dass du nicht mit mir arbeiten willst oder –"

Ich packe seinen Kopf und küsse ihn. Hart und schnell, als müsste ich es tun. Ich kann nicht länger gegen den Impuls an.

Seine Reaktion überrascht mich. Er erwidert den Kuss, seine Lippen gleiten in einer Liebkosung über meine, die mir den Atem raubt, bevor er sie fester auf meine drückt. Er ist zärtlich und doch entschlossen, als hätte er sich auf diese Unvermeidlichkeit gefreut. Er hebt seine Hand an meine Wange, sein Daumen streichelt die empfindliche Stelle direkt unter meinem Ohr. Mein Magen flattert, Funken schießen über meine Haut. Ich schlinge meine Arme um seinen Hals und mache mit. Sinnliche Hitze durchflutet mich, während seine Zunge meinen Mund erkundet. Seine Hände streichen über meine Schultern und meinen Rücken hinunter und verharren tief in der Nähe meines Pos. Das Verlangen wächst tief in mir, ein pochender eindringlicher Beat.

Er unterbricht den Kuss und streicht mit seinem Daumen über meine Unterlippe. „Sydney." Er studiert mich, sein Verhalten entspannt, aber ernst. „Also ..." Er sagt nichts, als ob ich das Schweigen ausfüllen sollte.

Ich starre auf seinen Mund und will mehr. Ist es so falsch? Es ist nicht so, dass wir zusammen Geschäfte machen. Er hat mir unter Bedingungen angeboten, mir zu helfen, die ich nicht annehmen kann. Damit ist das Geschäft vom Tisch.

Er schenkt mir ein langsames sexy Lächeln. „Was war das?"

„Was?"

„Du hast mich geküsst."

„Du hast mich zurückgeküsst."

„Und?"

Ich runzle meine Stirn. „Weißt du, du machst alles nervig und schwierig."

Er legt eine Hand um meinen Nacken und zieht mich an sich. „Warum fährst du die Krallen aus?" Er grinst, als er mir die Haare aus dem Gesicht streicht.

Ich scheine ihn zu amüsieren. *Scheiß drauf.*

Ich küsse ihn noch einmal grob, ich habe keine Lust mehr auf Spielen. Er schießt zurück, sein Mund fordernd, seine Zunge ringt mit meiner. Was als Funke begann, wird zu einem wütenden Inferno des Verlangens. Ich greife nach dem Saum seines Hemds und schiebe meine Hände darunter. Meine Hände treffen auf erhitzte Haut, während sie über stramme Bauchmuskeln und dann über seine breite Brust wandern. Seine Hände gleiten über mich vom Nacken zu meinen Seiten, meinen Hüften, meinem Po. Und dann zieht er mich auf dem Sofa unter sich, sein Oberschenkel schiebt sich zwischen meine und erzeugt köstliche Reibung. Ich pulsiere vor Verlangen, einem dunklen Verlangen nach mehr.

Ich zupfe an seinem Hemd, und er unterbricht den Kuss, setzt sich auf, um es über seinen Kopf zu ziehen. Er hat wunderschöne, definierte Muskeln mit einem Hauch von Brusthaaren, die in einer dünnen Linie in seinem Hosenbund verschwinden. Pure Lust durchströmt mich, und dann spüre ich, dass jemand starrt. Große neugierige Shih-Tzu-Augen durchbohren mich. Snowball will wissen, was wir tun. Mir wird plötzlich bewusst, dass wir hier in einem Raum ohne Tür sind. Seine Schwester ist oben.

Ich lege eine Hand auf seine Brust, gerade als er sich für einen weiteren Kuss vorbeugt. „Was ist mit Kayla?"

„Sie sieht sich ihre Lieblingssendung mit Ohrstöpseln an. Mach dir keine Sorgen ihretwegen."

Ich stoße ihn von mir, stehe auf und suche sein Hemd. „Das kann ich nicht." Ich werfe ihm sein Hemd zu. „Wir sitzen hier auf dem Präsentierteller."

Sein Hemd bleibt in seiner Hand, seine Haut golden, die harte Ebene seines wunderschönen Körpers so verführerisch. „Wo ist dein Sinn fürs Abenteuer?"

„Ich stehe nicht auf Sex in der Öffentlichkeit."

„Wir waren im Begriff, Sex zu haben? Ich dachte, es wäre heißes Knutschen."

Meine Wangen werden heiß. Gott. Schätze, wir waren nicht auf derselben lustvollen Reise. Normalerweise presche ich nicht so schnell vor, doch der Mann hat mich seit Wochen in Versuchung geführt, und ich war viel zu lange mit niemandem zusammen, und es war so verzehrend, dass ich nur an Haut an Haut denken konnte, Befriedigung der Lust. Jetzt wäre ein guter Zeitpunkt für mich, aus der Tür zu schleichen, wenn wir nicht hier in diesem Schneesturm festsitzen würden.

Er zieht sein Hemd an. „Ich habe das falsch verstanden, aber ich bin an Bord. Glaub mir. Wie wär's, wenn du es dir unter der Decke bequem machst, während ich nach oben laufe und ein Kondom aus meinem Zimmer hole?"

Ich betrachte das Sofa, irgendwo zwischen Lust und Nervosität.

Er zieht mich an meiner Gürtelschnalle, bis wir Brust an Brust stehen, und legt seine Arme um mich. „Sag mir, was das Problem ist, und ich werde es beheben."

Ich ziehe mich zurück und gestikuliere wild. „So will ich meine Durststrecke nicht beenden! Auf einem Sofa, auf dem du dir wahrscheinlich die Kniesehnen verknoten musst, um draufzupassen, und es gibt potenzielle Zeugen! Ich bin mir sicher, dass Snowball auch aufmerksam zuschauen würde!" Snowball legt bei ihrem Namen den Kopf schief und sieht mich an. „Siehst du? Es ist schon schlimm genug, dass es zehn Monate her ist und mein Ex mich nicht zum Orgasmus bringen konnte." Ich stemme meine Hände in die Hüften und denke darüber nach. „Nicht allein seine Schuld. Ich habe mir eingeredet, dass er der Typ war, den ich mir wünschen *sollte*, bodenständig und verantwortungsbewusst. Er hat mich in keiner Weise erregt, und das Ergebnis war eine schöne, bequeme Beziehung." Ich sehe ihn mit zusammengekniffenen Augen an. „Anscheinend bevorzuge ich großspurige Typen, die mich in den Wahnsinn treiben!"

„Ausgezeichnet. Ich werde dann nur schnell –"

„Hey Leute, was geht?", fragt Kayla und kommt mit dem Laptop ins Zimmer.

Ich lasse meine Arme sinken. *Gott sei Dank sind wir angezogen.* „Wenig. Wir haben nur gequatscht."

Wyatt wirft mir einen amüsierten Blick zu.

„Wollt ihr einen Film mit mir ansehen?", fragt Kayla. „Meine Show macht mich zu weinerlich."

Wyatts Augen werden sanft vor Mitgefühl. Er wirft mir einen fragenden Blick zu. Er kann es nicht ertragen, wenn ihr zum Weinen zumute ist. Selbst bei Sex in Aussicht– ich hatte immer noch gehofft, das irgendwie hinzubekommen – priorisiert er seine Familie. Er steht ihnen nahe. Genau wie ich meiner Familie.

„Klar, das klingt großartig", sage ich zu Kayla und versuche, höflich zu klingen. Ich bin unangemessen irritiert über die Lustbremse und schmelze gleichzeitig, weil Wyatt seine Familie so wichtig ist.

Wyatt wirft mir einen anerkennenden Blick zu. *Ja, ja, ist ja nicht so, als hätten wir hier auf dem Präsentierteller was machen wollen.* Ist eh besser so. Ich hatte sowieso alles überstürzt. Ich habe mich da nur sehr schnell in was reingesteigert. Lust macht mich normalerweise nicht unvernünftig, wenn sie vereitelt wird.

Wir drei lassen uns auf dem Sofa nieder, Kayla in der Mitte. „Das ist großartig", sagt sie und atmet zittrig aus. „Mir geht es schon besser."

„Gut", sagt Wyatt. „Und jetzt alles, nur keinen Frauenfilm."

12

Wyatt

Ich werfe immer wieder heimliche Blicke zu Sydney hinüber, während Mamma Mia läuft. (Definitiv ein Frauenfilm – da wurde ich überstimmt.) Dieser Kuss – intensiv, voller Verlangen. Ihr süßer Duft und etwas, das so ganz sie war, war berauschend. Ich hatte gewusst, dass es so sein würde. So wie wir uns verbal in die Haare bekamen, konnte ich diese Spannung immer spüren.

Sobald das Geschäft vom Tisch war, habe ich mich vorgebeugt.

Und *sie* hat *mich* geküsst.

Normalerweise lasse ich mir Zeit, will eine Frau nicht unter Druck setzen, also war ich überrascht, als sie anfing, sich über Sex auf dem Präsentierteller zu beschweren. Vom ersten Kuss zu Sex? Verdammt ja. Wenn sie das will, bin ich dabei. Ich mag sie sehr und bewundere ihren Mut. Und ich bin Frauen leid, denen es wichtiger ist, welches Auto ich fahre, als was ich denke. Sydney ist nicht bei allem, was ich sage, einer Meinung, doch sie nimmt es ernst.

Ich begegne ihrem Blick, und ihr Mund öffnet sich. *Ja, sie will mich.*

Geschäft ist Geschäft, und das ist raus. Keine roten

Fahnen. Kein Interessenskonflikt. Nur zwei Erwachsene, die seit fast zwei Monaten umeinander herumtanzen. Mache ich mir Sorgen wegen ihrer Schulden? Sicher. Doch sie will es auf ihre Weise machen, und das respektiere ich. Manche Unternehmen sind nicht mehr lebensfähig, und es ist wichtig zu wissen, wann man den Schlussstrich ziehen muss. Sie ist intelligent. Sie wird herausfinden, was passieren muss. Es wird einfach ohne meine Hilfe sein. Und wenn ich ehrlich bin, bin ich froh. Jetzt muss ich mir keine Sorgen machen, dass sie mich nur meines Geldes willen will.

Moment. Sie versucht nicht, Sex zu benutzen, um an mein Geld zu kommen, oder? Ich hasse es, dass ich das überhaupt denke, doch ich habe mir zu oft die Finger verbrannt. Ich blicke wieder zu ihr hinüber, und sie lächelt, ein zartes Pink auf ihren Wangen, als würde sie sich an unseren heißen Kuss erinnern.

Ich blicke geradeaus. Okay, ich werde die Sache nicht beenden, ohne ihr eine Chance zu geben. Ich werde vorsichtig sein. Es locker angehen lassen. Doch wenn sie die Hand aufhält, ist es vorbei.

Auch wenn ich das Bedürfnis habe, sie zu retten. Dieses Mal nicht. Ich habe meine Lektion auf die harte Tour gelernt. Warum also nicht einfach genießen, was sie anbietet?

Snowball mag sie. Was könnte ich mehr verlangen? Ha.

Sobald der Film zu Ende ist, stehe ich auf, klatsche in die Hände und reibe sie. „Ich bin erledigt. Zeit fürs Bett. Wer will zuerst ins Bad?" Ich sehe meine Schwester an und hoffe, dass sie den Hinweis versteht, dass sie sich fertig machen und schlafen gehen soll, damit ich zum Zug komme. Sydney kann sich nicht darüber beschweren, auf dem Präsentierteller zu sitzen, wenn Kayla schläft. Und ich werde das Licht dimmen. Man könnte argumentieren, dass es sogar romantisch ist. Und genau das werde ich tun.

„Ich habe keine Zahnbürste oder so", sagt Sydney.

„Komm mit", sagt Kayla. „Du kannst dir was von mir ausleihen. Also nicht die Zahnbürste, aber du kannst deinen Finger benutzen."

Gemeinsam gehen sie nach oben.

Ich sehe, dass Snowball in ihrem Körbchen am Feuer fest eingeschlafen ist. Sie wird uns nicht stören. Trotzdem sollte ich besser nochmal mit ihr Gassi gehen. Ich klopfe die letzte Glut nieder und lasse sie erlöschen.

Ein paar Minuten später friere ich mir draußen den Arsch ab, während Snowball im Schnee steht und mich anstarrt.

„Je schneller du dein Geschäft erledigst, desto schneller bist du wieder im Bett."

Sie kehrt mir den Rücken zu.

Ich habe meinen Mantel nicht angezogen, weil ich es eilig hatte. Ich spüre, wie meine Eier schrumpfen. „Jetzt mach endlich dein Geschäft", befehle ich.

Sie schnuppert herum und späht dann mit aufgestellten Ohren in den Wald.

„Komm schon." Ich kehre dem eisigen Wind den Rücken zu und drehe mich wieder zu ihr um. „Ja, es gibt Rehe und andere Tiere da. Du willst dein Bett, oder? Mach dein Geschäft."

Endlich pinkelt sie.

„Braves Mädchen! Gut so." Ich hebe sie hoch und beeile mich, wieder ins Haus zu kommen. Ein Ganzkörperschauer läuft angesichts des Temperaturwechsels durch mich hindurch. Ich lege sie zurück in ihr Körbchen, nehme die Decke vom Sofa und wickle sie um mich. Was ich nicht alles für diesen Hund tue.

Über mir höre ich Gelächter. Es ist gut, dass sie sich verstehen. Ich könnte nie jemanden daten, den meine Schwestern nicht leiden können. Die Spannungen in der Familie wären unerträglich. Meine Schwestern würden nicht zögern, ihre Meinung zu sagen. Lautstark.

Ich gehe ein bisschen auf und ab, aufgedreht, dann lege ich Kissen und Decke zur undercover-Verführung auf das Sofa. Eine falsche Bewegung, und wir rollen runter. Gezerrte Kniesehnen sind eine eindeutige Möglichkeit. Es gibt ein paar Positionen, die funktionieren könnten, doch es ist nicht ideal.

Ich bin es gewohnt, es auf einem Doppelbett zu tun. Schade, dass es eingelagert ist.

Kurze Zeit später kommt Sydney zurück und trägt mein altes graues Princeton-T-Shirt, das ihr bis zu den Oberschenkeln hängt, dazu eine von Kaylas Jogginghosen, die nur bis zu den Waden reicht. Normalerweise schlafe ich in Boxershorts, also habe ich keinen Pyjama, den ich ihr geben kann. Doch sie sieht verdammt bezaubernd aus.

Ich gehe zu ihr hinüber und sehe sie an. „Die obere Hälfte von dir sieht aus, als wärst du geschrumpft, und die untere Hälfte sieht aus, als wärst du ein Riese. Eine sehr seltsame optische Täuschung."

„Herzlichen Dank auch", sagt sie trocken. „Bad ist frei."

„Sicher." Ich beuge mich vor, um ihr ins Ohr zu flüstern: „Und dann sind wir endlich allein."

Sie weicht einen Schritt zurück. „Äh, ja, das passiert nicht."

Das Lachen, das ich vorhin gehört habe, kommt mir mit einem Schlag verdächtig vor. „Hat Kayla was über mich gesagt?"

„Was zum Beispiel?"

„Ich weiß nicht."

„Gibt es was, das ich wissen sollte?"

„Nein." Nur, dass Julia mich kaputtgemacht hat und ich seitdem mit niemandem etwas Ernstes hatte. Außerdem haben wir bereits unsere Kriegsgeschichten von schrecklichen Ex, die behauptet haben, uns zu lieben und es dann nicht getan haben, ausgetauscht.

Misstrauisch kneift sie die Augen zusammen.

Ich hebe meine Hände. „Ich bin unschuldig."

„Hmm, ich nehme an, wenn du irgendwelche dunklen Geheimnisse hättest, würdest du sie deiner kleinen Schwester nicht anvertrauen. Du verhätschelst sie."

„Nein, ich kümmere mich um sie."

„Sie ist eine erwachsene Frau."

„Sie macht gerade eine schwere Zeit durch. Sie braucht mich."

Sie neigt den Kopf. „Sag mir noch einmal, warum sie in deinem Bett schläft und du dich mit deinen eins neunzig auf ein Sofa faltest, auf dem sie bequem schlafen könnte?"

„Ich habe dir doch gesagt, dass sie eine schwere –" ich gestikuliere in Richtung Decke „– mit Weinen und allem. Jede wäre am Boden zerstört, wenn ihr Verlobter sie am Altar sitzengelassen hätte."

„Okay, aber sie sagt, sie ist schon länger als zwei Wochen hier." Sie zuckt mit den Schultern und spielt an meinem Princeton-T-Shirt herum. „Vielleicht könntet ihr die Plätze tauschen, nachdem sie sich ein bisschen erholt hat, das ist alles."

Ein Licht geht an, und ich lese zwischen den Zeilen. Sie sagt, dass der Sex nur dann in Frage kommt, wenn wir zusammen in meinem Bett sind und Kayla hier unten. Doch wenn ich Kayla wegen Sex aus meinem Zimmer werfe, wird sie nie wieder in mein Zimmer zurückwollen und wer weiß wie lange auf dem Sofa pennen. Nicht ideal mit den Renovierungsarbeiten und allem. Ich will nicht, dass sie hier unten mit einem Haufen fremder Männer allein ist. Ja, ich bin überfürsorglich. Bei ihr noch mehr als sonst, denn sie ist das Baby der Familie.

„Gute Nacht, Wyatt", sagt Sydney scharf.

Ich habe wohl zu lange gezögert. „Ich kümmere mich darum." Ich drehe mich um und jogge aus dem Zimmer die Treppe hinauf.

„Ich habe keine Ahnung, was du meinst!", ruft sie mir hinterher.

„Warte!" Ich liebe die Art, wie sie mit mir umgeht. Die meisten Frauen würden sich eher ein Bein ausreißen, als irgendetwas, das ich sage, zu widersprechen, sind sanft und süß, und ich weiß, dass es daran liegt, dass sie nur aus einem Grund hier sind. Für das, was sie aus mir herausleiern können.

Ich gehe ins Bad, um das ganze Vorbereitungsritual durchzuführen, bevor ich in mein Zimmer gehe. Ich klopfe an.

„Komm rein", sagt Kayla. Sie liegt bereits im Bett und sieht so jung und zerbrechlich aus.

Okay, ich kann sie also nicht rausschmeißen. Man muss sie sich nur ansehen. Auf zu Plan B, Sydney das Höschen vom Leib zu schwatzen, während sie nicht einmal bemerkt, dass wir auf einem Sofa sitzen. Oder es vielleicht gegen die Wand tun. Das könnte funktionieren.

„Hey, ich muss nur was holen." Ich gehe vor meinem Seesack in der Ecke in die Hocke und hole einen Streifen Kondome aus der Schachtel. Drei ist optimistisch, aber man weiß ja nie.

„Wyatt!"

Schuldbewusst werfe ich die Kondome zurück. „Was?"

Sie setzt sich auf. „Was tust du?"

„Nichts. Geh schlafen."

„Ich weiß, wie ein Kondom aussieht."

Ich hebe den Streifen auf, stecke ihn in meine Gesäßtasche und stehe auf. „Also, äh, gute Nacht."

„Sydney sagt, ihr seid nicht zusammen."

„Noch nicht. Aber sie will es."

„Woher weißt du das?"

Sie hat intensiv für Privatsphäre plädiert. Sie will mich. Sehr. „Ich weiß es einfach."

Sie schüttelt den Kopf. „Mom hat immer gesagt, dass Sex besser ist, wenn man jemanden liebt."

Ich unterdrücke eine zynische Bemerkung, weil ich will, dass sie weiter daran glaubt. „Mom ist eine kluge Lady."

Kaylas Augen sind groß und ernst. „Liebst du sie?"

Ich zeige auf die Tür. „Ich muss jetzt wirklich gehen. Hast du alles, was du brauchst?"

Sie klopft auf das Bett. „Komm her. Hör auf zu versuchen, aus der Tür zu rennen. Ich mache mir Sorgen um dich. Du hattest nur schreckliche Beziehungen, solange ich mich erinnern kann."

Ich lasse den Kopf hängen, weil ich weiß, dass sie sich darin festbeißen wird. Schwestern können einen zu Tode reden. Ich setze mich auf den Rand der Matratze. „Mach dir keine Sorgen. Snowball mag Sydney." Ich denke an Sydneys Stärke und Temperament, wie sehr sie sich der Bewahrung ihres Familienerbes widmet, und das erinnert mich daran, vorsichtig zu sein. Ich weiß nicht, wie weit sie zu gehen bereit wäre, um ihr Restaurant zu retten.

„Hattet ihr ein echtes Date?"

„Ein paar." Wenn man mitzählt, dass ich monatelang in ihrem Restaurant auftauche und wir stundenlang rumgezankt haben. Als sie mir an Silvester den Mittelfinger gezeigt hat, das war eine meiner Lieblingsszenen.

„Okay, das ist ein guter Anfang. Ich glaube, Mom hat Recht. Deshalb werde ich warten, bis ich verheiratet bin."

Ich blinzle. Sie will warten, bis sie verheiratet ist? Eine vierundzwanzigjährige Jungfrau. Meine Gedanken wandern sofort zu dem Typen, der sie sitzengelassen hat. Ich wette, er wollte sie heiraten, damit er endlich Sex haben konnte, doch dann kam er zu dem Schluss, dass es den Preis nicht wert war. Scheiße. Das kann ich ihr unmöglich sagen.

„Wyatt?"

„Gut für dich."

Sie presst ihre Hände fest zusammen und sagt mit leiser Stimme: „Im Nachhinein denke ich, vielleicht war Rob deshalb so scharf darauf, mich zu heiraten."

Rob. Endlich habe ich einen Vornamen. Doktorand. An derselben Universität. Jetzt kann ich es eingrenzen, ihn finden und ihm in den Arsch treten. „Wenn das der Grund ist, bist du ohne ihn besser dran." Das war *definitiv* der Grund. Warum sollte er sie sonst so schnell heiraten wollen und dann den Schwanz einziehen?

Sie seufzt. „Ich weiß."

Ich stehe auf. „Okay. Dann werde ich –"

„Ich denke, es ist ein Fehler zu warten. Glaubst du, ich habe es vermasselt?"

Ich wäge meine Worte sorgfältig ab. Ich will nicht, dass sie sich noch schlechter fühlt, als sie es ohnehin tut. „Du solltest einfach das tun, was sich für dich richtig anfühlt. Und wenn das bedeutet, dass du bis nach der Heirat warten willst, dann solltest du genau das tun."

Sie verzieht den Mund. „Ich denke, nicht zu warten hat dir auch nicht geholfen."

„Sex geht nicht immer mit Liebe einher. Zumindest nicht für mich."

Sie schüttelt langsam den Kopf. „Vielleicht solltest du Moms Rat befolgen und auf Liebe warten, und ich sollte das Gegenteil tun, damit Männer mich nicht überstürzt heiraten wollen, nur um mir an die Wäsche gehen zu dürfen."

Ich öffne meinen Mund und schließe ihn wieder. Ich bin weit außerhalb meiner Komfortzone bei diesem offenen Sexgespräch mit meiner kleinen Schwester, und das Letzte, was ich will, ist, ihr einen schlechten Rat zu geben. „Denk einfach nochmal darüber nach. Und sprich vielleicht mit Paige oder Brooke darüber." Schwesterlicher Rat wäre in dieser Situation viel besser.

Sie runzelt die Stirn. „Sie glauben nicht an das Warten. Sie sagen, Mom weiß nicht, wovon sie redet, weil sie jung geheiratet hat, und dass mir was entgeht."

„Hmm, wirklich? Sowas." Ich ertrinke in tiefem, unbehaglichem Wasser. Mom ist diejenige, die das Sexgespräch mit ihr geführt hat. Ich denke nicht einmal gerne daran, dass meine Schwestern Sex haben oder nicht, doch ich rede trotzdem mit ihnen darüber, wenn ich muss. Kann ich jetzt gehen?

Kayla fährt fort. „Sie sagen, Mom hat das nur gesagt, damit wir nicht schwanger werden und die Schule abbrechen."

Möglicherweise wahr. Unsere Mutter ist schlau. Für mich hat sie eine Schachtel Kondome in mein Zimmer gestellt, als ich auf der Highschool, Tara, meine erste Freundin hatte, und mir gesagt, ich soll es nie ohne tun. Ein Rat, an den ich mich bis heute gehalten habe. Mom hat nie Sex und Liebe in einem Satz erwähnt. Das kommt mir ein bisschen wie Doppelmoral vor. Vielleicht hat sie gedacht, ich sei verliebt. Ich war hauptsächlich in Sex verliebt, auch wenn ich Tara mochte. Sehr sogar. Sie hat mich schließlich Sex mit ihr haben lassen.

Ich tätschele Kayla den Kopf, was sie hasst. „Gutes Gespräch, Schwesterherz. Nacht."

Kayla steht aus dem Bett auf und reißt die Decke herunter. Als Nächstes die Laken. *Fantastisch. Sie gibt mir das Bett.* Sie wirft die Decke zurück, nimmt sich ein Kissen und klemmt sich die Laken unter den Arm.

„Ich nehme das Sofa", sagt sie. „Geh schon, und mach das Bett mit deinem Kram. Sydney und ich werden eine Pyjamaparty veranstalten. Wir passen beide zusammen auf das Sofa." Sie geht zur Tür.

„Oder ..."

Sie grinst mich über die Schulter an. „Ich werde ihr die Option geben."

～

Sydney

Ich setze mich auf das Sofa, benutze Wyatts Kissen und Decke und beobachte, wie sich Snowball in ihrem gemütlichen Körbchen zusammengerollt hat. Ich habe das Licht im Esszimmer gedimmt angelassen, damit Wyatt seinen Weg zurück finden kann. Ich weiß nur, dass ich mit ihm auf diesem Sofa landen werde, weil ich der Anziehung nicht widerstehen kann. Ich habe einen Vorgeschmack auf ihn bekommen, und seitdem brenne ich vor Verlangen. Ich habe nie auch nur geahnt, dass man sich so nach jemandem verzehren kann. Ich weiß, dass ich gesagt habe, dass es nicht passiert, aber mein Körper sagt etwas anderes, trotz seiner Schwester oben, trotz der Tatsache, dass dieses Zimmer keine Tür hat und dass wir es auf einem Sofa tun müssen. Ich habe sogar meine Jeans wieder angezogen für einen sexy Look. (Kaylas Jogginghose war nicht sehr schmeichelhaft.) Sobald wir unserer Lust nachgekommen sind, werde ich auf ihm schlafen oder ihn vom Sofa werfen müssen. Dinge, an die ich denke, wenn ich von Lust blind bin.

„Hi."

Ich beeile mich, mich aufzusetzen, überrascht, Kayla zu sehen. Gott sei Dank habe ich mich nicht ausgezogen! Sie hält ein Kissen und ein Laken in der Hand. Hat er seine Schwester nach unten geschickt, um bei mir zu schlafen? Ich hatte gedacht, dass Wyatt genauso von Lust besessen ist wie ich. „Wo ist Wyatt?"

„Ich habe ihm sein Bett zurückgegeben. Ich habe ein schlechtes Gewissen gehabt, dass er hier unten auf dem Boden schlafen muss."

Ich bin lächerlich enttäuscht. „Oh."

Sie lächelt. „Ich dachte, wir könnten eine Pyjamaparty haben." Sie setzt sich auf die Sofalehne. „Ich könnte auf dem Boden schlafen, oder wir könnten zusammen auf dem Sofa schlafen. Keine von uns ist sehr groß, also denke ich, dass es funktionieren würde. Wir könnten lange Mädelsgespräche führen, so, wie ich es mit meinen Schwestern mache."

„Mädelsgespräche", wiederhole ich. Es ist nicht so, dass ich nie eine Pyjamaparty mit meinen Freundinnen gehabt habe, aber verdammt, ich hatte gedacht, Wyatt wollte bei mir sein. Er schickt seine Schwester ohne einen Gute-Nacht-Kuss für mich herunter! Inakzeptabel.

Ich stehe vom Sofa auf. „Danke, aber du kannst das Sofa haben. Ich muss mit deinem Bruder reden."

Sie nickt. „Okay. Nur eine Sache. Er hat viele beschissene Beziehungen hinter sich. Du solltest nur zu ihm gehen, wenn du was für ihn empfindest. Du musst ihn noch nicht lieben, aber denk drüber nach, okay? Er ist es wert."

Ich blinzle ein paarmal und weiß nicht, was ich sagen soll. Ich wurde von meiner Lust getrieben, und jetzt schleift sie mich in die emotionale Zone. Ich kann mir nicht vorstellen, dass Wyatt und ich langfristig funktionieren, so, wie wir uns reiben. Und obwohl ich normalerweise keinen Gelegenheitssex habe, bin ich hier und brauche das.

„Verstanden", sage ich schließlich.

„Gute Nacht."

„Nacht."

Ich gehe nach oben und spähe durch die offene Tür von

Wyatts Zimmer. Er streicht eine blau karierte Decke auf dem Bett glatt. Er dreht sich um, ein langsames Lächeln breitet sich auf seinem Gesicht aus. „Du hast dich für mich entschieden."

Ich schließe die Tür hinter mir. „Anstelle einer Pyjamaparty mit deiner Schwester?"

„Ja. Sie hat gesagt, sie würde dir die Option geben, bei mir oder bei ihr zu schlafen."

Ich schüttle den Kopf. „Ihr seid wirklich seltsam. Ich bin hochgekommen, weil du nicht einmal gute Nacht gesagt hast." Ich gestikuliere in Richtung Treppe. „Und mich einfach bei deiner Schwester gelassen hast."

Er schmunzelt. „Bist du wieder böse auf mich, Cindy?" Mir wird plötzlich klar, dass es seine Art von Humor ist – das Grinsen, als er mich mit dem falschen Namen anspricht, sagt alles.

Ich spiele mit und hebe mein Kinn, als wäre ich wirklich wütend, obwohl ich ihn nur auf mir spüren will. „Sehr."

Er kommt auf mich zu, ein raubtierhafter Blick in seinen Augen. Ein Ansturm von Geilheit lässt meinen ganzen Körper heiß werden in Erwartung des Zusammenstoßes.

13

Sydney

Er drängt mich gegen die Tür, seine Handflächen zu beiden Seiten meines Kopfes. „Und du bist hergekommen, um mir die Leviten wegen meiner Manieren zu lesen?"

„Ja", hauche ich.

Er grinst und beugt sich vor, seine Worte fließen heiß über mich. „Du willst mich."

„Ja."

Seine Lippen treffen meine in einem sengenden Kuss, der mich daran erinnert, warum ich hierhergekommen bin – aus Leidenschaft. Das, was ich mein ganzes Leben lang verpasst habe, ohne es zu wissen, bis ich ihn geküsst habe. Er schmeckt minzig, riecht holzig frisch und fühlt sich wunderbar an, sein harter Körper so an meinen gepresst. Er küsst mich wie zuvor. Und das tun wir, hier an diesem zeitlosen Ort, an dem der Sturm uns über Nacht und bis morgen spät gefangen hält. *Morgen.*

Ich unterbreche den Kuss. „Wie soll das danach weitergehen?"

Er hebt seine Hand und streichelt meine Wange. Ich schmiege mich an ihn, genieße seine Berührung, nicht zu zärtlich, genau richtig, fest und sicher. „Was meinst du?"

Ich lege meine Hand auf seine und ziehe sie von meiner Wange, damit ich mich konzentrieren kann. „Ich kann mit einem unbehaglichen Morgen danach nicht umgehen. Ich bin mir nicht sicher, wie lange wir hier festsitzen werden. Es könnte bis in den späten Nachmittag sein." Es ist Warnung und zugleich eine echte Sorge. Wenn es ein One-Night-Stand ist, würde ich normalerweise so schnell wie möglich danach gehen wollen.

Er streichelt meinen Hals und arbeitet sich bis zu meinem Ohr vor. „Arme Sydney. Vielleicht musst du morgen früh deinem Lover in die Augen sehen."

„Und seiner Schwester."

Er hebt den Kopf, und seine Whiskey-Augen bohren sich eindringlich in meine. „Wir werden morgen früh auch Sex haben. So ist es nicht unbehaglich. Und wenn ich endlich mit dir fertig bin, wirst du so erschöpft sein und kaum einen Finger rühren, geschweige denn einen unzufriedenen Ton von dir geben können."

Mein Atem zittert. „Das ist ein großes Versprechen."

Er schließt die Tür hinter mir ab, das Klicken des Schlosses signalisiert, dass wir es tun werden. „Dem ich gerecht werden kann. Und wenn meine Schwester fragt, sag ihr, dass ich dir etwas bedeute. Sie ist sentimental in Bezug auf sowas."

Ich starre ihn an. Wir sind uns so nahe, dass wir dieselbe Luft atmen. Das muss der Grund sein, warum ich benommen bin. Dann wird mir klar, dass es eine Warnung ist, dass es nichts Ernstes ist. Er ist nicht sentimental, wenn es um Sex geht, ist das, was er wirklich sagt. Sieht so aus, als wären wir uns einig – langfristig würde nicht funktionieren. Wir würden uns wahrscheinlich gegenseitig umbringen.

„Nur zwangloser Sex." Meine Stimme ist lauter, als ich es beabsichtigt hatte. „Gut."

Er knabbert an meiner Unterlippe. „Also kommen wir zum guten Teil." Er bewegt sich so schnell, dass ich keine Zeit zum Reagieren habe, hebt mich hoch und hält mich in seinen Armen. Er setzt mich auf das Bett und ist über mir. Ein Anflug eines Lächelns huscht über seine Lippen, bevor sein Mund auf meinen fällt. Vorbei sind die langsamen Küsse, und die grobe Inbesitznahme meines Mundes ist genau das, was ich brauche. Ich strecke meine Beine aus und heiße ihn ganz nah willkommen. Verlangen überflutet mich, während wir uns aneinanderschmiegen, und das Verlangen kehrt zurück und das Bedürfnis, mich von ihm ausfüllen zu lassen.

Ich streiche mit meiner Hand durch sein dichtes Haar, liebe das Gefühl, das Gewicht und die Hitze von ihm auf mir. Er hält meinen Kopf, während sein Mund meinen beansprucht und sein weicher Bart an mir reibt. Der Kuss geht weiter und weiter, drängend und wild, ich wiege meine Hüfte selbstverständlich unter ihm und verlange wortlos nach mehr.

Er setzt sich auf die Fersen zurück und zieht sein Hemd aus. Ich setze mich sofort auf, um ihn zu erkunden und streiche mit meinen Händen über ihn.

„Warte", sagt er atemlos. Er zieht sein Handy aus der Tasche und tippt ein paarmal darauf. „Ich habe das Gefühl, dass du laut sein wirst." Einen Moment später ertönt ein langsames erotisches Lied. Er stellt das Telefon auf einen Karton, der als Nachttisch zu dienen scheint.

Ich presse meine Lippen zusammen. „Lass mich raten, deine Sex-Playlist."

„Ich habe Shuffle gedrückt." Er legt seine Hand um meinen Nacken und küsst mich lang und tief. „Du bist dran." Er zieht mir das T-Shirt aus und öffnet den Vorderverschluss meines BHs. „Wunderschön", sagt er fast ehrfürchtig und schiebt mich wieder auf die Matratze.

Ich seufze, als er eine heiße Spur von meinem Schlüsselbein zu meiner Brust küsst und auf dem Weg innehält, um zu knabbern und zu kosten. Sein Bart reibt an mir, was das Gefühl verstärkt. Er küsst meine Brust, bevor er meine Brustwarze in seinen Mund saugt. Mein Atem stockt, so hart und nass, wie er saugt, und die Lust kocht in mir hoch. Ich poche in meiner Jeans, grabe meine Finger in seine Haare. Das Verlangen schwillt in mir an, angespannt und heiß.

„Wyatt", keuche ich, „lass mich die Jeans ausziehen. Alles."

Er lässt von meiner Brust ab und sieht zu mir auf. „Alles zu seiner Zeit." Dann küsst er meine andere Brust. Ich will gerade protestieren, dass ich ihn zu sehr brauche, um langsam zu machen, als seine Hand über meinen Bauch gleitet, um meinen Jeansknopf und Reißverschluss zu öffnen. Ja! Seine Finger gleiten in mein Höschen, und mir kommen vor Erleichterung fast die Tränen.

„Du bist so nass", sagt er, zieht seine Hand aus meinem Höschen und steckt seinen Finger in seinen Mund.

Mein Atem stockt, und plötzlich bin ich wild vor Verlangen. Ich stoße ihn weit genug von mir, um meine Jeans und mein Höschen über meine Hüften herunterzuziehen. Ich bemühe mich, sie auszuziehen, doch ich kann es nicht, wenn er auf mir ist. „Runter!", befehle ich.

Er schmunzelt. „Ich oder die Jeans?"

„Wyatt!"

„Da ist aber jemand gierig. Zehn Monate müssen sich wie eine wirklich lange Zeit anfühlen."

Ich presse meine Lippen aufeinander. Bei ihm ist es wahrscheinlich noch nicht so lange her.

Er zieht mir Jeans und Höschen aus und wirft sie auf den Boden. Ich strecke meine Hände nach ihm aus, doch er bleibt gerade außer Reichweite und kniet zu meinen Füßen. Er streichelt meine Waden empor und rutscht langsam an meinen Beinen entlang. „Warum hast du so lange gewartet, Sydney? Du bist schön, klug, temperamentvoll. Jeder Mann würde dich wollen."

Meine Augen werden heiß. Das war so süß, und ich will die Wahrheit nicht zugeben. Denn dann hört es sich an, als hätte mein Ex, der gesagt hat, dass er mich nicht mehr liebt, mich kaputtgemacht, während ich wirklich nur mit Arbeiten beschäftigt war. Ich weiß nicht, was ich sagen soll, also sage ich nichts. Stattdessen rutsche ich weiter auf das Bett und hoffe, dass er den Hinweis versteht und zu mir kommt.

Er klettert über mich und küsst mich. „Okay. Ein Grund

mehr, mir Zeit zu lassen." Sein Mund hinterlässt eine heiße Spur von meiner Kehle bis hinunter zu meiner Hüfte, wo er innehält. Seine großen Hände gleiten an der Innenseite meiner Oberschenkel empor, und dann überrascht er mich, indem er mein Bein hebt und meine Kniekehle küsst. Ich hole scharf Luft. Die Haut da ist scheinbar ausgesprochen sensibel. An dieser Stelle hat mich noch nie jemand geküsst.

„So sensibel", gurrt er und verteilt Küsse an der Innenseite meines Beins hinauf.

Meine Finger krallen sich in die Laken. Ich weiß, wohin das führen wird, und ich will es. So sehr.

Er küsst meine Hüfte und dann die Falte meines Beines, streicht mit seiner Zunge darüber, neckt. „Ich muss dich schmecken."

Mein Atem zittert. „Mehr."

„Ich fange gerade erst an", murmelt er, die Worte vibrieren heiß an meiner empfindlichsten Stelle.

„Ja", seufze ich. Und dann gibt es keine Worte mehr. Genuss hüllt mich ein, als er die Kontrolle übernimmt. Ich lasse vollständig los, während er mich langsam und träge eine sich immer weiter windende Vergnügungsfahrt hinaufführt. Meine Hüften wiegen sich wie von selbst, verloren in Glückseligkeit. Meine Finger streichen durch sein Haar, drücken ihn an mich, und dann packe ich plötzlich in sein Haar, als sein Mund hungrig wird.

„Ah", singe ich, lauter und lauter, geschockt von der Intensität, während ich auf den Orgasmus zurase. Seine Finger stoßen gleichzeitig in mich hinein, während er sanft saugt, und ich explodiere mit einem überraschten Schrei. Lust durchströmt mich, elektrische Wellen strahlen von meinem Innersten bis zu meiner Kopfhaut und zu meinen Zehen aus. Er bleibt bei mir und zieht das Vergnügen in die Länge, bis ich mit einem Seufzer erschlaffe.

Ich lege eine Hand auf seinen wunderschönen, wunderbaren Kopf. „Danke."

Er lächelt. „Gern geschehen, meine Schöne. War mir ein Vergnügen." Er verteilt Küsse meinen Körper empor, und ich schlinge meine Arme um ihn. Dann spreize ich meine Beine, mehr als bereit für Teil zwei.

Er saugt an meiner Unterlippe. „Warte." Er zieht einen Streifen Kondome unter dem Kissen hervor.

Ich stütze mich auf einen Ellbogen und sehe zu, wie er das Paket aufreißt. „Gutes Versteck."

„Ich wollte nicht zu voreilig wirken und sie auf dem Kissen warten lassen, von wo sie dir mit *Erwartungen* ins Gesicht starren." Er zwinkert. „Nur ein Witz. Ich habe sie für den Fall versteckt, dass mich ein anderer Besucher über-rascht." Er rollt es über und kehrt zu mir zurück, dann dringt er langsam ein.

Ich kippe mein Becken, ziehe ihn an mich und schlinge meine Beine hoch um seine Taille. Er ist dick, was mein Verlangen nach ihm noch weiter anfeuert. Es ist viel zu lange her.

Er stöhnt, verschränkt unsere Finger und sieht mir in die Augen. „Du fühlst dich wunderbar an."

„Du dich auch. Mehr. Härter."

Er stößt ganz hinein, und wir stöhnen beide. Er beginnt einen langsamen Rhythmus und küsst mich gleichzeitig, doch ich brauche mehr. Ich knabbere so fest an seiner Unterlippe, dass er nach Luft schnappt.

Er hebt seinen Kopf, seine Augen glühen. „Mehr, ja?"

Ich nicke. Er lässt meine Hände los, und ich streiche sofort über die harten Ebene seines Rückens, weil ich die ange-spannte Kraft dort liebe. Seine Hand gleitet zwischen uns und streichelt mich schnell, während er in mich hineinpumpt.

„Ja", keuche ich. „Ja."

Er beißt mir in den Hals, und ich stöhne. „Du bist dabei nicht stumm. Ich wusste es."

Ich lache, und dann keuche ich, als sich die Lust in mir wie eine Feder anspannt. „Das war ich noch nie", keuche ich. „Du bist gut."

Er beobachtet mich aufmerksam, stößt in mich hinein und massiert mich mit sündigen Fingern. „Ich bin fantastisch."

„Das bist du", sage ich, und meine Stimme wird hoch. „Ich bin –"

„Ich weiß." Sein Mund klatscht auf meinen und schluckt meinen Schrei, während mein Orgasmus durch mich rauscht. Ich reibe mich hilflos an ihm, mein Körper zieht sich um ihn herum zusammen. Er flucht, drückt meinen Oberschenkel nach oben und öffnet mich weiter, während er hart und schnell zustößt. Schockwellen von weißglühender Lust rauben mir den Atem. Er stöhnt, dann wirft er seinen Kopf in den Nacken als er kommt, während er weiter in mich pumpt. Ich stöhne leise, jede Bewegung treibt mehr Lust durch mich. Schließlich lässt er mein Bein los und sinkt auf mich.

Ich ringe nach Luft. Langsam kehrt die Realität zurück. Ich hatte gerade Sex mit einem Mann, den ich mag, und der mir langsam ans Herz wächst. Demselben Mann, der mich zuvor in den Wahnsinn getrieben hat. Das könnte gefährlich sein. Er geht mir so leicht unter die Haut, sowohl im Guten als auch im Schlechten.

Bitte mach das nicht unangenehm. Er hat geschworen, dass dem nicht so sein würde, doch all die Gedanken, die in meinen Kopf drängen, machen es mir schwer, mich zu entspannen.

Er hebt den Kopf. „Oh nein, das tust du nicht." Er rollt von mir herunter und dreht mich so, dass ich auf meiner Seite bin, dann schmiegt er sich von hinten an mich. „Du, meine laute Sexkönigin, wirst nicht die Energie haben, Panik zu schieben."

Sexkönigin? Ich? Ich bin zu geschmeichelt zum Reden.

Seine Stimme grollt an meinem Ohr und jagt einen köstlichen Schauer durch mich. „Ich habe gespürt, wie du dich verkrampft hast, habe die Panik in deinem Blick gesehen." Er hebt mein Bein hoch und über seines. „Nein. Nach all meiner guten Arbeit lasse ich das nicht zu."

Ich kann nicht glauben, dass er mich so leicht gelesen hat. „Ich war nur …" Der Atem rauscht aus meinem Körper, als seine Finger zwischen meine Beine tauchen und mich überrascht verstummen lassen. Mein Rücken biegt sich gegen ihn, seine Berührung zu früh zu intensiv. Und dann schaltet er auf Zärtlich um, streichelt mich in langsamen Kreisen, und mein Verstand schaltet ab. Lust trübt mein Denkvermögen; Mein ganzer Körper entspannt sich, weil ich weiß, dass er mich dorthin bringen wird, wo ich hinmuss.

„Gott, ich liebe es zu spüren, wenn du loslässt", sagt er heiser.

„Du hast es verdient."

Er knabbert an meinem Ohrläppchen, seine Finger halten inne. „Ich habe dein Vertrauen verdient?"

„Du hast meinen Orgasmus mit deiner Kompetenz verdient."

„Und du hast dir gerade einen Bonus-Orgasmus verdient."

„Ja, bitte."

Er lacht finster und hält sein Versprechen. Einmal. Zweimal. Beim dritten Mal zittere ich am ganzen Körper und bettele um Erlösung.

„Warte", knurrt er. „Noch nicht."

Ich keuche, sprachlos, mein Körper windet sich vor Verlangen, meine Finger graben sich hinter mir in seine Schulter. Er saugt an meinem Hals und beschleunigt seinen Rhythmus, und ich komme heftig und schaudere, als mich die Lust überflutet. Lange Augenblicke später sinke ich vollkommen schlaff auf die Laken.

Er küsst meine Schläfe und legt mein Bein ab. „Besser. Ich mag dich entspannt und befriedigt." Er steht aus dem Bett auf und deckt mich zu. „Ich bin in ein paar Minuten für die nächste Runde zurück."

Ich stöhne, viel zu satt für mehr. So müde. Ich bekomme keine Worte heraus.

Ich höre, wie er die Tür hinter sich zuzieht, und schließe meine Augen. Ich schlafe sofort ein.

Wyatt

Am nächsten Morgen schleiche ich mich aus dem Bett, um Snowball Gassi gehen zu lassen und sie zu füttern. Dann stelle ich ihr Körbchen neben das Sofa, damit sie bei Kayla sein kann. Ich habe eine Nachricht vom Vorarbeiter der Baufirma bekommen, dass sie heute nicht kommen werden. Die Straßen sind nicht befahrbar. Kein Problem für mich, denn so habe ich Sydney ganz für mich allein.

Ich gehe nach oben, gerade als Sydney aus dem Badezimmer kommt. Sie muss ihr Haar gebürstet haben, denn als ich heute Morgen das Bett verlassen habe, war es wild und zerzaust. Könnte meine Schuld gewesen sein. Ich wette, sie hat sich die Zähne geputzt, um sich auf mehr Sex mit mir vorzubereiten. Woher ich weiß, dass sie mehr will? Sie zieht mir das langärmelige Hemd und die Jeans mit Blicken aus, und sie trägt nur mein Princeton-T-Shirt. Wenn sie keine Lust mehr auf Sex hätte, wäre sie angezogen.

Sie hebt eine Hand zu einem unbeholfenen Gruß. „Ähm, hi. Ich wusste nicht, wohin du gegangen bist."

„Habe mich nur um den Hund gekümmert." Ich gestikuliere in Richtung Schlafzimmer. „Nach dir."

Sie wird rot und reibt sich die Seite ihres Halses, wo sie einen Bartbrand hat. „Ist das irgendwie unangenehm?"

Ich gehe zu ihr und packe sie, knabbere an ihrem Hals entlang. Sie quietscht vor Überraschung. Ich streichle ihren Po. „Zeit fürs Bett, Unruhestifter."

Sie geht zurück in mein Zimmer und lächelt. „Ich bin ein Unruhestifter? Nein, Sir! Du bist –"

Ich stöhne, hebe sie hoch und werfe sie aufs Bett. Sie lacht nur und breitet ihre Arme für mich aus. Ein Anflug von Zuneigung überflutet mich bei diesem Anblick. Ich bin versucht, sie zu umarmen und festzuhalten, doch ich erinnere mich an die Regeln dieses Spiels. Zwanglos. So ist es am sichersten.

Ich reiße mir die Klamotten vom Leib und mache dann

dasselbe mit ihr, klettere auf sie und drücke ihre Handgelenke auf die Matratze.

„Ich will diesmal oben sein", sagt sie.

„Das musst du dir verdienen."

Sie reibt sich an mir und lächelt sündig. „Das werde ich, glaub mir."

Ich rolle mich auf den Rücken und ziehe sie auf mich. „Du wirst mich quälen, nicht wahr?", frage ich in gespieltem Entsetzen.

„Nicht mehr als du mich."

Ich stöhne. Ich habe definitiv ihre Orgasmen hinausgezögert und dann auf mehr gedrängt. Sie wird sich definitiv revanchieren.

Ihre Hände wandern über meine Brust, gefolgt von ihrem Mund, der knabbert und leckt. Als sie meine steinharte Erektion erreicht, halte ich den Atem an. Ihre Hand schließt sich um meinen Schwanz, dann nimmt sie mich in den Mund.

Sie sieht mir in die Augen, strahlend, und ich verliere fast den Verstand. Sie beginnt die Folter mit einem langsamen Saugen. Ich grabe eine Hand in ihr Haar, als hätte ich die Kontrolle. Ich bin schon halb da, als ihr Mund an mir auf und ab gleitet.

Ich stöhne lang und tief. Da ist nichts als ihr heißer nasser Mund und der wachsende Genuss, der mich immer höher, höher, höher treibt.

„Warte", keuche ich. „Ich will in dir kommen." Ich greife nach dem letzten Kondom unter dem Kissen.

Überraschenderweise lässt sie von mir ab und schenkt mir ein sexy Lächeln. „Das will ich auch."

Sobald das Kondom übergerollt ist, setzt sie sich rittlings auf mich und spießt sich auf mich auf. *Fuck.* Ich packe ihre Hüften, muss sie kontrollieren, bremsen.

Sie stöhnt leise, während ich sie langsam und stetig bewege. Sie packt meine Schultern, ihre Augen genießerisch geschlossen.

„So schön", murmele ich.

Ihre Augen öffnen sich und starren in meine, ein intensiv

intimer Moment, der mich überrascht. Als würden wir unser echtes Gegenüber hinter all den Abwehrmaßnahmen sehen. Ich schlucke schwer, überwältigt von dem Ansturm der Emotionen, meine Hände immer noch fest um ihre Hüften.

Ihre Augen werden weich. „Wyatt, mehr."

Ich löse meinen Griff, und sie reitet mich sofort. Schneller und schneller. Ihre schönen Brüste hüpfen, ihr Atem kommt in harten Stößen. Ich bin verloren in einer Flut von Lust und Verlangen. Ihre Gier wird zu meiner, und ich weiß, dass ich nicht mehr lange durchhalten kann. Sie schreit meinen Namen, als sie kommt, und ihr Körper spannt sich rhythmisch um mich. Ich packe ihre Hüften, pumpe noch einmal in sie, und dann explodiere ich, versengt von der Lust in mir.

Sie lässt sich auf mich sinken, und ich halte sie erschöpft fest. Sie fühlt sich so gut in meinen Armen an.

Wenige Augenblicke später hebt sie den Kopf. „War ich zu laut?"

Ich lache. „Keine Sexmusik, um das zu vertuschen."

Sie versetzt mir einen Klaps auf die Brust. „Ich wusste, dass das deine Sex-Playlist war!"

„Ja, du warst zu laut. Genau wie jetzt."

Sie senkt ihre Stimme. „Glaubst du, sie hat es gehört?"

„Ich bin mir sicher. Sie kann den Postboten aus einer Meile Entfernung hören."

Sie runzelt verwirrt die Stirn.

Ich streiche mit einem Finger über ihre Nase. „Hunde sind bekannt für ihr ausgezeichnetes Gehör."

Sie kneift die Augen zusammen. „Du weißt, dass ich das nicht gemeint habe."

„Meine Schwester schläft, und die Handwerker kommen bei den Straßenverhältnissen heute nicht hierher."

Sie zeichnet einen Kreis auf meiner Brust. „Das bedeutet also ..."

Ich streiche mit der Hand über ihr seidiges Haar. „Ja, du darfst mich stundenlang verwöhnen."

Sie grinst. „Das ist nicht so unbehaglich, wie ich dachte, du weißt schon, *danach*."

„Das liegt daran, dass ich das nicht zulassen werde." Ich rolle sie unter mich und küsse sie, streiche ihr das Haar aus dem Gesicht. Gott, sie ist schön. „Und wenn du mir später einen auf unbehaglich machst, findest du dich gleich wieder hier. Ist es das, was du willst? Denn das will ich."

Sie lächelt, und ich küsse ihren lächelnden Mund. Solange wir im Bett sind, ist alles perfekt. Ich hoffe, der Sturm hält noch eine Woche an.

14

Sydney

Ich fühle mich warm und zufrieden, etwas, von dem ich nie gedacht hätte, dass ich es jemals in der Nähe des Mannes sein würde, den ich früher Satan genannt habe. Wenn ich ihn nicht auf seinem eigenen Territorium kennengelernt hätte, hätte ich nicht lange genug aufgehört, wütend zu sein, um das gute Herz zu bemerken, das sich unter seinem süffisanten Grinsen verbirgt. Er grinst, wenn er etwas für lustig hält. Und offensichtlich hat er das verbale Sparring mit mir für sehr unterhaltsam gehalten. Es lag keine Bosheit darin. Ich habe es nur persönlich genommen, weil es mein wunder Punkt ist – das Erbe meiner Familie auf meinen Schultern, ein Restaurant, das auf dem besten Weg ist, pleite zu gehen, alles Dinge, an die ich im Moment nicht zu denken versuche. Ich will einfach den Augenblick genießen.

Ich seufze und stütze meinen Kopf auf meine Hand, lehne mich über die Kücheninsel und sehe zu, wie er mir Frühstück macht. Er hat zwei Eggo-Waffeln in den Toaster gesteckt, und jetzt macht er Frühstückswürstchen in der Mikrowelle.

Wenige Augenblicke später serviert er mein Frühstück. „Ich wette, du wusstest nicht, dass dein ausgezeichneter Liebhaber auch ein ausgezeichneter Koch ist."

Ich wehre mich gegen den Impuls zu sagen, dass er kocht, als würde er Liebe machen – schnell und einfach. Ich bin so böse. Er war wirklich großartig. Ich beiße stattdessen in eine Waffel.

Er legt eine Hand um meinen Nacken und drückt zu. „Glaub nicht, dass ich die Bemerkung, die du runtergeschluckt hast, nicht bemerkt habe."

Ich kaue und schlucke. „Was, ich?"

Er küsst mich. „Ja, du, meine feurige Teufelin."

„Ha! Ich habe dich heimlich Satan genannt."

Er grinst. „Dann passen wir ja gut zusammen."

„Ist das nicht heimelig?", sagt Kayla fröhlich und kommt in die Küche. Sie trägt immer noch das verwaschene rote Sweatshirt und die Jogginghose, in der sie geschlafen hat.

Ich werde sofort rot. „Morgen."

Wyatt zieht mich an seine Seite und bietet mir sein Würstchen an, als wollte er versuchen, mich zu füttern. *Gar kein Phallussymbol, oder?* Ich starre ihn an, und er grinst.

Kayla bemerkt es zum Glück nicht, da sie sich eine Waffel aus dem Gefrierschrank holt und sie in den Toaster steckt.

Ich reiße mich von ihm los und beiße ein Stück von meiner Waffel ab, bemüht, so auszusehen, als wäre das alles supernormal. *Nur der Morgen nach dem Sex mit deinem Bruder!*

Kayla nimmt sich ein Glas Wasser, bevor sie sich wieder zu mir umdreht. „Ich schätze, meine Jogginghose war nicht bequem, oder?"

Ich trage sein Princeton-T-Shirt und seine Basketball-Shorts. „War mir ein bisschen klein."

Ihre Lippen zucken. „Mh-hm."

Ich wende mich Wyatt zu, meine Wangen werden rot. Er hat geschworen, dass es nicht peinlich werden würde, und es fühlt sich von Minute zu Minute peinlicher an. Er zieht meinen Kopf zu sich und küsst meine Schläfe. „Sieht sie in meinen Sachen nicht bezaubernd aus?", fragt er Kayla über meinen Kopf hinweg. „Die gute Nachricht ist, dass Sydney in mich verliebt ist, also ist alles cool."

Ich verschlucke mich fast an meiner eigenen Spucke. Ich

will es leugnen, aber er grinst, und mir wird klar, dass er nur versucht, die Stimmung aufzulockern.

„Ja", sage ich und wende mich wieder meinem Frühstück zu. „Das ist auch gut so, denn er betet mich an. Geradezu widerlich niedlich."

Kayla klatscht in die Hände. „Oh, Wyatt! Ich freue mich so für dich! Nach Juli–"

„Weißt du was?", sagt Wyatt und drückt einen Finger auf seine Lippen. „Du solltest ab jetzt auf dem Sofa schlafen, Kayla."

„Ah", sagt sie mit einem wissenden Ausdruck in ihren Augen. „Verstanden. Kein Problem." Sie nimmt ihre Waffel mit einer Serviette aus dem Toaster und holt ihr Glas Wasser. „Klingt, als würde ich dich noch viel öfter sehen, Sydney." Sie lächelt und wendet sich zum Gehen.

„Stell deinen Wecker auf Punkt sieben!", ruft Wyatt ihr nach. „Ich will nicht, dass du unten allein bist, wenn die Handwerker mit der Arbeit anfangen."

Sie bleibt stehen und dreht sich um. „Ich bin sicher, das passt schon." Sie dreht sich auf dem Absatz um und geht ins Sofazimmer.

„War das eine Zustimmung?", ruft er ihr nach.

Keine Antwort.

„Wieso?", frage ich ihn.

Er hält seine Augen auf den Durchgang zum Sofazimmer gerichtet, in das sie gerade verschwunden ist. „Weil Kayla in einem verletzlichen Zustand ist und ich nicht will, dass sie sich mit ungewollter Aufmerksamkeit fremder Männer herumschlagen muss."

„Sind deine Handwerker zwielichtige Typen?", frage ich.

Er runzelt die Stirn. „Sie sind okay. Nur nicht für Kayla."

„Was ist los, Beelzebub?", frage ich.

Er lächelt und zieht mich an sich, schmiegt sich an meinen Hals, küsst die empfindliche Stelle unter meinem Ohr und lässt mich erschauern. „Nichts."

Ich ziehe mich zurück, um ihn anzusehen. „Ist es ein Problem, dass deine erwachsene Schwester nicht will, dass du ihr sagst, wann sie aufzustehen hat, oder dass sie sich oben verstecken muss, während die Handwerker hier sind?"

„Ist das zu fassen? Normalerweise würde sie sowieso oben in meinem Zimmer rumhängen, also was ist das Problem?"

„Hm, was könnte es wohl sein? Sie mag es nicht, von ihrem großen Bruder rumkommandiert zu werden?"

Sein Blick fällt auf meinen Mund und er streicht mit seinem Daumen über meine Unterlippe. Dann küssen wir uns, das Frühstück vergessen. Er hebt mich an der Taille hoch und setzt mich auf die Insel.

Er schiebt meine Beine auseinander und zieht mich an sich. Wärme sammelt sich zwischen meinen Beinen. Seine Hände gleiten unter mein T-Shirt und streichen an meinen Seiten empor. „Du machst süchtig."

Ein heißer Schauer durchfährt mich. „Ich bin mir nicht sicher, ob das eine gute Idee ist." Dann küsse ich ihn wieder. Die Verlockung ist zu stark.

„Habe meine Vitamine vergessen!", trällert Kayla, als sie hereinkommt.

Ich zucke erschrocken zurück.

Wyatt rührt sich nicht, seine Hände an meinen Seiten, ganz nah an meinen Brüsten. Ich schiebe sie herunter, und er hält mich stattdessen an den Hüften fest. „Hast du das wirklich, Zwerg?", sagt er über meine Schulter zu Kayla. „Oder bist du angepisst, weil ich dir gesagt habe, du sollst dich von den Handwerkern fernhalten?"

„Ich bin sicher, wenn ich auch nur einen genervten Pieps von mir gegeben hätte, wärst du angerannt gekommen", antwortet sie und holt ihre Vitamine aus dem Schrank.

Er runzelt die Stirn. „Es ist zu deinem eigenen Schutz. Sowohl emotional als auch anderweitig."

Sie verdreht die Augen und murmelt leise, als sie weggeht: „Ist ja nicht so, als hätte ich gerade Interesse an Männern, meine Güte."

Wyatt dreht sich um und ruft ihr hinterher: „Aber sie haben Interesse an dir!"

„Das war ein bisschen arg, findest du nicht?", sage ich.

Er schüttelt den Kopf und senkt die Stimme. „Sie ist gerade extrem emotional. Außerdem ist sie Jungfrau."

Ich versetze ihm einen Klaps auf die Brust. „Nein! Das hat sie dir gesagt?"

„Ja, sie erzählt mir alles Mögliche, was ich nicht hören will. Sie will bis zur Ehe warten, wie Mom es ihr geraten hat."

„Wie alt ist sie?"

„Vierundzwanzig."

„Wow."

„Ja." Er wickelt meine Haare um seine Faust. „Wie alt warst du beim ersten Mal?"

Ich schneide eine Grimasse. „Das willst du nicht wissen."

„Natürlich will ich das. Darum habe ich gefragt."

„Wie alt warst du?"

„Siebzehn."

Ich starre auf einen Punkt über seiner Schulter, etwas verlegen, weil ich jünger war. Ich weiß nicht, warum es mir peinlich ist. Es war einvernehmlich, und wir waren in einer Beziehung. „Sechzehn, aber ich war fast siebzehn."

Er kneift mein Kinn. „Es stört mich nicht, was auch immer du in der Vergangenheit getan hast. Mich interessiert nur das Hier und Jetzt."

Lächelnd schlinge ich meine Arme um seinen Hals. „Gut."

„Hat es dir gefallen?"

„Was meinst du?"

„Sex mit deinem Highschool-Freund?"

Ich denke darüber nach. Eingeklemmt auf dem Rücksitz seines Autos, der Rausch, und dann zu schnell vorbei. „Irgendwie schon. Ich habe es ja nicht anders gekannt. Es war nett."

„Für mich war es großartig, obwohl ich das für sie weniger vermute. Ich war nicht der Liebhaber, den du heute siehst."

Ich schlage meine Knöchel hinter seinem Rücken übereinander. „Und das ist alles, was mich interessiert."

Er hebt mich hoch. „Und damit gehen wir wieder nach oben."

Ich lache und gestikuliere in Richtung unseres halb aufgegessenen Frühstücks. „Was ist mit unseren Waffeln?"

Er knabbert an meinem Hals. „Ich mache dir später neue."

„Warum hast du Kayla gesagt, dass ich in dich verliebt bin?"

Er fängt an, die Treppe hinaufzugehen, und hat offensichtlich kein Problem damit, mich zu tragen. „Sie glaubt, dass Sex und Liebe zusammengehören, und hat mir gesagt, ich soll warten, bis ich Liebe finde. Ahnungslose Jungfrau."

Ich lache, doch es klingt hohl.

Er setzt mich oben auf der Treppe ab, legt seine große Hand an meine Wange, seine Whiskeyaugen suchen meine. Ich lege meine Arme um seinen Hals und küsse ihn leidenschaftlich. Wir haben, was wir haben, und ich brauche es. Das muss reichen.

Er führt mich zurück in sein Schlafzimmer, ohne den Kuss zu unterbrechen, und wir stolpern hinein und schlagen die Tür hinter uns zu.

Bin ich verrückt? Nachdem ich mich bei jedem beschwert habe, der zuzuhören bereit war, dass der Mann Satan ist, bin ich jetzt so gerne mit ihm zusammen, dass ich nicht einmal nach Hause gehen will. Das ist irgendwie peinlich.

Wir haben uns nicht gestritten, seit wir das erste Mal Sex hatten. War das das Problem? Nur sexuelle Spannung, die sich aufgebaut hatte? Oder ist es die Tatsache, dass wir nicht viel geredet haben, außer über unsere jeweilige Geschichte? Ich denke, ich werde es herausfinden. Er hat gesagt, dass ich heute Abend nach der Arbeit vorbeikommen soll. Ich bin um Mitternacht fertig. Ja, es ist ein Booty Call, aber verdammt, der Sex ist phänomenal. Wenn das alles ist, bin ich sicher, dass es bald ausbrennen wird. Warum nicht in der Zwischenzeit genießen?

Obwohl es Zeiten gibt, in denen er mir mit solcher Wärme in die Augen sieht, dass ich einfach dahinschmelze.

Ich rufe Drew später am Vormittag an, um zu sehen, wie es draußen ist. Ich hoffe, dass ich mit meinem Auto nach Hause komme, doch wenn es sein muss, kann ich auch ohne auskommen. Ich bin sicher, die Räumarbeiten werden tagelang andauern.

Er antwortet und klingt außer Atem. „Hey, Syd. Ein Baum ist auf meine Garage gefallen. Ich habe Adam mit seiner Kettensäge hergebracht. Er hilft mir, den Mist zu beräumen."

„Ist dein Truck okay?"

„Ja, der Baum hat das Dach beschädigt, aber ist nicht durchgebrochen. Eli sagt, Route 15 ist frei."

„Okay, ich frage jemand anderen, ob ich mit in den Ort fahren kann."

„Warte." Ich höre ihn im Hintergrund mit unserem Bruder reden. „Adam ist hier fast fertig. Dann kommt er als Nächstes zu dir und räumt den Baum weg, der dein Auto blockiert. Dann kannst du nach Hause fahren."

„Danke." Ich verabschiede mich und gehe ins Sofazimmer, wo Wyatt auf dem Sofa sitzt. Kayla ist oben. „Adam kommt bald mit seiner Kettensäge vorbei, um den Baum wegzuräumen, und dann gehe ich."

„Warum das lange Gesicht?"

Ich füge ein Lächeln hinzu. „Ich bin glücklich." Es ist lächerlich, traurig über das Ende unserer magischen Zeit zu sein. Ich sollte mich einfach freuen, dass wir sie hatten. Und wenn es nicht lange weitergeht, sollte es einfach nicht sein.

Er macht eine Lockbewegung mit dem Finger in meine Richtung. Ich gehe hinüber und setze mich neben ihn.

Er zieht mich auf seinen Schoß und dreht mich seitwärts. Seufzend schmiege ich meinen Kopf an seine Brust. „Du wirst mich vermissen." Er begegnet meinem Blick. „Gib es nur zu. Du willst nicht gehen, weil ich der beste Liebhaber bin, den du je hattest, und du hasst die Vorstellung, zur Arbeit zu gehen."

Ich lache, doch gebe nichts zu. „Ich hatte schon ewig keinen Stressabbau mehr wie diesen."

Er lacht. „Ich könnte deine Reifen aufschlitzen, damit du noch länger bleiben musst. Würde das helfen?"

Ich knuffe seine Schulter. „Psycho."

Er sieht mich warm an, und eine Blase reinen Glücks steigt in mir auf. „Ich werde dich auch vermissen."

Kurze Zeit später trifft Adam ein. Wyatt öffnet die Tür, Snowball im Schlepptau, und ich folge ihm hinaus. Adam trägt eine dunkelgraue Wollmütze auf seinem kurzen braunen Haar, eine schwarze Fleecejacke, Jeans und Arbeitsstiefel. Er ist groß, drahtig mit Muskeln und zurückhaltend. Typ einsamer Wolf. Er arbeitet hauptsächlich allein und nutzt nur für größere Projekte die Hilfe eines Vater-Sohn-Teams.

„Adam", sagt Wyatt herzlich, „danke, dass du zu unserer Rettung gekommen bist. Ich habe keine Äxte oder Kettensägen in meinem Leuchtturm versteckt."

Adam lächelt. „Klar." Er deutet mit dem Kinn in meine Richtung. „Schön, dich in einem Stück zu sehen. Das war verdammt knapp mit dem Baum."

„Ich weiß. Ein ganz schöner Schreck."

Er deutet mit dem Daumen zur Tür. „Ich gehe an die Arbeit. Wollte euch nur wissen lassen, dass ich hier bin. Sobald ich den Baum in Stücken habe, würde ich mich über Hilfe freuen, ihn aus dem Weg zu räumen. Stört es dich, wenn ich mit meinem Van und ein paar Jungs später wiederkomme, um den Baum zu holen? Ist wirklich gutes Holz."

„Alles für dich, Mann", sagt Wyatt. „Ich will sehen, was du damit machst." Er dreht sich zu mir um. „Dein Bruder ist ein echter Künstler."

Adam senkt den Kopf, verlegen angesichts des Kompliments, und macht sich an die Arbeit.

Ich lächle Wyatt an. „Das finde ich auch. Hast du seine Werkstatt besucht?"

„Ja. Und ich bin auch sein Online-Portfolio durchgegangen. Deshalb habe ich ihn beauftragt."

„Er hat seinem Nachbarn ein tolles Baumhaus gebaut, als er nichts anderes zu tun hatte. Als Kind hätte ich das geliebt."

„Das habe ich gesehen, mit den Fensterläden und dem Dachfenster. Wie gesagt, ein echter Künstler."

Ich strahle, stolz auf meinen Bruder. „Ich danke dir in seinem Namen. Mit Komplimenten kommt er nicht gut zurecht. Ich denke, er ist extrem selbstkritisch."

„Jeder Künstler ist das."

Sobald der Baum aus der Auffahrt geräumt ist, weiß ich, dass meine Zeit hier abgelaufen ist. Ich ringe das Gefühl der Angst nieder. Zurück zur Arbeit, an den Ort, der um mich herum untergeht und mich mit nach unten zieht. „Ich muss meine Handtasche holen", sage ich. Wir sind noch draußen.

Wyatt wendet sich Adam zu. „Willst du einen Kaffee?"

„Sicher."

Ich starre für einen Moment, bevor ich ihnen nach drinnen folge. Adam muss Wyatt mögen. Normalerweise macht er seinen Job und geht dann. Er bleibt nicht für Kaffee und Tratsch. Meine innere Abwehr bröckelt ein wenig mehr. Wenn Adam ihn gutheißt, bedeutet das was. Er lässt nur Leute an sich heran, die er für vertrauenswürdig hält.

Die beiden unterhalten sich angeregt, was man aus der Kiefer machen könnte. Wyatt fragt, wie schwierig es wäre, Schaukelstühle für seine Veranda daraus zu machen.

„Dafür ist es das ideale Holz", sagt Adam und beginnt dann mit einer überraschend detaillierten Erklärung, warum.

Wyatt stellt die Kaffeemaschine an. Ich setze mich mit Adam an die Insel. Snowball stellt sich auf die Hinterbeine und schnuppert interessiert an Adams Stiefeln. Sie riecht wahrscheinlich den Sabber seiner Bulldogge daran. Adam beugt sich vor und krault sie abwesend hinter den Ohren, während er spricht.

Sobald Adam seine Ode auf Kiefernholz beendet, sagt Wyatt: „Dann würde ich gerne ein paar Schaukelstühle in Auftrag geben. Es sei denn, du willst das Holz für dich selbst verwenden."

„Ich habe etwas mit einem Stück vor, aber es ist eine Menge Holz."

„Was hattest du damit vor, bevor ich mich mit meinem Schaukelstuhl-Auftrag dazwischengedrängt habe? Vier, bitte."

Adam lächelt. *Noch ein Lächeln!* „Ich lasse das Holz gerne zu mir sprechen. Was will es sein?"

„So Zen", stichle ich.

Adam zieht eine Braue hoch.

„Ich habe dir doch gesagt, dass er ein Künstler ist", sagt Wyatt. „Er geht es wie ein Bildhauer an. Ich kann es kaum erwarten, bis du mit meiner Bibliothek anfängst. Nächste Woche, oder?"

„So ist es geplant."

Ein paar Minuten später serviert Wyatt Kaffee und steht uns an der Insel gegenüber. „Wie schlimm ist es da draußen?"

Ich trinke einen Schluck Kaffee.

Adam legt seine Hand um die Tasse. „Die Hauptstraßen sind geräumt. Auf ein paar Nebenstraßen liegen noch abgebrochene Äste, aber die lassen sich umfahren."

Ich erzähle Adam, dass der Leuchtturm eigentlich ein Wasserturm ist, doch es stellt sich heraus, dass er es bereits von Wyatt wusste. Ich glaube, sie haben schon ziemlich viel geredet. Ich hatte keine Ahnung.

Kayla kommt herein. „Mmm, frischer Kaffee." Sie bleibt stehen, blickt an mir vorbei zu meinem Bruder, und ihre braunen Augen weiten sich. Ihre Wangen werden rot, und sie hebt eine Hand, um in einer unsicheren Geste ihr Haar zu glätten. Ihre Haare sind vom Schlafen zerzaust, und sie trägt immer noch ihr verwaschenes rotes Sweatshirt und eine ausgebeulte Jogginghose. „Ich wusste nicht, dass wir Gesellschaft haben."

„Hast du die Kettensäge nicht gehört?", fragt Wyatt.

Kayla kann nicht aufhören, Adam anzustarren. Mein Bruder scheint genauso gefesselt zu sein.

Ich stelle sie einander vor.

„Hallo", sagt Adam und bietet seine Hand an.

Kayla schüttelt ihm schnell die Hand und wird rot. „Schön, dich kennenzulernen. Normalerweise sehe ich nicht so aus, als wäre ich gerade aus dem Bett gerollt. Offensichtlich. Normalerweise ziehe ich mich an. Also, ähm, wir sehen uns." Sie verschwindet eilig.

Ein Lächeln umspielt Adams Lippen, als er ihr nachsieht.

Wyatt deutet in Richtung der Treppe, die Kayla gerade nach oben gegangen ist. „Ich würde mich für meine Schwester entschuldigen, aber du hast eine Schwester. Du weißt also, wie das ist."

„Ich würde mich nie dafür entschuldigen, Jogginghosen zu tragen", sage ich. „Jemand kommt in mein Haus, und er mag meine Kleidung nicht, das ist nicht mein Problem."

„Ja, na ja, Kayla ist eben keine Teufelin", sagt Wyatt schmunzelnd.

Adam zieht fragend die Augenbrauen hoch.

Ich schüttle den Kopf. „Ich nenne ihn Satan. Manchmal Beelzebub."

„Kosenamen", sagt Wyatt. „Sie ist verrückt nach mir."

Adam dreht sich zu mir um, Fragezeichen in den Augen.

Ich winke ab. „Ha. *Er* ist verrückt nach *mir*, so sieht es wirklich aus." Ich zeige auf Wyatt.

Er grinst. „Du weißt wirklich, wie man einen Kerl verletzt."

Adam steht auf. „Ich mache mich besser wieder auf den Weg. Syd, willst du, dass ich warte, bis du losfährst, falls irgendwas mit deinem Auto ist, oder kommst du klar?"

„Ich komm schon klar. Danke für deine Hilfe."

Er nickt kurz, blickt zur Treppe und geht hinaus. Snowball läuft ihm nach, gefolgt von Wyatt. Ich höre, wie sich die Tür hinter ihnen schließt, und seufze. Jetzt ist es wirklich Zeit zu gehen.

Kayla späht über die Brüstung die Treppe hinunter, ihr

Haar ist jetzt gekämmt, und sie trägt einen Pullover und Leggings. „Ist Adam schon gegangen?"

„Ja, aber keine Sorge, er kommt nächste Woche wieder, um an der Bibliothek zu arbeiten. Er ist Tischlermeister. Dann kannst du dich satt sehen."

Sie streicht mit einer Hand durch ihre Haare. „Ich habe nicht gestarrt, oder? Oh Gott. So peinlich. Ich war nur überrascht! Ich wusste nicht, dass wir Gesellschaft haben", stammelt sie vor sich hin und geht wieder nach oben.

„Er ist Single!", rufe ich.

Sie dreht sich um. „Ich suche keinen Typen! Er schien einfach nett zu sein."

„Und das weißt du von seinem Hallo?"

Ohne ein weiteres Wort dreht sie sich auf dem Absatz um und stürmt die Stufen hinauf.

15

Drei Wochen später ...

Wyatt

Ich kann kaum glauben, wie unbeschwert alles mit Sydney nach unserem holprigen Start ist. Wir streiten jetzt nie. Sie wohnt praktisch bei mir. Meine Eltern waren auch eine schnelle und wilde Romanze. Sie sind nach nur einem Monat zusammengezogen. Sydney sagt, ihr Vater hat ihrer Mutter bei ihrem ersten Date einen Antrag gemacht. Manchmal läuft es so. Ich weiß nur, dass ich so glücklich bin wie schon lange nicht mehr. Trotzdem bin ich vorsichtig. Ich habe mir zu oft die Finger an Frauen verbrannt, die etwas von mir wollen, und wenn jemand etwas von mir braucht, dann Sydney. Ihre Geldprobleme sind eine ständige Stressquelle für sie. Sie will keine Geschäfte mit mir machen, und jetzt, wo wir zusammen sind, stimme ich zu, dass es am besten ist, es nicht zu tun.

Ich warte auf dem Parkplatz ihres Restaurants, um sie für unser Date abzuholen. Dafür hat sie sich den Donnerstagabend freigenommen – was überaus selten vorkommt. Ich gehe mit ihr zu einem coolen koscheren mexikanischen Restaurant in der Stadt. Sobald sie in mein Auto einsteigt, hüllt mich der Duft von Geißblatt und sexy Frau ein. Ich kenne ihr Parfüm jetzt, Geißblatt. Lust rauscht durch meine Adern. Ich kann nicht widerstehen, sie zu küssen.

Sie lächelt und zieht eine silberne Geschenktüte aus ihrer riesigen Handtasche. „Ich hab was für dich."

Ich starre es an, meine Kehle schnürt sich unerwartet zu. Es ist das erste Mal seit Jahren, dass mir eine Frau etwas schenkt. Frauen wollen immer was von mir, meistens teuren Schmuck, manchmal Shoppingtouren oder Luxusausflüge. Sie fordern und fordern, nehmen und nehmen. Sydney hat um nichts gebeten, und jetzt gibt sie mir ein Geschenk. Sie *gibt* und verlangt nichts.

Meine Stimme kommt heiser heraus. „Syd, du musstest mir nichts kaufen."

„Pack es aus!"

Ich schiebe das Seidenpapier beiseite und ziehe eine Tasse heraus, auf der *Handsome Devil* (attraktiver Teufel) steht. Über den Worten sind kleine Teufelshörner.

„Gefällt sie dir?", fragt sie.

Ich lege meine Hand um ihren Nacken, ziehe sie an mich und küsse sie. Ich lehne meine Stirn an ihre. „Ich liebe sie." *Und ich glaube, ich liebe dich.*

Sie nimmt mein Gesicht in beide Händen. „Gut. Jetzt essen. Ich bin am Verhungern."

„Ist dir klar, was das bedeutet?"

„Was?", fragt sie, ein Lächeln umspielt ihre Lippen.

„Kein ungezwungener Gelegenheitssex mehr. Wir können jetzt nur noch die ernste Art haben."

Sie strahlt und streichelt meinen Bart. „Ach so?"

Ich halte mein Geschenk hoch. „Ich dachte, die Tasse macht das klar. Wenn du einem Typen eine Tasse schenkst, könntest du genauso gut sagen, ich bin vom Markt. Er ist der Eine."

Sie lacht, und dann werden ihre Augen weich. „Wyatt."
Wir sind offiziell.

～

Nach der Tassenerkenntnis fange ich sofort an, allen zu erzählen, dass Sydney in mich verliebt ist – dem Kellner im koscheren mexikanischen Restaurant, dem Parkhauswächter in der Stadt und dann am nächsten Tag meiner Schwester und Sydneys Barkeeperin und Kellnern. Ich sage es vor ihr, weil sie immer dabei rot wird, was ich lustig finde, doch ich warte wirklich nur darauf, dass sie zustimmt, bevor ich es zugebe.

Das mit Sydney entwickelt sich schnell, doch ich kann nicht anders. Es ist, wie wenn man an einem Programm geschrieben hat, das immer wieder abstürzt, und dann funktioniert es plötzlich. Magie! So ist es mit Sydney. Es hat auf jeder Ebene *Klick* gemacht.

Es ist jetzt der erste Samstag im Februar, und sie hat kein Wort darüber gesagt, wie sie ihre Darlehensrate diesen Monat bezahlen will. Ich besuche sie regelmäßig im Restaurant. An den Wochenenden ist die Bar gut besucht, und ihre Ladies Night und der Quizabend haben Anhänger, doch es reicht nicht. Ich will nicht, dass sie Monat für Monat gestresst ist und gerade so über die Runden kommt. Ich bin denen, die ich liebe, gegenüber großzügig, auch wenn ich es nicht in so vielen Worten gesagt habe. Auf jeden Fall werde ich einspringen, um das Problem zu lösen. Das ist keine geschäftliche Angelegenheit mehr. Darüber sind wir weit hinaus. Das ist ein Geschenk an die Frau, nach der ich verrückt bin.

Ich öffne die Glastür der *Robinson Martial Arts Academy* in einem alten weißen Schindelhaus und gehe nach oben zum Haupteingang. Es ist fast Mittag an einem Samstag, und ich hoffe, Sydneys älteren Bruder Drew in seiner Mittagspause zu erwischen. Er hat das *Horseman Inn* geerbt und es verkaufen wollen. Sydney hat mir erzählt, dass ihre Brüder Drew und Caleb am Samstag, ihrem arbeitsreichsten Tag, hier immer zusammen trainieren. Drew gehört das Dojo. Caleb arbeitet da, wenn er nicht für Model-Gigs in der Stadt ist. Sie erzählt viel über ihre Brüder. Sie stehen einander nah, was ich mag, denn meine Familie ist genauso. Wenn man jung ein Elternteil verliert, bringt das die Geschwister zusammen.

Es gibt eine Reihe schwarzer Plastikstühle in einem kleinen Wartebereich, in dem hauptsächlich Väter sitzen. Eine Klasse von zwanzig Kindern, Jungen und Mädchen im Alter von ungefähr zehn Jahren, macht eine Reihe von Bewegungen, während Drew und Caleb vor der Klasse stehen und sie beobachten. Ich habe alle ihre Brüder irgendwann im *Horseman Inn* getroffen. Meistens sind sie da, um ein Spiel zu sehen und an der Bar abzuhängen, doch Eli spielt manchmal auch Akustikgitarre dort. Die Kinder sind auf einer erhöhten blauen Plattform, die mich an die Matten erinnert, die Turner als Bodenbelag verwenden, wahrscheinlich zum Abfedern. Weiße elastische Seile umgeben die Plattform, und ein großer Spiegel ist an der Wand montiert, damit die Kinder sich selbst sehen können.

Draw blafft etwas, was ich nicht verstehe. Japanisch vielleicht? Es klingt wie *kata* irgendwas. Caleb und die Kinder beginnen mit einer weiteren choreografierten Bewegungsfolge, die mit einem Schlag und Tritt endet. Sowohl Drew als auch Caleb tragen schwarze Gürtel über ihren weißen Karate-Anzügen. Die Kinder tragen meist orangefarbene und violette Gürtel und sehen sehr ernst aus.

„Gut", sagt Drew. „Übt täglich diesen neuen *kata*."

„Ja, Sensei", antwortet die Klasse wie aus einem Mund.

„Wir sehen uns nächste Woche", sagt er.

Sie verneigen sich vor ihm, bevor sie ordentlich einer nach dem anderen aus dem Ring steigen. Die Kinder reden miteinander, doch nicht zu laut. Ich bin überrascht, wie diszipliniert sie sich benehmen.

Drew und Caleb folgen der Klasse von der Matte. Caleb kommt zuerst zu mir. Er hat militärisch kurzgeschorene Haare und ein offenes, freundliches Gesicht. „Hey, Wyatt, was machst du hier? Willst du dich für einen Kurs anmelden?"

„Nein, eigentlich hatte ich gehofft, mit Drew reden zu können."

„Wyatt", sagt Drew, als er von der Matte steigt. „Was gibt's?"

„Ich wollte nur mit dir reden, falls du eine Minute Zeit hast. Im Vertrauen."

Er nickt. „Gib mir ein paar Minuten."

Ich halte mich zurück, während Drew und Caleb sich mit den Eltern unterhalten und sich von den Kindern verabschieden.

„Der nächste Unterricht fängt erst in fünfzehn Minuten an", sagt Drew, als er zu mir zurückkommt. „Komm mit in mein Büro."

Ich folge ihm um die Ecke in ein kleines Büro mit einem alten Holzschreibtisch und einem schwarzen Bürostuhl aus Netzstoff. Er lädt mich ein, mich auf den Plastikstuhl ihm gegenüber zu setzen. Das tue ich, plötzlich nervös angesichts des harten Gesichtsausdrucks, mit dem er mich über den Schreibtisch hinweg anstarrt, seine braunen Augen direkt, sein stoppeliger Kiefer angespannt. Das ist das erste Mal, dass wir uns allein unterhalten, und er hat etwas Bedrohliches an sich. *Weiß er, dass ich mit seiner Schwester schlafe?*

Ich räuspere mich. „Ich bin mit Sydney zusammen. Hat sie es erwähnt?"

Er lehnt sich in seinem Stuhl zurück, sein Gesichtsausdruck unleserlich. „Nein."

„Ähm, okay, also, wir sind zusammen. Lass mich gleich auf den Punkt kommen. Ich weiß, dass es dem Restaurant nicht gut geht. Ich habe einen Plan, ihr zu helfen, und ich würde gerne mit dir darüber sprechen, weil ich weiß, dass du der eigentliche Erbe bist."

„Ich habe es auf sie übertragen."

„Ah, okay." Das macht die Sache schwerer. Die Frau ist stur – ihr einziger Fehler – doch ich kann damit arbeiten. Ich fahre fort und denke, wenn er bei meinem Plan an Bord ist, kann er mich unterstützen. „Ich will ihr helfen. Ich kann das Inn kaufen, die Schulden begleichen, und dann würde ich gerne renovieren und einen neuen Koch einstellen. Farm-to-Table-Restaurants sind derzeit der Renner, und in dieser Gegend könnten wir das gut durchziehen. Es gibt genug Lieferanten in der Nähe. Ich würde Sydney als Manager behalten. Als Eigentümer hätte ich natürlich ein Mitspracherecht."

Er bleibt in seinem Stuhl zurückgelehnt und beobachtet mich.

„Oder wir könnten die gemeinsamen Eigentümer sein. Ich wäre bereit, ihren Namen in der Urkunde zu behalten."

Die Stille nervt. Ist der Mann aus Eis? Ich kann nicht sagen, ob er mich in einen Würgegriff nehmen oder meinem Plan zustimmen will.

Ich fahre fort. „Sie sagt, wenn sie noch eine Rate nicht zahlen kann, droht ihr die Zwangsvollstreckung. Ich würde es ihr gerne ersparen, Monat für Monat gestresst zu sein. Ich kann was dagegen tun."

Er richtet sich auf, seine dunklen Augen eindringlich. „Hast du Sydney von deinem Plan erzählt?"

„Ja, aber sie, ähm, hat nicht ganz zugestimmt." *Eher überhaupt nicht. Und ich habe den Plan von Kredit auf Kauf geändert, um es richtig zu machen, weil ich verrückt nach ihr bin.*

Noch mehr beunruhigende Stille.

„Ich weiß, dass sie das Inn nicht verlieren will, und ich will, dass sie es behält. Ich habe eine gute Erfolgsbilanz darin, gescheiterte Unternehmen zu sanieren."

„Hört sich gut an", sagt er schlicht.

Ich atme erleichtert auf. „Großartig! Ich freue mich, dass du mir zustimmst." Ich stehe auf. „Danke für deine Zeit."

„Aber du musst Sydney an Bord holen", sagt er.

Ich bleibe in der Tür seines Büros stehen. „Das werde ich."

Seine Lippen zucken. „Als ich sie das letzte Mal über dich sprechen gehört habe, warst du Satan."

Ich schmunzle. „Jetzt nennt sie mich Beelzebub. Süß, oder? Offensichtlich ist sie in mich verliebt."

Er zieht die Brauen hoch.

Daraufhin gehe ich und schmunzle vor mich hin. Ich erzähle allen gerne, dass sie in mich verliebt ist. Damit fühle ich mich besser, weil ich mich definitiv schon in sie verliebt habe.

Sydney

In der Küche beende ich die Vorbereitungen für das Abendessen mit George, dem zuverlässigen Koch, der früher für meinen Vater gearbeitet hat. Er ist jetzt Ende sechzig, doch immer noch glücklich, mit Hilfe von zwei Hilfsköchen die Küche zu regieren.

„Mach dir keine Sorgen, Sydney", sagt er und rührt in einer Tomatensauce. „Ich könnte das im Schlaf tun. Ich koche hier schon seit vor deiner Geburt."

„Ich weiß, aber ich muss einfach die Runde machen. Danke, George!"

Ich gehe durch den Gastraum, in dem noch niemand sitzt, da es erst kurz vor fünf ist. Oh! Drew ist an der Bar. Das ist früh für ihn. Normalerweise kommt er gegen sieben oder später vorbei. Ich schwöre, meistens will er nur nach mir sehen, und es ist ihm egal, welches Spiel im Fernsehen läuft. Er trägt ein blaues Henleyshirt zu Jeans und Wanderstiefeln. Sein braunes Haar ist nach hinten gekämmt, als hätte er gerade geduscht. Eine Rasur wäre auch mal wieder angebracht.

Lächelnd gehe ich zu ihm. „Hast du keinen Föhn?" Dafür ist er zu männlich. Sein Ranchhaus mit drei Schlafzimmern erinnert mich an eine Militärkaserne – spartanisch, ordentlich, alles in Beige und Schwarz gehalten.

„Nein."

„Ich werde dir einen besorgen." Ich streiche über sein nasses Haar. „Du hast Glück, dass das bei diesen eisigen Temperaturen nicht gefroren ist."

Er studiert mich auf seine eindringliche Art. Ihm entgeht kaum etwas. „Du hast gute Laune."

Ich wende den Blick ab und will nicht zugeben, dass ich jetzt mit Satan schlafe. Ich meine, wie oft habe ich mich über ihn beschwert? Jeder wusste, dass er mich in den Wahnsinn getrieben hat. Ich habe natürlich meinen Freundinnen davon erzählt, da ich meine ganze Freizeit mit ihm verbringe. Er ist einfach so wunderbar. Ich habe null Beschwerden. Er sorgt immer dafür, dass ich zuerst komme, und allein die Tatsache, dass ich überhaupt komme, ist viel besser als mein letzter Freund. Und das ist nicht alles! Er geht mit mir essen, wenn ich freihabe, und kocht für mich, wenn ich arbeite. Zugegeben, es sind einfache Mahlzeiten im Toaster und der Mikrowelle, aber er kümmert sich um mich. Meiner Erfahrung nach erwarten die meisten Männer, dass man sich um sie kümmert. Eine schöne Abwechslung. Wir können stundenlang reden. Und liebevoll ist er auch. Er ist einfach so viel mehr, als ich je erwartet habe.

„Syd?"

„Hm?"

„Ich habe gefragt, ob wir uns unter vier Augen unterhalten können?"

Meine gute Laune verschwindet. Drew will nie unter vier Augen mit mir sprechen. „Klingt ernst", sage ich. „Ist alles in Ordnung? Ist es Adam? Eli? Kaleb?" Mein Herz pocht, als ich daran denke, dass einem meiner Brüder etwas zugestoßen sein könnte.

„Nichts dergleichen." Er steht auf. „Warum setzen wir uns nicht an den Tisch in der Ecke?"

Ich sehe zu dem Tisch im Nebenraum hinüber, an dem Wyatt immer sitzt. „Warum den?"

Er geht vor mir her. „Weil es privat ist."

Weiß er von mir und Wyatt? Hat er Wyatt mit einer fehlgeleiteten, überfürsorglichen Großer-Bruder-Tirade konfrontiert? Wie peinlich. Ich hoffe wirklich, dass es nicht das ist.

Ich folge ihm zum Tisch und setze mich ihm gegenüber.

„Ich habe Wyatt vorhin gesehen", sagt er.

„Was hast du zu ihm gesagt?" Ich halte den Atem an und bete, dass es nicht zu peinlich ist. Was, wenn er ihm gesagt hat, dass er behutsam mit mir umgehen soll, weil ich eine schlimme Trennung hinter mir habe? Oder ihn gewarnt hat, dass er ihm in den Arsch tritt, falls er mir wehtut? Ich brenne darauf, Wyatt eine Nachricht zu schicken, um seine Seite zu hören, weil Drew nicht immer alles sagt.

„Ich habe ihm gesagt, sein Plan ist eine gute Idee, doch er muss dich mit ins Boot holen. Syd, ich denke, du solltest es tun."

„Welcher Plan?"

„Ich rede vom Inn."

Ich halte inne. „Was hat er gesagt?"

„Du weißt es nicht? Er sagte, er hat mit dir darüber gesprochen."

„Warum ist er zu dir gekommen?"

„Er dachte, ich wäre der Besitzer."

Ich beiße die Zähne aufeinander. „Also hat er dich hinter meinem Rücken angesprochen, um mein Restaurant zu übernehmen?"

„Er will es retten, also lass ihn. Er sagt, du kannst als Manager und Miteigentümer bleiben."

„Natürlich bin ich der Manager, und ich bin der Eigentümer. Der alleinige Eigentümer."

Er schüttelt den Kopf. „So habe ich das nicht verstanden." Dann beschreibt er Punkt für Punkt, was Wyatt vorhat. Habe ich ihm nicht gesagt, dass ich nicht bereit bin, einen weiteren Eigentümer aufzunehmen? Ich habe gesagt, dass ich schon eine Lösung finden werde. Ich habe noch immer Zeit. Es ist erst der erste Samstag des Monats. Ich versuche es bei einer anderen Bank. Wie konnte Wyatt es wagen, das alles hinter meinem Rücken zu planen!

Ich stehe auf. „Nein."

„Denk darüber nach", sagt er.

„Das habe ich schon gemacht und jetzt –" Ich blicke zur Decke und schüttle den Kopf „– ist die Antwort immer noch nein."

„Setz dich", befiehlt er. Er ist es gewohnt, Befehle zu erteilen, die befolgt werden.

Ich starre ihn an.

„Bitte", sagt er durch die Zähne.

Ich lasse mich auf meinen Stuhl zurückfallen. „Was? Es gibt nichts mehr zu besprechen."

„Sag mir, warum du dieses Angebot nicht annehmen willst. Es löst alle Probleme."

„Weil es das Erbe meiner Familie ist, nicht seines! Das Inn ist seit Generationen in Besitz unserer Familie. Ich werde es nicht an einen Außenstehenden verlieren!"

Er blickt über meine Schulter. „Hier kommt dein Außenstehender, und ich glaube, er hat das gehört."

Ich stehe auf und drehe mich zu Wyatt und Kayla um, die nur wenige Meter entfernt stehen.

Unsere Kellnerin Ellen, ebenfalls seit der Zeit meines Vaters hier, sieht zu mir herüber. „Werdet du und Drew an diesem Tisch zu Abend essen, oder kann Wyatt seinen Tisch haben?"

„Es ist nicht sein Tisch", knurre ich.

Wyatt gestikuliert in die grobe Richtung. „Ich sitze jedes Mal dort, wenn ich hier bin."

Drew geht und nickt Wyatt zu. Kayla starrt Drew mit großen Augen und offensichtlicher Neugier an und beobachtet, wie er zurück zur Bar geht.

Ich bleibe vor Wyatt stehen. „Hallo Kayla, du kannst dich schonmal an den Tisch setzen. Ich brauche nur einen Moment."

Wyatt grinst. „Problem, Teufelin?"

16

Sydney

Er grinst, und mir ist gerade nicht zum Spielen zumute. Ich zeige auf den Tisch. „Das ist nicht dein Tisch. Es wird nie dein Tisch sein. Dieser Laden gehört mir und das bis zum letzten Spinnennetz in der dunkelsten Ecke des Kellers."

„Widerlich, und das weiß ich. So fragt man nunmal nach seinem angestammten Tisch."

Ich senke meine Stimme, als sich eine Familie an einen Tisch in der Nähe setzt. „Was zum Teufel denkst du dir dabei, hinter meinem Rücken mit Drew zu reden?"

„Ist das wirklich der richtige Zeitpunkt und Ort dafür? Du hast Gäste."

„Okay. Dann lass uns nach oben in meine Wohnung gehen."

Er zupft an einer meiner Locken. „So früh? Ich habe noch nicht einmal zu Abend gegessen."

Ich koche innerlich. „Es wird nur fünf Minuten dauern."

„Ich weiß nicht, ob ich das so schnell hinbekomme, doch ich werde mein Bestes geben."

Ich presse meine Lippen zusammen, um ihn nicht anzuschreien. Würde vor Gästen nicht gut aussehen. Stattdessen rufe ich Kayla zu: „Er ist in fünf Minuten zurück!"

„Okay, ich bestelle mir einen Drink. Wyatt, ein Bier für dich?"

„Nur Wasser", sagt er.

Weil er denkt, dass mein Bier scheiße ist. Er ist die High-End-Bars in der Stadt gewohnt, in denen Drinks ab fünfundzwanzig Dollar aufwärts kosten. Und wen kümmert es, wenn man Milliarden hat, mit denen man um sich werfen und seinen Willen durchsetzen kann, und tun, was man will, wann immer man es will?

Ich packe seine Hand und ziehe ihn durch die Küche zur Treppe, die nach oben führt.

„Hey, alle zusammen", sagt er zum Küchenpersonal. „Ich gehöre zu ihr. Sie ist in mich verliebt."

Ich marschiere die Stufen hinauf, nicht amüsiert. „Hör auf, allen zu erzählen, dass ich in dich verliebt bin. Nicht cool an meinem Arbeitsplatz."

Er tätschelt meinen Arsch. „Tut mir leid. Ich werde mich auf Freunde und Familie beschränken."

„Sag es gar nicht!"

Ich schließe die Tür auf und gehe den kurzen Flur entlang zu meinem Zimmer. Er bleibt in der Tür stehen und betrachtet den kleinen Raum. Es gibt nur ein Doppelbett, einen Nachttisch und einen Kleiderständer auf Rollen.

Er späht den Flur entlang. „Wo ist der Rest?"

„Es gibt nur dieses Zimmer und ein Bad. Der Hauptraum ist das Lager für das Restaurant."

Er kommt herein und setzt sich neben mich aufs Bett. „Schau dir diese mädchenhafte Decke an."

Es ist eine rote Decke mit weißen Blumen. *Muss er alles kommentieren?*

„Okay, genug von meiner beschissenen Wohnung", sage ich. „Ist nur vorübergehend. Hör auf zu versuchen, mein ganzes Leben in Ordnung zu bringen."

Er hebt die Hände. „Wenn du in einer winzigen Wohnung leben willst, ist das in Ordnung für mich. Solange du regelmäßig bei mir übernachtest. Hey, vielleicht könnte Kayla hier einziehen, und du könntest einfach deinen, ähm –" er blickt zu meinem Kleiderständer, über den ein Haufen wahlloser Klamotten geworfen ist, „– du könntest einfach einen Koffer packen."

Mir bleibt überrascht der Mund offenstehen. Er will, dass ich bei ihm einziehe?

Er zuckt eine Schulter, seine Augen ruhen warm auf meinen. Mein Herz pocht schneller bei diesem Blick. „Nur eine Idee."

Ich habe den plötzlichen Drang, ihn zu küssen. Manchmal ist er einfach zu verlockend, doch dann erinnere ich mich, dass ich wütend bin. „Wir müssen ein paar Dinge klarstellen."

„Dem stimme ich zu."

„Das tust du?"

„Auf jeden Fall will ich, dass dieses Problem schnell gelöst wird, wie ich deinem Bruder gesagt habe."

Ich beiße die Zähne zusammen. „Warum bist du hinter meinem Rücken zu Drew gegangen, anstatt mit mir über deine Pläne zu sprechen?"

„Ich habe es dir vor Wochen gesagt, als du die Nacht über bei mir festgesessen hast. Du warst nicht gerade einverstanden. Und habe ich nicht schon mehrmals erwähnt, dass ein Farm-to-Table-Konzept viel für das Inn tun könnte?"

„Ja, und der Meinung bin ich auch, doch das hat im Moment keine Priorität."

„Und dein Koch ist ein Freund der Familie, der nicht so einfach einen ganz neuen Kochstil lernen kann."

„Ich bin sicher, er könnte es, wenn er wollte …" *Wahrscheinlich nicht.* „Der Punkt ist, es wäre eine Beleidigung, das von ihm zu verlangen. Er ist hier, seit mein Vater vor vielen Jahren das Restaurant übernommen hat."

„Also lässt du den Laden lieber den Bach runtergehen, weil du so an dem hängst, was er mal war. Du hast jetzt das Sagen. Du kannst das Inn in eine neue Erfolgsphase führen."

Ich öffne den Mund und schließe ihn wieder. Irgendwie scheint er auf meiner Seite zu sein und spricht davon, dass ich das Sagen habe. „Genau, mir gehört der Laden."

„Und ich könnte Miteigentümer sein. Du brauchst mich. Das ist auch kein Darlehen. Ich will nur, dass die Schulden verschwinden. Ich will, dass du glücklich bist."

Ich atme tief durch. Er meint es gut, das sehe ich, doch die Art, wie er dabei vorgegangen ist, ärgert mich.

Er bewegt sich auf mich zu. „Drew wusste, dass das Restaurant nicht funktioniert, deshalb wollte er verkaufen. Du bist eingesprungen, doch du sitzt ohne eigenes Verschulden immer noch in der Tinte. Lass mich mich darum kümmern. Du kannst immer noch Geschäftsführerin sein, wenn du willst."

Als ich schweige, fährt er fort. „Es wäre eher eine Partnerschaft. Und wir werden im Mitarbeiterhandbuch festhalten, dass Verbrüderung unter den Mitarbeitern erlaubt und erwünscht ist."

„Es gibt kein Mitarbeiterhandbuch."

„Dann mache ich eins und sorge dafür, dass da schwarz auf weiß steht, dass Partner wilden Affensex haben können, wenn ihnen danach ist."

Ich kämpfe gegen ein Lächeln. Die Bemerkung ist witzig, doch jetzt ist nicht der richtige Zeitpunkt. „Du kannst nicht ein Stück von einem Restaurant haben, das seit Generationen in meiner Familie ist. Keine Außenseiter erwünscht. Es ist ein Robinson-Geschäft."

„Ich bin jetzt eher ein Insider", sagt er schmunzelnd. Ein Sexwitz. Jetzt?

Ich springe vom Bett auf. „Das ist mein Ernst!"

Er steht auf und legt seine große Hand an meine Wange und sieht mir in die Augen. „Syd, so bin ich. Ich repariere Dinge. So habe ich Snowball bekommen. Und ja, ich liebe meinen süßen kleinen Hund mit seinen flauschigen Haaren. Da, ich habe es gesagt. Gleiches gilt für meine Schwestern. Ich liebe sie und repariere, was kaputt ist."

Mein Verstand verbindet die Punkte. Er repariert Dinge für die, die er liebt, mich eingeschlossen. Ich will protestieren, dass ich keine Hilfe brauche, doch meine Kehle ist zugeschnürt vor Emotionen wegen dem, was er wirklich gesagt hat. Er hat allen erzählt, dass ich in ihn verliebt bin, weil er derjenige ist, der in *mich* verliebt ist. Nachdem sich mein Ex entliebt hatte, habe ich viel zu lange darüber nachgedacht, was mit mir nicht stimmt, was ihn dazu gebracht hat, mich nicht mehr zu lieben. Vielleicht lag das Problem jedoch nicht bei mir. Und die Wahrheit ist, ich *bin* in Wyatt verliebt, und ich war zu feige, es zu sagen.

„Syd?"

„Du liebst mich nicht. Es ist viel zu früh dafür." *Bitte sag es.*

Er küsst mich. „Okay."

Ich spüre, dass er mich nur besänftigen will, indem er es nicht sagt, und das macht mich innerlich warm und matschig, weil er mich heimlich liebt. Mein Magen dreht sich um. „Sag nichts, was du nicht so meinst."

„Niemals, es sei denn, du fragst mich, ob dein Po in diesen Jeans fett aussieht. Die Antwort darauf wird immer nein sein. Habe einmal falsch auf diese Frage geantwortet und bin rausgeworfen worden."

Ich sehe in seine vor guter Laune funkelnden Whiskeyaugen. „Du kannst nicht alle meine Probleme lösen. Ich schaff das schon."

„Wie?"

„Das ist mein Problem, okay? Ich will nicht, dass du dich einmischst. Ich bin nicht wegen deines Geldes mit dir zusammen, und ich behalte meine Wohnung. Verstehst du mich?"

„Ich spüre dich." Er legt die Hand an meinen Po und drückt mich fest an sich. „Du spürst mich?"

Ich lächle widerwillig. „Schwöre, dass du dich nicht in meine Angelegenheiten einmischst, es sei denn, ich bitte dich darum."

Er sieht mir in die Augen. „Dann bitte mich darum."

„Nein."

„So verdammt stur."

Er beugt sich zu einem Kuss vor, und ich lege eine Hand auf seine Brust. „Wyatt."

„Okay, okay. Ich werde mich nicht einmischen."

Und dann küsst er mich wieder, und ich kann nicht anders. Ich lege meine Arme um ihn und küsse ihn zurück.

Bis Montagmittag habe ich meine Antwort von der Bank – nein. Es ist an der Zeit, zu Harper zu gehen, auch wenn es mir wehtut. Wyatts Geste ist gut gemeint, doch damit sind Bedingungen verknüpft, die ich einfach nicht akzeptieren kann.

Ich arbeite einen Kreditvertrag für Harper aus und, weil ich wirklich nervös bin, einen Brief, in dem genau die Geschäftsbedingungen dargelegt sind, die sie von mir erwarten kann, einschließlich regelmäßiger Zwischenabschlüsse des Restaurants und schneller Rückzahlung, sobald sich die Lage bessert. Wir sind schon immer Freunde gewesen, und ich will klarstellen, dass ich ihren Ruhm nicht ausnutze. Sie hat hart dafür gearbeitet und hat all die Leute nicht verdient, die ihre süße, großzügige Art ausnutzen. Mir ist immer noch mulmig dabei. Sie hat gerade viel um die Ohren mit ihrer bevorstehenden Hochzeit, dem Baby und ihrer alternden Großmutter, also wenn sie mir nicht den vollen Betrag geben kann, verstehe ich das. Es wird mir trotzdem Zeit verschaffen, meinen Kundenstamm aufzubauen.

Ich bin an meinem freien Tag zu Hause. Ich stehe auf und blicke aus dem Fenster auf die kahlen Bäume und ein paar Häuser. Wenn die Blätter weg sind, kann ich bis zum Lake Summerdale sehen. Es ist still da draußen, alles liegt immer noch unter einer Schneedecke. Sogar der See ist zugefroren. Wenn das Eis dick genug wird, wird die Gemeinde eine grüne Flagge hissen, die anzeigt, dass es sicher ist, auf dem See Schlittschuh zu laufen. Heute ist es nur trister Winter da draußen. Doch immer, wenn ich mit Wyatt zusammen bin, habe ich das Gefühl, der Frühling steht vor der Tür. Ein sprudelndes Gefühl. Liebe.

Ich schüttle den Kopf und ziehe mein Handy aus der

Tasche meines Kapuzenpullovers. In letzter Zeit bin ich so verträumt, mit meinen Gedanken ständig bei Wyatt. Gestern haben wir bei ihm S'mores im Kamin gemacht und so viel gelacht und geredet. Ich habe Kayla nach Geschichten über Wyatt aus ihrer gemeinsamen Kindheit ausgequetscht. Sie hat mir erzählt, dass er vor der Schule ewig gebraucht hat, seine Haare zu stylen, was seine Schwestern verrückt gemacht hat, weil sie auch ihre Haare machen mussten. Zwei Bäder für die vier Leute. Viel Geschrei. Und sie behauptet, dass er danach immer genauso ausgesehen hat, wie als er hineingegangen ist. Er sagt, das sei damals der Style gewesen. Ha!

Mein Handy klingelt in meiner Hand. Schon wieder diese Tagträume. Es ist eine Nachricht von Wyatt: *Kayla fährt zu Besuch nach Hause. Handwerker gehen um fünf. Du weißt, was das bedeutet.*

Ich lächle.

Wyatt: *Nackte Sydney auf der Kücheninsel.*

Er sagt immer wieder, dass er mich in der Küche haben will. Es könnte daran liegen, dass ich ein bisschen handgreiflich werde, wenn ich ihm dabei zusehe, wie er Mahlzeiten für mich zubereitet.

Ich schreibe zurück. *Wie wäre es mit nacktem Wyatt auf der Kücheninsel?*

Auch gut. Wann wirst du hier sein? Ich muss schauen, dass ich genug Mikrowellen-Burritos habe.

Schon wieder Mexikanisch?

Immer Mexikanisch. Wann? Ich muss mich vorbereiten.

Ich will ihn fragen, was er vorzubereiten hat, doch dann verkneife ich es mir. Wahrscheinlich will er mich überraschen.

Ich: *Wann soll ich da sein?*

Wyatt: *Jetzt.*

Meine Hand schießt an mein Herz, Wärme flutet mich. Ich liebe es, dass er keine Spiele spielt und so tut, als ob er sich nicht zu sehr für mich interessiert. Er liebt mich. Ich habe es fast von Anfang an an der Wärme in seinen Augen gespürt, und es wird von Tag zu Tag mehr.

Ich: *Ich kann in einer Stunde da sein.*

Wyatt: *Snowball gefällt es gar nicht, dass sie so lange warten muss, aber ich werde sie wissen lassen, dass es nur daran liegt, dass du dir die Haare waschen und die Beine rasieren willst, all das in Erwartung von Sex auf der Kücheninsel.*

Er weiß nicht, dass ich das alles schon erledigt habe.

Ich: *Könntest du wenigstens so tun, als hättest du keine Ahnung von dem ganzen Mädchenkram?*

Wyatt: *Dafür kannst du dich bei meinen Schwestern bedanken. Ich weiß alles. (Nicht, dass ich es wissen wollte.)*

Ich: *Bis bald.*

Wyatt: *Bald ist nicht bald genug. Das war Snowball. Kann's nie erwarten, dich zu sehen.*

Lächelnd starre ich auf mein Handy. *Oh, Wyatt.*

Ich schüttle meinen Kopf und merke, dass ich weiß Gott wie lange dagestanden und mein Handy angelächelt habe. Ich rufe Harper an und bin froh, als sie rangeht.

„Hi, Harp. Sydney hier."

„Ist alles okay? Deine Stimme klingt ein bisschen seltsam."

„Ja gut. Mir geht es gut." *Ich bin glücklich.* Es ist seltsam, dass ich mich so glücklich fühle, wenn ich den Anruf tätige, vor dem ich mich so gefürchtet habe. „Aber dem Restaurant geht es nicht gut. Ich frage nur ungern, aber ich habe schon drei Raten verpasst, und wenn …"

„Sag nichts mehr. Betrachte es als erledigt. Ich überweise dir gerne den vollen Betrag."

„Bist du sicher? Es sind zweihunderttausend. Deine Hochzeit und das Baby und –"

„Schon gut. Ich habe einen schönen kleinen Notgroschen. Du weißt, dass ich nie einen extravaganten Lebensstil geführt habe."

Tränen steigen mir in die Augen. „Danke. Ich werde es dir zurückbezahlen. Ich arbeite den Papierkram mit allen Bedingungen aus. Ich will nicht, dass Geld jemals zwischen uns kommt, okay? Das wird alles sehr professionell, und ich halte dich jederzeit auf dem Laufenden."

„Natürlich. Ich weiß, dass ich dir vertrauen kann."

„Ich würde dich nicht bitten, wenn es nicht so schlimm wäre. Ich möchte nicht, dass du denkst, dass ich deine Berühmtheit ausnutze. Ich weiß, dass du genug Ausnutzer erlebt hast, die dich behandelt haben, wie ..."

„Im Ernst jetzt? Syd, ich dachte die ganze Zeit, dass du einfach nicht Geschäft und Freundschaft vermischen willst. Und du dachtest, ich würde mich von dir ausgenutzt fühlen? Du warst meine leidenschaftlichste und lautstärkste Unterstützerin durch alle Höhen und Tiefen meines Lebens."

Ich schlucke den emotionalen Kloß in meiner Kehle herunter. „Willst du damit sagen, dass ich eine große Klappe habe?"

„Ja! Als wir beide für unsere Schultheateraufführung vorgesprochen haben und ich jedes Mal die Hauptrolle bekommen habe, obwohl du auch fantastisch und viel lustiger warst, hast du allen gesagt, dass sie nur abwarten sollen und dass ich eines Tages ein Star sein werde."

„Du bist ein Star."

„Du denkst, ich hätte es ohne dein unerschütterliches Vertrauen in mich dorthin schaffen können, wo ich heute bin?"

Ich schüttle den Kopf. „Das war allein dein Talent. Du hast mich nicht gebraucht."

„Das soll wohl ein Witz sein. Ich wusste, dass du immer für mich da bist. Du, Jenna, Audrey, ihr seid wie Schwestern für mich." Ihre Stimme bricht.

Eine Träne läuft über meine Wange. „Oh Mist. Jetzt bringst du mich zum Weinen."

Sie lacht. „Tut mir leid, bei mir sind es die Schwangerschaftshormone. Alles bringt mich zum Weinen. Ich will nicht, dass du dir noch einen Moment Gedanken machst. Nichts wird jemals zwischen mich und meine Wahlschwestern kommen. Wir sind Schwestern fürs Leben."

Schwestern fürs Leben. Ich stoße ein ersticktes Schluchzen aus, Tränen laufen über mein Gesicht, und ich bin niemand, der viel weint. Harper ist Einzelkind, und ich hatte nur Brüder. „Verdammt. Sieh dir an, was du mit dem Schwestern-

gerede aus mir gemacht hast. Einen heulenden Schlosshund",
blaffe ich in ein Taschentuch und wische mir die Tränen weg,
während wir beide am Telefon sitzen und zusammen weinen.

„Ach, Syd. Wenn ich gewusst hätte, worüber du dir solche
Sorgen machst, hätte ich dich früher zum Weinen gebracht."

„Ha-ha."

„Aber im Ernst, mir und Garrett geht's finanziell gut. Wir
können es uns leisten. Ich werde das Geld heute von meiner
Buchhalterin auf dein Konto anweisen lassen. Gib mir alle
deine Informationen, und ich gebe sie an sie weiter."

„Okay, und ich schicke dir den Papierkram, den ich mir
ausgedacht habe. Warte." Ich krame meine Unterlagen aus
der Nachttischschublade. Sie geht mit mir zweimal meine
Bankverbindung durch, und dann unterhalten wir uns ein
bisschen über ihre bevorstehende Hochzeit am Samstag, am
Valentinstag. Ich bin eine der Brautjungfern. Josie Abbott ist
ihre Trauzeugin. Ich kann es kaum erwarten, sie zu treffen.
Sie ist eine berühmte Schauspielerin und superlustig.

„Nochmal vielen Dank, Harp. Wenn du irgendwas
brauchst, ruf mich jederzeit an. Ich kann im Kreißsaal deine
Hand halten oder babysitten oder einmal die Woche nach
General Joan sehen. Was du willst." General Joan ist ihre
betagte Großmutter.

„Ich hätte gerne tägliche Besuche bei General Joan für das
nächste Jahr."

Ich schlucke schwer. „Wirklich?" Ihre Großmutter ist
knallhart, und es wird nicht sehr viel Spaß machen, sie täglich
zu besuchen. Sie würde mir wahrscheinlich befehlen, ihren
Keller aufzuräumen, während sie mich mit Argusaugen
beaufsichtigt und Befehle bellt. Die Frau hätte wirklich aus
Berufung beim Militär Karriere machen können.

Sie lacht. „War ein Witz. Du schuldest mir nichts. Ich will
nur, dass du glücklich bist."

„Das bin ich. Mit Wyatt läuft es ziemlich gut."

„Das überrascht mich überhaupt nicht."

„Erinnerst du dich nicht, dass ich ihn Satan nannte? Er hat
mich immer so wütend gemacht." Ich kann nicht viel Ärger in

meine Stimme bringen, so, wie ich jetzt für ihn empfinde, all die Wärme und Liebe.

„Oh bitte! Die Funken zwischen euch beiden hätte leicht das Inn in Brand setzen können. Ich habe dir gesagt, er ist ein guter Kerl."

„Ja, ist er."

„Aww, du magst ihn wirklich, oder?"

Ich führe einen kleinen Freudentanz auf. „Ich bin in ihn verliebt und er in mich."

„Ich freue mich so für dich! Wenn du das nächste Mal frei hast, solltet ihr in die Stadt kommen, um uns zu besuchen. Wir werden noch ein paar Monate bei mir sein, bevor wir in unsere neue Wohnung in Brooklyn einziehen. Wir müssen noch einige Renovierungsarbeiten abwarten. Garrett und seine Brüder machen das, nachdem Januar bei ihnen nicht viel los ist."

„Ich werde es ihm vorschlagen. Hört sich gut an. Danke nochmal."

„Immer gern. Lass uns bald wieder telefonieren, Schwester. Bis dann!"

Ich lasse mich auf mein Bett zurückfallen, schwach vor Erleichterung. Problem gelöst. Und ich habe Wyatt für nichts davon gebraucht.

Sydney

Kurze Zeit später gehe ich zu Wyatt. Ich klingle an seiner
Haustür, und er öffnet, Snowball wie immer unter den Arm
geklemmt. Er trägt ein hellblaues Hemd, dessen zwei oberste
Knöpfe offenstehen und einen Blick auf seine goldene männliche Brust erlauben, dazu eine dunkelgraue Hose und Lederschuhe. Er sieht gleichzeitig sexy und fürsorglich aus, wie er
Snowball hält. Meine Eierstöcke führen einen kleinen Tanz
auf. Dieser Mann ist Vatermaterial. Wir sind noch nicht so
weit, doch das Potenzial gefällt mir. Plötzlich will ich nur
noch meine Arme um ihn werfen. Ich halte mich zurück,
peinlich berührt, dass ich in Gedanken so weit vorpresche.
„Hi."

Er nickt. „Schnell, komm rein. Ich will nicht, dass das
Abendessen anbrennt."

„Du kochst?"

„Ja." Er küsst mich. „Schön, dass du hier bist. Lass uns
gehen." Er setzt Snowball ab, die ihm in die Küche hinterher
trottet.

Ich ziehe meine Jacke aus und hänge sie im Foyer an einen
Haken. Ich nehme mir einen Moment Zeit, um meinen lila

Kaschmirpullover auf Fusseln zu überprüfen. Es war ein Geburtstagsgeschenk meines Vaters vor zwei Jahren. Er war immer so großzügig, auch wenn er es nicht hätte sein sollen. Ich trage Jeans und meine schicken, hochhackigen Stiefeletten. Ich wusste nicht, dass er ein besonderes Abendessen kocht, doch ich nehme mir immer die Zeit, nett auszusehen, bevor ich herkomme.

Ich gehe gerade in die Küche, als Wyatt etwas in die Spüle leert. Es duftet nach Steak. Ich entdecke zwei fertig gekochte Rib-Eye-Steaks, die auf dem Herd ruhen. „Das sieht toll aus." Ich bin so überrascht, dass er kocht, nach allem, was wir bisher gegessen haben, hauptsächlich Tiefkühlkost für die Mikrowelle. „Kochst du gerne?"

„Manchmal", sagt er und liest etwas auf seinem Handy.

Ich spähe ihm über die Schulter. Er hat ein Kartoffelpüree-Rezept auf seinem Handy. „Normalerweise gehört da nur ein bisschen Milch, Butter, Salz und Pfeffer rein."

Er sieht mich über die Schulter an. „Entschuldige, ich kann dich nicht beeindrucken, wenn du mir hilfst. Setz dich an die Insel."

Ich setze mich und sehe zu, wie er die Kartoffeln zubereitet. Sobald das erledigt ist, holt er eine Tiefkühlpackung grüne Bohnen aus dem Kühlschrank und legt sie in die Mikrowelle. „Das sind die, die man in der Tüte kochen kann."

Ich lächle. „Das ist wirklich schön."

Er geht zu einem Schrank und holt zwei Kristallweingläser heraus. „Ich habe deinen Lieblingsmerlot besorgt."

„Ich habe dir von meinen Lieblingsmerlot erzählt?"

„Du redest ständig im Bett. Ich höre zu."

Meine Wangen werden heiß. „Ich rede nicht ständig."

Er lächelt. „Ziemlich viel nach dem Orgasmus. Da gibt es ein Gleichgewicht – zu viele Orgasmen, und du schläfst ein. Zu wenig, und du kaust mir stundenlang das Ohr ab." Er macht große Augen. „Anstrengend. Genau die richtige Dosis, und du fängst an zu erzählen."

Ich kann mich nicht entscheiden, ob es mir peinlich ist,

dass er mich so gut kennt, oder ob ich einfach nur froh sein soll, dass er so gut darin ist, mir ein gutes Gefühl zu geben. „Zu viele Orgasmen gibt es nicht."

Er zieht eine Braue hoch. „Sollen wir es ausprobieren?"

Eine Welle der Lust brandet durch mich. „Nicht jetzt. Zurück zum Abendessen."

„Könnte ein lustiges Experiment werden." Er holt die grünen Bohnen aus der Mikrowelle, schneidet die Packung auf und lässt sie auf die Theke fallen. „Wir haben es nie bis sechs geschafft."

Ich erschauere bei dem Gedanken.

Kurze Zeit später sitzen wir uns mit unserem Abendessen aus Steak, Kartoffelpüree und grünen Bohnen am Esstisch gegenüber. Es ist einfach, aber wirklich gut. Dazu trinken wir beide ein Glas Wein.

„Also das ist dein Verführungsessen für deine Dates?", frage ich.

„Nein, was? Wie kommst du darauf?"

„Ich werde so tun, als hättest du es nur für mich gekocht, also ist es was Besonderes." Ich schneide ein weiteres Stück Steak ab. „Außerdem ist es köstlich. Ich hatte Mikrowellen-Burritos erwartet. Danke, dass du gekocht hast."

„Gern geschehen. Morgen früh mache ich dir Arme Ritter."

„Oh mein Gott, ich liebe Arme Ritter!" Ich trinke einen Schluck Merlot mit einem Hauch von Pflaume und dunkler Kirsche. „Dieser Wein ist unglaublich. Woher kommt er?"

Er geht zurück zum Tresen, wo er die Flasche abgestellt hat, und bringt sie herüber. Ein kalifornischer Wein, von dem ich noch nie gehört habe. Muss teuer gewesen sein. „Ich habe noch nie einen so guten Wein getrunken. Ich halte mich strikt an mein Weinbudget von unter zwanzig Dollar."

„Halte dich an mich", sagt er. „Ich habe einen ausgezeichneten Geschmack."

Und Geld. Das behalte ich jedoch für mich. Stattdessen lächle ich und trinke noch einen Schluck. Ich kann nicht genießen, was sein Geld kaufen kann und gleichzeitig das Gefühl haben, dass es zu viel ist. Ich will ihn nicht wegen seines Geldes, was ein weiterer Grund ist, warum ich ihn nicht in mein Schuldenproblem eingreifen lassen wollte. Das ist jetzt zumindest geregelt. Harper hat mir gesagt, dass morgen früh das Geld auf meinem Konto sein sollte, und dann werde ich meine Schulden sofort ein für alle Mal begleichen.

Ich schaufle Kartoffelpüree auf meine Gabel. „Harper sagt, wir sollen sie und Garrett in der Stadt besuchen."

Klappernd legt er seine Gabel ab. „Wirklich? Klingt sehr nach so einem Paarding."

Ich werde rot, peinlich berührt, dass ich zu weit gegangen bin. „Ich wollte nicht behaupten, dass du und ich ..." *Moment, der Mann hat ganz klar angedeutet, dass er mich liebt.* „Ha-ha."

Er schmunzelt. „Ha, da hatte ich dich für einen Moment ein bisschen verunsichert." Er nimmt seine Gabel und wendet sich wieder seinem Steak zu.

Ich sehe ihn an. „Manche Männer sind komisch, was das angeht."

„Du gehörst mir. Das ist alles, was ich wissen muss."

Ich hole scharf Luft. „Ich gehöre dir?"

„Ja." Er kaut und sieht mich an. „Du kannst es nennen, wie du willst, Freund-Freundin, Paar, Beziehung. Alles dasselbe für mich. Ich weiß, dass du mir gehörst."

Ich sehe ihn aus dem Augenwinkel an. „Das klingt ein bisschen arg besitzergreifend für mich."

„Gar nicht. Ich bin ein Geber. Siehst du? Ich habe dir Abendessen gekocht. Später ficke ich dich um den Verstand. Geben, geben, geben. Wäre ich besitzergreifend, würde ich dich ganz fest an mich drücken. Ich gebe dir mit weit geöffneten Händen." Er neigt den Kopf. „Oder ist das mein Herz?"

Eine Blase puren Glücks steigt in mir auf, und ich fühle mich leicht und beschwingt. Welcher Typ spricht davon, sein Herz zu öffnen? Keiner. Ich gehe auf seine Seite des Tischs und umarme ihn.

„Vorsicht", sagt er. „Ich halte ein Steakmesser in der Hand."

Ich lasse ihn los, und er steht auf, legt das Messer auf den Tisch und küsst mich zärtlich.

Er nimmt mein Gesicht in beide Hände. „Ich liebe dich."

Meine Augen werden heiß. Er hat es schon mehrmals angedeutet und es mit seinem Verhalten gezeigt, doch die Worte treffen mich immer noch tief. Eine Welle von Zuneigung überwältigt mich und lässt mein Herz zum Bersten voll werden. „Ich liebe dich auch." Ich küsse ihn und ziehe mich zurück, doch ich kann diesen warmen Whiskey-Augen nicht widerstehen, also küsse ich ihn noch einmal. Und wieder.

Er schmunzelt. „Ich weiß, dass du mich willst, aber iss erstmal auf. Ich habe viel Planungsarbeit da reingesteckt. Feinstes Stück Fleisch. Stundenlange Internetrecherche nach den besten Rezepten. Das ist nochmal eine Stufe über meinem üblichen Verführungsessen. Nur das Beste für dich."

Mein Herz drückt. *Aber stundenlange Recherche für Kartoffelpüree und grüne Bohnen aus der Mikrowelle? Ha! Ich nehme mal an, er hat die Zubereitung der Steaks recherchiert.*

Ich lächle und gehe zurück an meinen Platz. „Weißt du, wenn ich dir gehöre, dann heißt das, dass du mir gehörst."

Er zieht die Brauen hoch. „Das ist Fakt. Ich wusste, dass wir von Anfang an exklusiv sein müssen. Ich meine, wie könnte ich noch Ausdauer für irgendjemand anderen haben, so wie du mich jede Nacht rannimmst?"

Ich lache. „Verdammt richtig."

Er schenkt mir sein warmes Lächeln, seine Augen bohren sich in meine. „Verdammt gut."

~

Wyatt

Es ist großartig, Sydney hier ganz für mich allein zu haben. Mich stört nicht, dass meine Schwester sonst hier ist, aber ich bin definitiv entspannter, wenn Syd und ich allein sind. Sie ist auch entspannter. Nach dem Abendessen ging es auf der Kücheninsel schmutzig zu. Und später in meinem Bett. Auch heute Morgen unter der Dusche, doch da hat sie mich verwöhnt. Ich kann mich nicht erinnern, mich jemals so gut gefühlt zu haben.

Jetzt mache ich ihr Arme Ritter. Das Geheimnis ist Vanilleextrakt. Sie sitzt auf der Kücheninsel, trinkt Kaffee und spielt auf ihrem Handy herum. Ich habe ihr gesagt, dass es an der Zeit ist, dass sie anfängt, zu sexten, also macht sie das hoffentlich gerade. Ich lächle in mich hinein.

Sie schnappt nach Luft. „Oh mein Gott."

„Was?"

Sie starrt mit großen Augen auf ihr Handy und sieht mich dann an. „Das muss ein Fehler sein. Ich muss sie anrufen." Sie stürzt aus dem Zimmer.

Seltsam. Wen anrufen? Was für ein Fehler? Ich hoffe, es hat nichts mit ihrem Schuldenproblem zu tun. Nach dem Frühstück wollte ich versuchen, sie davon zu überzeugen, meine Hilfe anzunehmen und mit mir zu arbeiten. Ich will ihr die Last von den Schultern nehmen.

Ich nehme den letzten armen Ritter in die Pfanne, hole den Sirup aus dem Schrank und stelle ein paar Teller für uns auf die Insel. Fast hätte ich die Frühstückswürstchen vergessen. Ich hole ein paar aus dem Gefrierfach und werfe sie in die Mikrowelle.

Ein paar Minuten später lasse ich mich an der Insel nieder, und sie kehrt mit glasigen Augen zurück. Jetzt mache ich mir wirklich Sorgen.

Ich gehe zu ihr und nehme sie in die Arme. „Was ist passiert?"

„Harper hat mein Darlehen um weitere Hunderttausend aufgestockt. Sie sagt, sie will mir Luft zum Atmen geben, während ich das Restaurant wieder in Schwung bringe." Sie starrt auf meine Brust. „Das ist so großzügig. Ich weiß, dass ich glücklich sein sollte, aber es wird ewig dauern, ihr das zurückzuzahlen."

Ich lasse meine Arme sinken, mein Magen verknotet sich.

Sie hat mich ausgeschlossen und ist zu Harper gegangen anstatt zu mir. Sie vertraut nicht auf meine Fähigkeiten. Vielleicht bin ich neu in der Gastronomie, aber ich habe viele tolle Ideen. Ich saniere Unternehmen. Ich habe ihr angeboten, ihr zu helfen, kostenlos und ohne Darlehen. Das ist ein viel besserer Deal, als Harper Geld zu schulden. Offensichtlich will Sydney mich nicht als Partner. Sie sagt, sie liebt mich, aber sie hält mich trotzdem auf Distanz. Der Außenseiter.

Meine Brust schmerzt. Verdammt, ich dachte, wir bauen hier was auf.

Ich bemühe mich um eine ruhige Stimme. „Warum willst du mein Geld nicht, aber ihres schon?"

„Ich will dir nichts schulden."

Ich ringe um Geduld. „Ich habe gesagt, dass du es mir nicht zurückzahlen musst. Ich wollte nur, dass du mich in die Rettung des Restaurants mit einbeziehst."

Sie kehrt zu ihrem Platz an der Insel zurück. „Ich bin keine deiner Schwestern, die du retten musst. Lass uns nicht streiten. Das Frühstück duftet wunderbar." Sie setzt sich, schneidet ein Stück French Toast ab und steckt es sich in den Mund.

Ich bin zu wütend, um zu essen. „Warum lässt du mich dir nicht helfen?" Sie stößt mich weg. Nicht nur das, sie hat mir auch nichts davon erzählt, dass Harper ihr hilft. Mir wird bewusst, dass ich ihr nichts gesagt habe, als ich zu Drew gegangen bin, doch es ist nicht so, dass ich vorher nicht ausführlich beschrieben hatte, was nötig ist, um ihr Restaurant wieder in die Spur zu bringen. Und zu dem Zeitpunkt dachte ich, dass ihm der Laden gehört. Ich hatte einen legitimen Grund, zu ihm zu gehen. Sie hatte keinen, zu Harper zu gehen. Sie hat mich.

Ich starre sie an. „Du willst meine Hilfe bei dem, was ich am besten kann, nicht akzeptieren. Ich rette Unternehmen. Ich kümmere mich um Menschen, die ich liebe. In diesem Fall kann ich beides tun – mich um dich kümmern und dein Geschäft retten, aber du schließt mich aus."

„Wyatt", sagt sie sanft, „nimm es nicht persönlich. Wirklich."

Natürlich ist es persönlich. Und ich will nicht, dass sie noch höhere Schulden hat. So kann man nicht leben.

Ich liebe sie von ganzem Herzen. Und nach all ihren Existenzängsten repariere ich das ein für alle Mal für sie.

Sobald Sydney an diesem Morgen zur Arbeit gegangen ist, rufe ich Harper an.

Harper meldet sich fröhlich. „Hi, Wyatt. Sydney sagt mir, dass es zwischen euch großartig läuft. Freut mich, das zu hören."

„Nicht ganz."

„Oh nein. Bitte sag nicht, dass ihr euch getrennt habt?"

„Nein, nichts dergleichen. Sie ist in mich verliebt, doch sie ist zu stur, um meine Hilfe anzunehmen."

„Aww."

„Ich will das Darlehen, das du ihr gegeben hast, zurückzahlen. Sie ist stur, wie du weißt, und besteht weiter darauf, dass sie mich nicht da hineinziehen will, doch so bin ich nunmal, also gib mir bitte deine Bankinformationen, und ich werde ihre Schulden bei dir begleichen."

„Ich weiß nicht. Vielleicht solltet ihr zuerst darüber reden?"

„Wir haben geredet. Schau, es ist ernst mit uns, also betrachte es einfach als künftiges Verlobungsgeschenk für sie."

„Ein Verlobungsgeschenk vor der Verlobung?"

„Ich werde es sie wissen lassen, nachdem sie ja gesagt hat. Besser als Schmuck für sie, findest du nicht?"

„Das ist so romantisch. Sie ist dir wirklich wichtig."

„Ja! Danke. Das sage ich ihr immer wieder, aber sie besteht darauf Miss Unabhängig zu sein."

„Das ist so süß. Das ist ganz schnell gegangen bei euch."

„Wir sind jetzt einen Monat zusammen, und wir haben

davor eine Weile darauf hingearbeitet. Sie hat meinen Charme anfangs nur nicht gesehen."

Sie lacht. „Okay. Ich schicke dir die Nummer meiner Buchhalterin, und du kannst sie anrufen, um alles mit ihr zu klären."

„Danke. Ich weiß das zu schätzen."

18

Sydney

Es ist Donnerstag, und ich fühle mich großartig. Unser Quiz-abend und der Donnerstags-Weinclub, auch bekannt als Ladies Night, werden immer beliebter, und meine Schulden sind weg. Das *Horseman Inn* ist frei und unbelastet. Ich kann Gehaltsabrechnungen machen, in Marketing investieren, sogar ein paar Renovierungen in Betracht ziehen. Die Küche braucht dringend ein paar Upgrades.

Ich gehe heute Abend nach der Arbeit wie immer zu Wyatt. Wir leben mehr oder weniger zusammen. Kayla wohnt auch da. Sie hat beschlossen, hierzubleiben und ihre Diplom-arbeit zu schreiben. Sie findet Summerdale charmant und mag das Land rund um Wyatts Haus. Sie hat sogar Schnee-schuhe gekauft, damit sie auf dem Grundstück herumwan-dern kann. Sie nimmt Snowball mit auf Wanderungen aber nur dorthin, wo der Schnee nicht zu tief ist.

Es ist gegen Mitternacht, als ich bei Wyatt ankomme. Er erwartet mich an der Tür mit einem Strauß roter Rosen in der Hand, Snowball wie üblich unter dem Arm geklemmt. Sie schnuppert an den Rosen.

„Für dich", sagt er herzlich.

„Wow." Ich nehme die Rosen und küsse ihn. „Danke."

Er setzt Snowball ab, hilft mir aus meinem Mantel und hängt ihn an den Haken. Snowball trottet zurück in das Sofazimmer, wo Kayla bereits schläft. Ihr Körbchen ist auch dort, denn Kayla geht am Morgen mit Snowball Gassi.

„So ein Gentleman heute Abend", necke ich ihn. „Ist Kayla wach?"

„Sie schläft. Das Schreiben an ihrer Abschlussarbeit macht sie müde. Würde aber wirklich jeden einschläfern. Willst du was trinken oder essen?"

Ich schüttle den Kopf.

„Nach oben?"

Ich lächle. „Ja." Er hat immer noch nur das eine Schlafzimmer eingerichtet.

Er nimmt mein Gesicht in seine Hände und küsst mich zärtlich. Seine Finger streichen über meinen Hals. „Gib mir ein paar Minuten, um mich vorzubereiten."

„Okay. Kann ich mich im Badezimmer erfrischen, oder bereitest du dich dort vor?" Ich habe keine Ahnung, was er vorhat. Noch ein romantisches Geschenk oben, oder will er sich körperlich irgendwie vorbereiten? Nicht, dass er es nötig hätte. Er ist wunderschön.

„Lass mich nur eine Sache überprüfen." Er eilt die Treppe hinauf. Einen Moment später sagt er: „Okay, du kannst kommen."

Ich folge ihm fasziniert. Die Schlafzimmertür ist geschlossen. Vielleicht hat er seine Möbel aus dem Lager bringen lassen und will mich überraschen, obwohl ich gedacht hätte, dass er die in das große Schlafzimmer stellen würde. Aber nein, das wird gerade renoviert. Es bekommt ein En-suite-Bad und einen begehbaren Kleiderschrank. Dazu werden die Wände aus den angrenzenden Zimmern herausgerissen.

Er winkt mich am Schlafzimmer vorbei, ein Lächeln umspielt seine Lippen. „Komm weiter. Da gibt es nichts zu sehen."

Ich lächle. „Okay, wenn du das sagst." Ich will unbedingt einen Blick hineinwerfen, doch gehe weiter ins Bad, um mich bettfertig zu machen. Ich habe jetzt einen Satz Toilettenartikel hier, damit ich nicht immer alles hin und her schleppen muss. Sobald ich fertig bin, überlege ich, ob ich nur in BH und Höschen rauskommen soll, schließlich trage ich mein hübsches rotes Satinhöschen und den passenden BH, der meine Brüste schön hochpusht –, doch ich verkneife es mir. Wenn er ein Geschenk für mich hat, würde ihn das zu sehr ablenken, und ich bekomme es nicht, bevor ich zu erschöpft bin, um auch nur meine Augen offenzuhalten. Es ist phänomenal, wie er mir jeden letzten Tropfen Lust aus dem Leib quetscht. Zweifellos der beste Liebhaber, den ich je hatte. Auch in diesem Bereich ist er großzügig.

Ich verlasse das Badezimmer und trage immer noch mein schwarzes Uniform-T-Shirt, schwarze Röhrenjeans und bequeme Schaffellstiefel. Als ich an der Schlafzimmertür ankomme, ist sie geschlossen.

Ich klopfe an. „Kann ich jetzt reinkommen?"

Wyatt öffnet die Tür und bedeutet mir einzutreten. Mir stockt der Atem. Er hat weiße Funkellichterketten an der Decke aufgehängt und rote Rosenblätter in Form eines Pfeils auf das Bett gestreut.

Ich lache. „Soll ich dem Pfeil folgen und ins Bett klettern?"

„Komm näher und schau."

Ich drehe mich lächelnd zu ihm um. „Das ist so romantisch."

„So bin ich nunmal." Er wiegt seinen Kopf hin und her. „Zumindest bei dir."

Ich folge dem Rosenpfeil zum Kissen. Dort liegt eine kleine türkisblaue Schachtel, die mit einer weißen Schleife verziert ist. Unverkennbar eine Tiffany-Geschenkverpackung. Mein Herz rast. „Wyatt?", krächze ich.

Er tritt hinter mich und legt seine Arme um mich. Seine Stimme ist heiser. „Mach es auf."

„Das sieht teuer aus."

„Es gehört dir. Mach nur. Pack es aus."

Ich starre es an. „Du hättest mir kein teures Geschenk machen müssen." Ich drehe mich in seinen Armen um. „Dein

Geld interessiert mich nicht. Darum bin ich nicht mit dir zusammen."

Er nimmt mein Gesicht in seine Hände. „Ich weiß. Aber ich will, dass du es hast."

Ich schlucke schwer. *Ist es das, wofür ich es halte?* Vielleicht sind es nur Ohrringe. Oh Gott. Ich wende mich wieder dem Geschenk zu, kaum fähig, mich zu bewegen. Ich muss wissen, wie ich antworten werde. Ich liebe ihn; er liebt mich.

„Du wirst mich zwingen, das zu tun, oder?" Er nimmt das Geschenk und zieht die Schleife auf. Er holt die kleinere Schachtel heraus und geht auf ein Knie. „Willst du mich heiraten?"

Ich schlage mir mit der Hand vor den Mund.

Er blickt auf die Schachtel. „Mist. Vergessen, sie aufzumachen. Das ist mein erster Antrag." Er öffnet die Schachtel, und hält mir einen großen runden platingefassten Solitär-diamanten entgegen. Zumindest denke ich, dass es Platin ist. Der Raum ist nur schwach von den funkelnden Lichtern beleuchtet.

Ich gehe schnell zum Lichtschalter, schalte das Licht ein und starre Wyatt an, der immer noch auf einem Knie kauert, den Verlobungsring in seiner Hand. Ja, das ist definitiv ein mehrkarätiger Diamant auf Platin. Ich presse meine zitternden Hände aneinander.

„Syd?", fragt er. „Willst du mir nicht antworten?"

„Ich muss darüber nachdenken", platze ich heraus.

Er klappt die Schachtel zu und steht auf. „Zu früh?"

„Es fühlt sich schnell an. Ich bin mir nur nicht sicher. Wir haben noch nie darüber gesprochen." Ich habe das Gefühl, nicht atmen zu können. Ich gehe zum Bett und setze mich.

Er steckt die Schachtel in seine Tasche und setzt sich neben mich. „Lass uns jetzt darüber reden. Wir lieben einander. Ich werde dich heiraten."

„Das sagst du mir einfach so." Ich lache, doch es kommt wackelig heraus.

„Na ja, ich habe gefragt, und du hast nicht geantwortet. Also ja. Ich werde dich heiraten. Du wirst das *Horseman Inn* leiten, mit mir hier wohnen, und eines Tages werden unsere Kinder das Restaurant erben."

„Unsere Kinder", wiederhole ich, Mir ist schwindelig. Ich habe noch nie in meinem Leben einen Mann mit so absoluter Sicherheit in die Zukunft blicken sehen. „Ist es zu schnell?"

„Manchmal passiert es so." Er nimmt meine Hand in seine. „Deine Hand ist ja ganz klamm. Ich habe dich wirklich überrascht, oder? Dieses Antragszeug ist neu für mich. Wir sind beide erfahren genug, um zu wissen, dass es einfach richtig ist, wenn es richtig ist."

Ich lehne mich an seine Wärme und schlinge meine Arme um seine Mitte. Er legt seinen Arm um meine Schulter. „Was ist, wenn du es bereust, mich gefragt zu haben? Wäre eine aufgelöste Verlobung nicht scheiße?"

„Das wird nicht passieren."

Ich lache. „Ich weiß nicht, wie du so sicher sein kannst."

„Weil du verrückt nach mir bist. Sogar Kayla hat Bemerkungen über die Herzen in deinen Augen gemacht." Das sage ich immer über Harper, also weiß ich, dass er mich aufzieht.

Ich knuffe ihm in die Rippen. „Du hast Herzen in deinen Augen."

„Schuldig im Sinne der Anklage."

Ich seufze. „Ich will ja sagen, aber ich habe Angst. Was ist, wenn du aufhörst, mich zu lieben?"

„Ich habe dir gesagt, dass die Leute das nur sagen, wenn es jemand anderen gibt." Er sieht mir in die Augen. „Und für mich wird es nie eine andere geben als dich."

Ich richte mich auf und sehe ihn an. Sein Gesicht ist durch und durch aufrichtig.

„Ich habe auch schon ein Verlobungsgeschenk für dich", sagt er.

„Noch eins? Außer dem Zig-Karat-Diamantring von Tiffany?"

Er nickt lächelnd.

„Was ist es?

Er schmunzelt. „Du musst offiziell mit mir verlobt sein, um es zu bekommen."

„Ist das ein Bestechungsversuch?"

Er schmiegt sich an meinen Hals und verteilt dann Küsse bis zu meinem Ohr. „Komm schon, Sydney, du weißt, dass du ja sagen willst."

„O.k., ja! Ja!"

Er erdrückt mich fast mit seiner Umarmung. „Du wirst es nicht bereuen. Ich schwöre, ich werde dich glücklich machen."

Tränen brennen in meinen Augen; überwältigt von allem, was ich fühle. Es ist wie Weihnachten und mein Geburtstag zugleich – ein so tolles Geschenk, unsere Liebe, eine gemeinsame Zukunft. „Jetzt bringst du mich zum Weinen."

Er wiegt mein Gesicht und küsst mich liebevoll. „Ich bin so glücklich."

Ich lache durch meine Tränen. „Ich auch. Steck mir den Ring an."

Er steht auf, holt die Schachtel aus der Tasche und zieht den Ring heraus. Dann nimmt er meine Hand, küsst die Fingerknöchel und steckt mir den Ring an.

„Er glitzert so", sage ich, halte ihn ins Licht und drehe ihn hin und her.

„Du auch."

Ich höre das Rascheln von Stoff, blicke auf und sehe, dass er sich nackt ausgezogen hat.

„Du verschwendest keine Zeit", necke ich ihn.

„Nein." Er greift nach dem Saum meines T-Shirts und zieht es mir über den Kopf. „Ich nehme mir nur ohne zu zögern das, was ich will."

„Furchtlos."

Er hält inne und streicht mit einem Finger über meine Brust. „Ich würde nicht sagen furchtlos. Da hat es eben ein paar Minuten gegeben, da dachte ich, du würdest schreiend aus meinem Haus laufen und nie wieder zurückkommen. Beängstigender Gedanke."

„Oh, Wyatt."

Er wirft meinen BH weg, dann zieht er mich vom Bett hoch und umarmt mich. Ich hebe meinen Kopf, unsere

Lippen treffen sich wieder, und seine Finger streichen prickelnd über meinen Rücken.

Ich unterbreche den Kuss. „Ich kann nicht fassen, dass wir verlobt sind. Ich sollte es jemandem sagen."

„Es ist nach Mitternacht", schnaubt er. „Offensichtlich mache ich diese Verführungssache nicht richtig." Er schleppt mich zum Bett, und ich schreie.

Und dann küssen wir uns wieder, doch diesmal ist er fordernd, küsst mich grob. Ich stehe in Flammen, begierig darauf, es ihm gleichzutun, meine Hände überall, streicheln, kratzen, ihn an mich ziehen. Mein Geliebter, mein Verlobter.

Er richtet sich gerade lange genug auf, um mich nackt auszuziehen, rollt ein Kondom über und kehrt zu mir zurück, nimmt mich mit einem harten Stoß. Ich schlinge meine Beine hoch um seine Taille, beuge ihm mein Becken entgegen, um ihn tief aufzunehmen. Es ist ein wilder Ritt, unsere Körper klatschen zusammen, unser Atem kommt stoßweise.

Sein Kopf sinkt neben mein Ohr, sexy gegrolltes Dirty Talking. Die Intensität explodiert, und dann bin ich weg. Der Atem rauscht in einem Schrei der Ekstase aus meiner Lunge. Er erschauert und lässt los, pumpt in mich hinein und sinkt dann mit einem langen Stöhnen auf mich.

Ich streichle sein schweißnasses Haar. „Ich denke, ich kann dich jetzt meinen Verlobten nennen."

Er grunzt. Er redet danach nicht viel.

Ich seufze glücklich. „Ich bin noch nie eine Verlobte gewesen."

Er hebt den Kopf. „Ich schätze, ich hätte fragen sollen, bevor ich dir den Ring angesteckt habe, aber willst du Kinder?"

„Ja, das tue ich."

„Ich auch. Okay, gut. Alles andere werden wir schon hinbekommen."

Er rollt von mir herunter, dann hält er meine Hand.

Ich lächle so breit, dass meine Wangen wehtun. Ich kann mich nicht erinnern, mich jemals so geliebt, so zufrieden, so vollkommen befriedigt gefühlt zu haben.

~

Am nächsten Morgen, nachdem ich auf sehr erotische Weise von meinem Verlobten aufgeweckt worden bin, gefolgt von einer gemeinsamen Dusche, trete ich aus der dampfenden Kabine und wickle mich in ein Handtuch. Wyatt klatscht mir auf dem Weg zum Handtuchregal auf den Po.

Ich erinnere mich plötzlich, dass er gesagt hat, dass er ein Verlobungsgeschenk für mich hat. Ich hoffe, es ist nicht zu extravagant. Ich sollte ihm auch was besorgen. Aber was könnte ich ihm schenken, was er sich nicht einfach selbst kaufen könnte?

Er kämmt seine Haare und dreht sich zu mir um. „Du bist so still. Nachdem du heute Morgen mit deinen Schreien und all dem Gerede meine Ohren zum Bluten gebracht hast. *„Ja! Genau da! Härter, Wyatt!"* Er grinst. „Hast du deine Stimme verloren?"

Irgendwie ertappe ich mich dabei, dass ich rot werde. Ich bin es nicht gewohnt, dass außerhalb des Schlafzimmers über Schlafzimmersachen gesprochen wird.

Er streichelt meine Wange. „Du wirst rot? Nach allem, was wir miteinander getan haben?"

Ich schiebe seine Hand weg. „Nein!"

Er lacht. „Doch."

„Ich habe mich gerade daran erinnert, dass du gesagt hast, dass du ein Verlobungsgeschenk für mich hast."

Er blickt in den Spiegel. „Denkst du, ich sollte meinen Bart trimmen? Oder vielleicht sollte ich ihn abrasieren."

„Ich mag ihn. Wir sind jetzt offiziell verlobt."

„Ja. Und der Beweis steckt an deinem Finger." Er verlässt das Badezimmer.

Ich mache mich weiter fertig. Im Bad gibt es ein Doppel-waschbecken mit einer langen Ablage und vielen Schränken und Schubladen. Mir fällt auf, dass er der Frage nach meinem Geschenk ausgewichen ist. Hat er seine Meinung geändert, es mir zu geben?

Ich folge ihm zurück in das Zimmer, wo er sich anzieht.

Ich halte inne, um zu beobachten, wie sich seine Rückenmuskeln anspannen, während er ein rostrotes Longsleeve anzieht. So sexy. Ich habe ein paar Klamotten in einem seiner Seesäcke verstaut, und er wäscht sie regelmäßig für mich, also ziehe ich mich an. Nur ein schlichter schwarzer Pullover und Jeans.

Als er fertig angezogen ist, dreht er sich zu mir um. „Frühstück?"

„Sicher." Ich flechte mein nasses Haar, um es mir aus dem Gesicht zu halten. „Hast du deine Meinung geändert, was das Verlobungsgeschenk angeht? Das ist okay. Der Ring ist reichlich."

„Nein, ich habe meine Meinung nicht geändert. Das ist beschlossene Sache."

„Oh. Dann lass mich dir auch was besorgen."

Er packt mich an der Gürtelschnalle und zieht mich an sich. „Das musst du nicht."

Ich lächle. „Wann bekomme ich mein Geschenk?"

Er wird ernst. „Es ist nicht etwas, das man auspackt, sondern ein Geschenk von Herzen. Das musst du wissen."

Mein Herz drückt, mein Lächeln wird immer breiter. „Okay, was ist es?"

„Ich habe deinen Kredit von Harper zurückgezahlt."

Ich blinzle ein paarmal. Mein Magen dreht sich langsam um. „Du hast was getan?"

„Sie dachte, es ist ein romantisches Verlobungsgeschenk. Und ich möchte, dass du genauso darüber denkst." Er studiert meinen Gesichtsausdruck. „Ich kann sehen, dass du dich –"

Ich ziehe mich zurück. „Wyatt." Ich atme tief und beruhigend ein. „Du hast geschworen, dich nicht in meine Angelegenheiten einzumischen, wenn ich dich nicht darum bitte."

„Ich mische mich nicht ein. Ich helfe."

„Und ich freue mich, dass du helfen willst, aber es ärgert mich immer noch. Du traust mir nicht zu, dass ich es allein geregelt bekomme."

„Und du vertraust nicht darauf, dass ich helfen will und kann."

„Ich will deine Hilfe nicht!" Ich atme scharf aus. „Tut mir leid. Ich bin nur frustriert. Das ist das zweite Mal, dass du etwas hinter meinem Rücken getan hast, was dich nichts angeht."

Er fährt sich mit der Hand übers Gesicht. „Sydney, wir werden heiraten. Alles, was mit dir zu tun hat, geht mich was an."

Mir dreht sich der Magen. „Hast du mir deshalb einen Antrag gemacht? Damit du es als Verlobungsgeschenk interpretieren kannst?"

„Nein!" Er wendet den Blick ab. „Nicht so, wie es sich aus deinem Mund anhört."

„Ich fass es nicht!"

„Schau, ich muss kein scheiterndes Restaurant kaufen. Ich tue das für dich. Ich kümmere mich um die, die ich liebe."

„Ich weiß den Gedanken zu schätzen, aber verstehst du, warum ich wütend bin? Du hast geschworen, dich nicht einzumischen, es sei denn, ich bitte dich darum. Ich habe dich nicht gebeten, weil ich mich schon darum gekümmert habe."

Er hebt seine Handflächen. „Was willst du von mir?"

„Ich will, dass du aufhörst, den Ritter in glänzender Rüstung zu spielen! Frauen müssen nicht immer gerettet werden."

Er runzelt die Stirn. „Es ist kein Charaktermangel, helfen zu wollen. Und man muss auch lernen, Hilfe anzunehmen, anstatt dauernd so auf seine Unabhängigkeit zu beharren."

„Und du musst lernen, dass nicht jedes Problem von dir gelöst werden muss. Ich bin sehr gut selbst dazu in der Lage." Ich gestikuliere und wedle meine Finger in der Luft. „Man kann nicht immer der Puppenspieler im Hintergrund sein und alle Strippen ziehen."

„Dann bin ich jetzt ein Puppenspieler? Ich zwinge niemanden, irgendwas zu tun. Es gab ein Problem, und ich habe es behoben. Das ist alles."

Ich beiße die Zähne zusammen. „Ich werde nicht zulassen, dass du mich überrumpelst. Du musst meine Entscheidungen respektieren. Ich habe dir gesagt, dass ich mich darum kümmern werde, und das habe ich getan. Was jetzt? Bist du Investor in meinem Geschäft und hast ein Mitspracherecht?"

„Warum sollte ich nicht? Ich kenne mich im Geschäft aus. Ich könnte diese Seite leiten, und du kannst das Restaurant managen."

Ich schüttle den Kopf, und all die Glücksgefühle von vorhin schwinden. Ich ziehe meinen Verlobungsring ab. „Ich habe mir eingeredet, dass das romantisch war, obwohl alles Teil eines Plans war."

Er starrt den Ring an, sein Kiefer verkrampft. „Tu das nicht."

Ich lege den Ring auf sein Bett. „Ich kann nicht mit jemandem zusammen sein, der mich nicht respektiert."

„Natürlich tue ich das! Ich respektiere dich. Aber du bist auch nicht perfekt. Du bist so verdammt stur, dass du dir selbst im Weg stehst. Und das ohne guten Grund!" Er runzelt die Stirn. „Warum hast du ein Problem damit, dass ich mich darum kümmere?"

Meine Augen brennen vor unvergossenen Tränen. „Du bist auch nicht perfekt. Immer die Führungsperson, immer der Boss, der alles dirigiert." Meine Kehle schnürt sich vor Emotionen zu. „Nun, mich kannst du nicht dirigieren."

„Unmögliche Frau", murmelt er kopfschüttelnd.

Ich nehme meine Handtasche und gehe.

Ich gehe weiter, hetze durch das Wohnzimmer, alles verschwimmt durch meine Tränen. Ich nehme meinen Mantel und gehe hinaus, gerade, als Kayla mit Snowball von ihrem Spaziergang zurückkehrt.

Sie lächelt, ihre braunen Augen funkeln. „Hast du ja gesagt?"

Ich schüttle den Kopf und laufe an ihr vorbei in die Sicherheit meines Autos.

Erst, als ich zu Hause bin, breche ich komplett zusammen. Ich schaffe es zu meinem Bett und rolle mich mitsamt Mantel, Stiefel und allem zusammen. In weniger als vierundzwanzig Stunden von verlobt zu aus und vorbei. Er ist der Unmögliche. Er hat mich hintergangen. Zweimal! Ich schlage das

Kissen. Er kann nicht einfach tun, was er für das Beste für mich hält, und es mir danach sagen. Es tut doppelt weh, dass er alles als romantischen Heiratsantrag getarnt hat. Er hätte mit mir über all das reden sollen.

Ich kann nicht mit jemandem zusammen sein, der mein Leben so managen will, wie er seine Geschäfte führt und die Geschäfte aller anderen, die mit einer rührseligen Geschichte zu ihm kommen. Oder seiner Schwestern mit ihren rührseligen Geschichten. Also, ich bin keine rührselige Geschichte!

Ich schluchze in mein Kissen. Zumindest war ich keine, bis er auf den Plan getreten ist.

19

Sydney

Das ist einfach perfekt. Ich trinke mein Glas teuren Char-
donnay aus und bestelle noch eins. Ich sitze an der Bar bei der
Hochzeitsfeier von Harper und Garrett. Es ist eine generell
großartige Idee, am Tag vor einer romantischen Valentinstag-
Hochzeit eine zerreißende Trennung zu haben. Es ist
schmerzhaft zu sehen, wie jemand anderes heiratet, während
ich so tue, als würde es mir nichts ausmachen, Single zu sein.
Schlimmer noch, Wyatt ist hier, da er mit Harper und Garrett
befreundet ist. Und bei dieser intimen Feier für fünfzig Gäste
im dritten Stock einer kleinen Kochschule in Manhattan ist er
schwer, ihm aus dem Weg zu gehen. Deshalb hänge ich jetzt
an der Bar rum. Scheiße.

Jenna und Audrey stehen schützend zu beiden Seiten. Wir
tragen alle dieselben smaragdgrünen Brautjungfernkleider
mit kurzen Ärmeln. Ich habe ihnen kurz auf der Limo-Fahrt
in die Stadt die Situation mit Wyatt erklärt – ich, wahnsinnig
verliebt, er mich zweimal hintergangen, ich Schluss gemacht.
Harper hat die Limousine für uns Brautjungfern geschickt.
Wir planen, nächsten Montag ein echtes Trennungsbesäufnis
bei Jenna zu veranstalten. Bei der Hochzeitsfeier will ich nicht

ins Detail gehen. Es ist Harpers besonderer Tag, und ich muss für sie fröhlich sein. Ich versuche es wirklich.

Ein langsames Lied beginnt, der kitschige Text lässt mich die Zähne zusammenbeißen.

Sehnsüchtig wenden sich meine beiden Freundinnen der kleinen Tanzfläche zu.

„Wyatt starrt dich an", flüstert Audrey.

„Keine Wyatt-Updates, bitte", sage ich und trinke einen guten Schluck Wein. Das ist mein zweites Glas. Und zwei Gläser Champagner in der Limousine. Plus eines von einem vorbeigehenden Kellner, als wir hier angekommen sind. Zwei plus eins plus zwei. Ich habe vor, bis zum bitteren Ende hier zu bleiben.

Ein großer blonder Typ in den Zwanzigern mit Bürstenschnitt und breiten Schultern nähert sich Jenna und fordert sie zum Tanzen auf. Wahrscheinlich einer von Garretts Freunden.

Sie dreht sich zu mir um. „Macht es dir was aus? Kommst du klar?"

Ich verscheuche sie. „Mir geht es hier bei meiner Barkeeper-Freundin gut." Die Barkeeperin bedient gerade jemanden am anderen Ende der Bar, doch ich winke ihr trotzdem zu, als wären wir Freundinnen.

Zwei weitere Typen nähern sich – dunkle Haare, lächelnd. Ich nehme an, Garretts Freunde. Harper hat fast ausschließlich Freundinnen. Sie bitten mich und Audrey, mit ihnen zu tanzen. Der größere der beiden, fast zwei Meter groß, will Audrey. Ich weiß nicht, warum große Kerle immer die zierlichen Frauen wollen. Muss so ein Alpha-Mann-Komplex sein.

Sie lächelt und nimmt seine Hand und geht auf die Tanzfläche.

Ich schüttele meinen Kopf vor dem Typen, der immer noch auf eine Antwort wartet. „Ich kann nicht. Trotzdem danke. Schreckliche Krämpfe."

Er verzieht das Gesicht und geht weiter die Bar entlang, um jemand anderen zu fragen.

Weiß ich, wie man einen Typen loswird oder was? Ich

trinke meinen Wein aus und bestelle noch einen. Ein langsamer Tanz folgt dem nächsten. Meine Freundinnen tanzen weiter. Dumme Liebeslieder. Wissen diese Leute nicht, dass Liebe wehtut? Du gibst jemandem dein Herz, und dann reißt er es dir direkt aus der Brust. Ohne Entschuldigung.

„Hi, Sydney", sagt eine klare, weibliche Stimme.

Ich richte sofort meine Wirbelsäule auf und ziehe meine Schultern zurück. Es ist General Joan, Harpers Großmutter. Ihre scharfen braunen Augen wissen alles, sehen alles. „Hallo, Mrs. Ellis." Ihr kurzes weißes Haar ist ordentlich zur Seite gescheitelt, und sie trägt ein lavendelviolettes Spitzenkleid, das unter ihren Knien endet. „Sie sehen hübsch aus. Es war eine wunderschöne Hochzeit."

„Ja, war es. Warum trinkst du an der Bar, anstatt zu tanzen?"

„Bin nicht in Stimmung. Kann ich Ihnen ein Getränk bestellen?"

„Ich hatte vorhin Champagner." Sie mustert mich genau. „Deine Augen sind glasig. Wie viele Drinks hast du schon an der Bar getrunken, junge Dame?"

„Nur zwei." *Plus drei, bevor ich an die Bar gekommen bin. Das sage ich ihr aber nicht.*

Sie greift nach meinem Glas. „Und das ist dein drittes?"

„Ja. Hey!" Sie geht mit meinem Drink und humpelt ein bisschen mit ihrer kranken Hüfte. Soll ich ihr nachgehen? Wie schlimm würde es aussehen, wenn ich eine ältere Frau jage, die meinen Drink gestohlen hat?

Ich beobachte, wie sie es zu einem Mülleimer hinter der Theke bringt und es auskippt. Meine Güte! Das ist ein bisschen viel. Es ist nicht so, als wäre ich ihre *Enkelin*. Obwohl ich sie seit meinem fünften Lebensjahr kenne. Sie hat mich von Anfang an eingeschüchtert. Nicht mehr. Ich bin achtundzwanzig und bestelle einen Drink, wenn mir danach ist.

Ich wende mich wieder der Barkeeperin zu.

„Denk nicht einmal daran, junge Dame!", bellt der General und kommt wieder auf mich zu.

Ich ziehe den Hals ein. Ihre Stimme ist laut genug, sie über die Musik zu hören. Mehrere Leute drehen sich um und starren uns an. Harper wirft mir einen flehenden Blick zu. Garrett, ihr neuer Ehemann, geht sofort auf General Joan zu, doch sie winkt ab. Er bleibt an ihrer Seite, bis sie ihr Ziel erreicht – mich.

„Mrs. Ellis will, dass du bei zwei Drinks bleibst", erklärt Garrett pflichtbewusst.

„Das habe ich gehört", sage ich.

Er fragt sie, ob sie irgendetwas braucht, und sie schickt ihn los, um ihr einen dieser „schicken Shrimps im Schlafrock" zu besorgen.

„Trinken wird deine Probleme nicht lösen", informiert mich Mrs. Ellis. „Harper hat mir erzählt, dass du gestern mit deinem Freund Schluss gemacht hast. Du musst mir nicht einmal sagen, wer er ist. Er starrt dich an, seit du als Brautjungfer in der Kirche den Mittelgang runtergegangen bist."

„Er kann mich anstarren, so viel er will", sage ich.

„Er ist in dich verliebt, Mädchen. Geh und rede mit ihm. Glaubst du, Liebe findet einen an jedem beliebigen Tag?"

Ich werfe ihr einen Seitenblick zu. „Sie verstehen das nicht. Er will mein Leben bestimmen."

Sie packt meinen Arm. „Ich hatte eine einmalige Liebe eines wunderbaren Mannes, der mir viel zu früh genommen wurde. Verschwende nicht einen kostbaren Moment."

Ich schlucke schwer. Ihr Mann ist gestorben, als Harper noch klein war. Und mein Vater hat meine Mutter auch viel zu früh verloren. Er sagt immer, dass er froh ist, dass sie früh geheiratet haben, denn so konnte er so viel Zeit wie möglich mit ihr verbringen.

Sie seufzt. „Du musst ihm nicht den Hintern küssen. Sag einfach Hallo, und schau, was passiert."

Ich lache leise. Sie redet selten so, also weiß ich, dass sie es ernst meint. „Er ist sauer auf mich, weil ich am Morgen nach unserer Verlobung mit ihm Schluss gemacht habe, und ich bin sauer, dass er immer wieder hinter meinem Rücken versucht, mein Leben in Ordnung zu bringen. Was übrigens gut läuft und auch ohne seine Hilfe wunderbar weitergelaufen wäre."

Sie nickt. „Also alle sind aufgebracht, und niemand ist glücklich."

„Genau", sage ich leise. Sie hat Recht. Ich *bin* unglücklich. Ich drehe mich um, um Wyatt anzusehen. Er steht neben einer schönen brünetten Schauspielerin. Ihre Hand liegt auf seinem Arm, und er schiebt sie nicht weg. Ich kenne sie aus Harpers letzter Fernsehshow. Er lächelt zu ihr hinab und sagt etwas zu ihr. Ich blicke geradeaus, denn brennende Eifersucht lässt meine Brust schmerzen.

„Sieht aus, als ginge es ihm gut", sage ich zu Mrs. Ellis. „Ich gehe dann mal ein bisschen frische Luft schnappen."

Ich eile aus dem Raum, doch nicht, bevor ich sie sagen höre: „Dumme Kinder".

Der eisige Wind, der zwischen den Gebäuden peitscht, macht mich sofort nüchtern. Okay, er hat gerade mit dieser Schauspielerin gesprochen. Egal, dass sie schön ist. Was tue ich hier, so davonzulaufen? Ich bin mutig. Ich stelle mich dem Leben frontal. Mrs. Ellis hat Recht. Ich sollte mit ihm reden. Ich gehe hallo sagen. Vielleicht entschuldigt er sich, und wir können das irgendwie klären.

Doch als ich zurückkomme, tanzt er einen langsamen Tanz mit derselben Schauspielerin von vorhin. Stolz und keine geringe Menge Eifersucht und Empörung lassen mich wie angewurzelt stehenbleiben. Wir haben uns gerade getrennt! Mich sieht niemand mit einem anderen Typen tanzen. Vor allem, weil ich gerade nicht will, dass mich ein anderer Typ anfasst. Für Wyatt ist das offensichtlich kein Problem.

Scheiß drauf. Ich hole mir noch ein Glas Wein. Es ist mir egal, was der General sagt. Sie hatte nie mit Leuten wie Wyatt Winters zu tun.

～

Es sind jetzt drei qualvolle Tage seit unserer Trennung vergangen und nicht ein Wort von ihm. Okay, er hat Hallo gesagt, als wir bei Harpers Hochzeitsfeier aneinander vorbeigegangen sind, doch das war's. Keine SMS, keine Anrufe, nichts. Ihn zu vermissen ist zu viel, um es allein ertragen zu können. Gott sei Dank für meine Freundinnen. Ich fahre zu Jennas Wohnung über Summerdale Sweets. Der Laden ist vor allem für Kekse, Brownies und Cupcakes bekannt. Als sie im vergangenen Sommer eröffnet hat, waren ihre Eiscreme-Sandwiches mit Kuchenschichten extrem beliebt.

Ich habe nur ein leichtes Abendessen gegessen, da ich weiß, dass Jenna für dekadente Desserts sorgen würde. Sobald ich ihre Wohnung betrete, läuft mir das Wasser im Mund zusammen. Es riecht himmlisch nach Schokolade. Mein Blick schweift zu zwei Kartons mit Gebäck, die auf dem runden Glastisch in der Essecke des offenen Wohnzimmers stehen. „Hast du Doppel-Fudge-Brownies mitgebracht?"

„Oh, hi, Jenna, freut mich, dich wiederzusehen", sagt sie spöttisch.

Ich lache und umarme sie. „Tut mir leid. Ich könnte die Schokolade wirklich gut gebrauchen."

„Oh, natürlich habe ich Doppel-Fudge-Brownies. Was bin ich, neu auf dem Gebiet der Ex-Überwindungstherapie?" Sie deutet auf die Kartons. „Bedien' dich. Audrey sollte auch jeden Moment hier sein." Sie macht es sich auf ihrem grauen Sofa mit Kissen in Rot und Schwarz bequem. Jenna ist groß, also hat sie sich ein Sofa ausgesucht, auf dem man sich in jede Richtung ausstrecken kann, mit einer langen Chaiselongue an der Seite. Wir drei haben viele Nächte auf dem Sofa verbracht, Wein getrunken und über das Leben philosophiert, hauptsächlich Männer.

Sie hat bereits kleine Porzellanteller für den Nachtisch bereitgestellt. Ich blicke in die Schachtel, hin- und hergerissen zwischen einem gesalzenen Karamell-Brownie und dem Doppel-Fudge. Ich blicke hinüber zu ihr. Sie sieht kuschlig warm aus in ihrer hellgrauen Strickmütze, der grauen Strickjacke über einem Baumwoll-T-Shirt und ihren Jeans, ihre langen Beine untergeschlagen. „Ich kann mich nicht entscheiden."

Sie deutet in Richtung Küche. „Hol dir ein Messer und

schneid dir ein Stück ab von was auch immer du willst. Mehrere Brownies solltest du besser nicht essen, die sind selbst für dich zu reichhaltig. Sonst gehst du mit Bauchschmerzen hier raus."

Ich gehe durch einen Torbogen in ihre kleine Küche, hole ein Messer aus dem Messerblock und kehre zurück, um mir Brownies zu nehmen. Ich schneide einen mit gesalzenem Karamell und einen mit Doppel-Fudge in zwei Hälften und lege sie auf einen Teller. Dann blicke ich in die zweite Kiste. Große, fette hausgemachte Kekse – Doppel-Schokoladensplitter, Milchschokoladensplitter, Butterscotch-Haferflocken, Snickerdoodle und Erdnussbutter-Crunch. Entscheidungen, Entscheidungen.

Es klingelt an der Tür und Jenna springt vom Sofa auf. „Audrey ist hier." Sie geht, um Audrey hereinzulassen.

Ich nehme mir einen Doppel-Schokoladensplitterkeks und denke, je mehr Schokolade, desto besser. Mit genug zu essen auf dem Teller ziehe ich einen der gepolsterten schwarzen Lederstühle am Tisch heraus und setze mich. Ich will keine Schokolade auf ihrem Sofa essen.

„Ich habe Wein mitgebracht", sagt Audrey, als sie ins Wohnzimmer kommt. Ihr langes schwarzes Haar sticht von ihrem cremefarbenen Pullover ab, der bis zur Mitte ihres Oberschenkels reicht. Dazu trägt sie eine schwarze Yogahose und Sneakers. Ein lässigeres Outfit für sie. Zur Arbeit trägt sie oft Blusen und Hosen oder einen Rock.

„Hey", sage ich und winke ihr kurz zu.

„Wie geht's dir, Syd?" Ihre Stimme ist voller Mitgefühl, und meine eigene Kehle schnürt sich vor Emotionen zu. Schokolade ist eine vorübergehende Ablenkung. Diese Trennung war hart. Ich habe mich verliebt und schnell getrennt. Es war eine stürmische Angelegenheit, nach der ich mich noch nicht wieder gefangen habe.

„Nicht so toll", gebe ich zu.

Sie stellt zwei Flaschen Pinot Grigio auf den Tisch, ihren Lieblingswein. Ich wette, sie hat sie von zu Hause mitgebracht. Sie umarmt mich mit einem Arm und drückt ihre

Wange an meine. „Wie ich sehe, hast du dich gut mit Schokolade eingedeckt."

„Ja."

Jenna erscheint mit einem Korkenzieher und drei Weinglä-
sern. „Also, wie sehr hassen wir Wyatt?" Sie entkorkt den
Wein.

„Ich hasse ihn nicht", sage ich. „Gib mir ein Glas Wein,
und ich erzähle euch alles." Ich habe ihnen vor Harpers
Hochzeit am Samstag nur eine knappe Zusammenfassung
gegeben. Am nächsten Tag musste ich arbeiten.

Jenna schenkt mir ein großzügiges Glas ein und dann eine
normale Portion für sich und Audrey. Anschließend setze sie
sich neben mich. Audrey setzt sich auf meine andere Seite,
noch näher. Sie rückt ihren Stuhl heran, wahrscheinlich damit
sie mich nach Bedarf umarmen kann. Wir stoßen mit einem
lautlosen *Cheers* an, wie wir es immer tun.

„Also, was ist passiert?", fragt Audrey sanft.

„Ja, du hast so glücklich mit ihm gewirkt", sagt Jenna.
„Wir haben dich so gut wie nie gesehen."

„Ihr habt mich fast jeden Donnerstag zum Weinclub gesehen", sage ich, bevor ich mir ein Stück Doppel-Fudge-
Brownie in den Mund stecke. Ich habe einen Donnerstagabend verpasst, als Wyatt und ich zum Abendessen in die
Stadt gefahren sind. Ich bin kurz abgelenkt von der Explosion
des Schokoladengeschmacks in meinem Mund. Die könnte
ich den ganzen Tag essen.

„Das war im *Horseman*", sagt Jenna. „Wir haben nicht
rumgehangen und sind nicht ausgegangen. Wann sind wir
das letzte Mal zusammen ausgegangen?"

Ich schlucke Brownie herunter. „Ich bin zu pleite, um
auszugehen, erinnerst du dich?" Und jetzt bin ich dank Wyatt
fein raus. Keine Schulden mehr. Ich wünschte, ich könnte das
mehr schätzen. Wenn es nur nicht mit so vielen Bedingungen
verknüpft gewesen wäre. Genau deshalb habe ich meinen
eigenen Deal mit Harper durchgezogen. Und dann hat er
mich *wieder* hintergangen. Er glaubt nicht, dass ich dazu in

der Lage bin, in meinem eigenen Leben der Boss zu sein. Ich war immer der Boss.

„Oh ja", sagt Audrey. „Wir sollten was planen, das Spaß macht, aber nichts kostet." Sie dreht sich um und wirft mir einen bedeutungsvollen Blick zu. „Brauchst du mehr Wein und / oder Schokolade, bevor du ins Detail gehst?"

Ich versuche zu lächeln, doch ich schaffe es nicht ganz. Dann schütte ich mein Herz aus, vom berauschenden Hoch der Liebe bis zum verheerenden Tief eines Antrags aus den falschen Gründen.

Sie starren mich mit vor Erstaunen offenem Mund an.

„Ich weiß!" Ich beiße in den gesalzenen Karamell-Brownie, und die köstliche Süße beruhigt mich vorübergehend.

Jenna und Audrey tauschen einen Blick aus.

„Wusstest du, dass er ihr einen Antrag gemacht hat?", fragt Jenna Audrey.

„Nein!", ruft Audrey. „Syd! Wie konntest du uns diese wichtige Neuigkeit nicht erzählen?"

Ich schlucke das Gebäck in meinem Mund und spüle es mit einer gesunden Portion Wein herunter. „Es ist erst vor ein paar Tagen passiert, und wir haben uns gleich danach getrennt, und dann war Harpers Hochzeit, und gestern habe ich gearbeitet."

„Ernsthaft?", sagt Jenna und sieht mich mit zusammenge-kniffenen Augen an. „Wir kennen dich schon ewig, und du verschweigst uns das?"

Meine Unterlippe zittert. „Ich war zu sehr am Boden zerstört, um es laut auszusprechen."

Audrey legt sofort einen Arm um mich und umarmt mich. „Okay, kein Problem. Manchmal ist es schwer zu reden, wenn man aufgewühlt ist, aber in Zukunft ist es uns egal, ob du dir die Augen ausheulst, wenn du etwas zu sagen hast. Wir sind für dich da."

Dann weine ich und schlage meine Hände vors Gesicht. Jenna streichelt meinen Rücken und murmelt mitfühlend. Sobald die Tränen versiegen, hebe ich meinen Kopf und schniefe. Jenna eilt davon und kommt mit einer Packung Taschentücher zurück.

„Danke", sage ich und hole ein Taschentuch heraus. Ich wische mein Gesicht ab und putze mir mit einem zweiten Taschentuch die Nase.

Audrey streckt ihre Hand nach meinen gebrauchten Taschentüchern aus. Ich lache. „Ich mach das schon." Audrey ist so ein fürsorglicher Mensch. Sie wird eines Tages eine großartige Mutter sein.

Ich komme aus der Küche zurück und sehe, wie meine Freundinnen miteinander flüstern. „Was?"

„Können wir den Ring sehen?", fragt Jenna.

Audrey nippt an ihrem Wein und tut so, als hätte sie sich nie für den Ring interessiert.

Ich lasse mich auf meinen Stuhl fallen. „Ich habe ihn dort gelassen. Er kann damit der nächsten Frau in Not, die gerettet werden muss, einen Heiratsantrag machen. Das tut er gerne, aber ich lasse mich nicht gerne retten. Ich rette mich selbst." Ich gestikuliere wild. „Hatte ich eh schon. Und dann hat er mich mit seinem hinterhältigen Puppenspieler-Plan überrannt."

Audrey nickt mitfühlend. „Für einen Antrag war es zu früh."

Jenna nickt. „Noch vor ein paar Monaten hast du geglaubt, er wäre der nervigste –"

„Arroganteste", korrigiert Audrey. „Sie hat ihn für arrogant gehalten. Und böse."

„Satan", sagt Jenna.

Seine Schwester ist in ihrer Verzweiflung zu ihm gegangen, und er hat sich um sie gekümmert.

Er putzt Snowball die Zähne und pflegt sie täglich, nachdem er sie von einer kranken alten Nachbarin aufgenommen hat.

Er hat mir jeden Morgen Frühstück gemacht.

Meine Kehle schnürt sich zu, die Tränen fließen wieder. Ich trinke einen Schluck Wein.

„Man macht keinen Antrag, um jemandem ein Geschenk aufs Auge zu drücken", erklärt Jenna.

Audrey nippt an ihrem Wein und sagt nichts.

„Es war ein Geschenk mit Hintergedanken", erkläre ich Jenna.

„Hat er darum gebeten, eine Rolle in deinem Geschäft zu spielen?", fragt Audrey.

Ich schlage auf den Tisch. „Er hat gesagt, er würde automatisch eine spielen, wenn wir verheiratet wären."

Jenna neigt den Kopf. „Das trifft für die meisten Ehepaare zu, nicht wahr?"

Mein Temperament flammt auf. „Du begreifst es einfach nicht!"

Jenna ist sofort zerknirscht. „Tut mir leid. Er ist scheiße."

„Total", mischt sich Audrey ein. „Wir hassen ihn."

Ich seufze. „Ihr müsst ihn nicht hassen. Er ist nicht böse. Er ist einfach *falsch*."

„So falsch", sagt Audrey beruhigend.

Ich beiße ein Stück von einem Schokoladenkeks ab und kaue, wobei ich mich geringfügig besser fühle. „So ist er einfach. Das muss ich akzeptieren. Er repariert Dinge."

Audrey nickt. „Ein Mann, der ungebeten Dinge repariert."

Jenna und Audrey tauschen einen Blick aus, von dem ich so tue, als würde ich ihn nicht sehen. Etwas sagt mir, dass sie glauben, dass ich auf Wyatts große Geste überreagiere. Doch für mich fühlt es sich falsch an. Er wollte nicht akzeptieren, dass ich etwas allein schaffen kann, und ich werde nicht akzeptieren, dass er der Big Boss sein will, der das Leben aller bestimmt. Das mag für seine Schwestern okay sein und für andere scheiternde Unternehmen, die um seine Hilfe bitten, doch nicht für mich. Ich habe nie um seine Hilfe gebeten. Nun, ich wollte einen Kredit, bevor wir etwas angefangen haben, doch ich hatte die Idee verworfen, als klar war, dass er ein Stück von meinem Restaurant haben wollte.

Ich greife nach einem weiteren Keks, überrascht, dass ich den ersten aufgegessen habe. Ich war so in Gedanken versunken, dass ich nicht einmal bemerkt habe, wie ich gekaut habe.

„Wyatt ist wie ein Handwerker für dein Leben", sagt Audrey nachdenklich. „Aber wenn du den Handwerker nicht bittest, etwas zu reparieren, dann drängt er sich auf." Sie hebt ihre Hände. „Nach dem Motto, warum reparierst du Sachen in meinem Haus?"

„Genau!", rufe ich. „Genau das ist es. Und er wollte einfach nicht zuhören."

Jenna spitzt die Lippen. „Verabscheuungswürdig."

„So schlimm ist es auch wieder nicht." Ich fühle mich verpflichtet, ihn nicht ganz so schrecklich darzustellen. So ist er nicht, auch wenn ich Jennas Unterstützung schätze. „Er hat es gut gemeint. Ich brauchte oder wollte nur keinen Handwerker, der mein Leben repariert. Er hat seine Hilfe angeboten, und ich habe sie abgelehnt. Doch dann ist er hinter meinem Rücken erst zu Drew und dann zu Harper gegangen."

„Lass uns Harp miteinbeziehen", sagt Jenna und zieht ihr Handy heraus.

„Nein", sage ich. „Ist sie nicht auf Aruba in den Flitterwochen?"

Jenna tippt auf ihr Handy. „Sie fliegen morgen. Sie hatte heute einen Termin beim Frauenarzt, den sie nicht verpassen wollte. Sie sollten das Geschlecht des Babys erfahren."

„Stell sie auf Lautsprecher", sagt Audrey.

Ich trinke meinen Wein in einem langen Schluck aus. Ich liebe Harp über alles, doch ich erwarte nicht, dass sie es versteht. Sie findet Wyatt großartig. Sie ist diejenige, die sein Angebot angenommen hat, meinen Kredit als Verlobungsgeschenk abzubezahlen. Sie wusste vor mir, dass er mir einen Antrag machen würde und was er vorhatte. Sie hätte es mir sagen sollen. Doch wie ich Harp kenne, fand sie es wahrscheinlich romantisch. Sie ist so verrückt nach Garrett, dass sie will, dass alle so verliebt sind, wie sie. Für manche von uns ist das nicht so einfach.

Harpers warme Stimme meldet sich. „Hallo, Ladys, Trommelwirbel, bitte."

Ich trommele pflichtbewusst auf den Tisch.

„Es ist ein Mädchen!", ruft sie.

Wir alle jubeln und gratulieren ihr.

„Wir haben dir zu Ehren Wein und Schokolade", sagt Audrey.

„Danke", sagt Harper lachend. „Wir sind beide so glücklich. Ich werde in unseren Flitterwochen einen Haufen süße Mädchen-Outfits kaufen."

„Es tut mir leid, dich zu stören", sage ich. „Du musst packen und dich fertig machen."

„Nein, wir entspannen nur zu Hause. Du störst nicht. Ich dachte, du hättest angerufen, um das Geschlecht des Babys zu erfahren."

Ich zucke zusammen. In meinem eigenen Elend habe ich ihre große Neuigkeit vergessen. „Ja, aber Jenna wollte mit dir über meine, äh, persönliche Situation reden."

„Oh", sagt sie. „Geht's dir gut?"

„Schrecklich", sagt Jenna. „Wyatt hat ihr einen Antrag gemacht, nur um Sydneys Leben zu reparieren, wofür sie keine Hilfe gebraucht hat, schönen Dank auch."

Ich versetze ihr einen Stoß. „Mach dich nicht lustig. Ich habe einen legitimen Grund, wütend zu sein."

„Was ist passiert?", fragt Harper.

Audrey informiert sie über alle Fakten: Er hat mir einen Antrag gemacht. Er hat mein Darlehen abbezahlt. Wir haben uns gestritten und uns wegen seiner Unverfrorenheit getrennt. Er hat mich zweimal hintergangen.

Wir starren alle auf das Telefon auf dem Tisch und warten auf Harpers Meinung.

„Syd, er kann vielleicht manchmal falsch rüberkommen und hat nicht immer die diplomatischste Art, sich auszudrücken, doch ich weiß, dass er tief in seinem Inneren ein guter Kerl ist." Harper macht eine Pause. „Ich dachte, es wäre ein romantisches Verlobungsgeschenk. Hat er dir nicht gesagt, dass es so gedacht war?"

„Ja, aber ich wollte nicht, dass er in mein Geschäft verstrickt wird. Und er hat geschworen, dass er sich nicht einmischen würde, wenn ich ihn nicht darum bitte, was ich nicht getan habe." Eine neue Welle der Wut durchströmt mich. Ich will, dass meine Freundinnen verstehen, warum das, was er getan hat, falsch war. „Er denkt, er muss mich retten, wenn ich mich verdammt nochmal selbst retten kann!"

„Und du hast dich deswegen von ihm getrennt", sagt Harper. „Es ist eine Schande, dass man nicht einfach zusammen sein kann, ohne verlobt zu sein. Glaubst du, du könntest vielleicht einen Schritt zurück machen, dich beruhigen und zu dem zurückkehren, wie es vor dem, äh, unerwünschten Antrag war?"

„Nein", sage ich. „Weil er nicht sieht, dass das, was er getan hat, falsch war, also wird er es wieder tun. Einspringen, um mein Leben in Ordnung zu bringen, ohne dass ich um Hilfe bitte." Meine Stimme bricht, und ich trinke einen Schluck von Audreys Wein, da meiner leer ist. Sie reibt mir mitfühlend den Rücken.

„Oh, Syd", sagt Harper.

„Ich brauche keinen Mann, damit mein Leben funktioniert", sage ich. „Ich kann es allein schaffen."

„Sie hat vorhin geweint", sagt Jenna.

Meine Augen werden heiß. Ich weine nicht so einfach. Meine Freundinnen wissen das.

„Ich wünschte, ich könnte jetzt bei dir sein", sagt Harper. „Ich habe das Gefühl, du brauchst eine große Umarmung."

„Mir geht's gut", sage ich. „Ich komme schon klar. Genieß du einfach deine Flitterwochen. Wir sehen uns, wenn du zurückkommst."

Ihr Leben klingt im Vergleich zu meinem magisch. Und ich weiß, dass sie hart arbeitet, aber ich arbeite auch hart, und ich habe das Gefühl, dass ich bei weitem nicht da bin, wo ich mir in meinem Alter zu sein vorgestellt habe. Ich sollte eine coole Wohnung haben, einen festen Freund und ein Sparkonto, das groß genug ist, um mit meinen Freundinnen ausgehen zu können, ohne mir Sorgen machen zu müssen, wie ich dafür bezahlen soll.

Ich danke ihr, und wir alle verabschieden uns.

Audrey dreht sich zu mir um. „Würde es helfen, wenn er sich entschuldigt?"

„Das wird er nicht", sage ich. „Er glaubt nicht, dass er was falsch gemacht hat."

Einen Moment lang schweigen sie.

Ich schenke mir noch ein Glas Wein ein. „Genug über mich. Was ist in deinem Liebesleben los?"

„Ich habe heute Nachmittag mit dem Lieferboten geschlafen", sagt Jenna mit funkelnden grünen Augen.

„Jenna!", rufen Audrey und ich fast gleichzeitig aus.

„Dem Lieferboten?", frage ich und beiße in einen dekadenten Schokoladenbrownie.

Jenna wedelt lächelnd mit den Fingern in der Luft. „Es hat sich schon eine Weile aufgebaut, flirtende, lange Blicke, wisst ihr. Sein Name ist Trey, und das ist alles, was ich über ihn weiß."

„Was jetzt?", fragt Audrey. „Wirst du ihn wiedersehen?"

„Wird das ein tägliches Ding?", frage ich. „Er liefert Mehl, Zucker und Eier und jetzt besteig mich, Trey!"

Jenna lacht. „Nein, ich habe ihm gesagt, dass es eine einmalige Sache war. Wir haben uns im Vorfeld geeinigt. Du weißt, ich will nichts Ernstes."

„Warum nicht?", fragt Audrey. „Ich verstehe es einfach nicht. Denkst du nie an die Zukunft, heiraten, eine Familie gründen, und so weiter?"

„Nach der schlimmen Scheidung meiner Eltern?", fragt Jenna. „Das Letzte, was ich will, ist verheiratet zu sein."

„Also ich will das", sagt Audrey und starrt auf den Tisch. „Irgendwann mal."

„Du warst so kühl zu Drew", sage ich. „Normalerweise grüßt du ihn immer herzlich an der Bar. Was ist da los?"

Audrey wird rot. „Ich sage Hallo."

Ich schüttle den Kopf. „Nicht wie sonst. Komm schon, wir sind unter uns."

Sie lächelt. „Es ist absolut nichts passiert." Sie seufzt. „Jenna, du solltest nicht zulassen, dass die Scheidung deiner Eltern deine Entscheidungen beeinflusst. Du verdienst es, glücklich zu sein."

Jenna wirft ihr einen ausdruckslosen Blick zu. „Es war ein

Albtraum. Ein langwieriges Tauziehen mit meiner Schwester und mir in der Mitte. Nein danke."

„Ich muss einen Mann treffen", sagt Audrey.

Jenna und ich tauschen einen überraschten Blick mit großen Augen aus. „Yay, Audrey!", sage ich und klopfe ihr auf die Schulter.

„Hol dir einen, Mädel", sagt Jenna. „Aber du musst über Summerdale hinaus schauen. Hier ist die Auswahl nicht berauschend. Ooh, schau dir diese neue App an." Sie tippt auf ihr Handy und zeigt ihr das Display.

Audrey schiebt es weg. „Ich suche keinen Typen für Sex. Ich hätte gern jemanden, der eine ernsthafte Beziehung sucht. Einen Typen, der gerne liest."

Das ist definitiv nicht Drew. Er hat in seiner Kindheit nie gerne gelesen.

„Ooh, da gibt es *Hot Guys Who Read*", sagt Jenna und zeigt Audrey wieder ihr Display. „Es ist nur ein Social-Media-Account, doch ich wette, einige von denen sind Singles. Und die Fotos stammen alle aus New York City."

Audrey sieht mich an. „Lass mich wissen, wenn ein Mann ins *Horseman Inn* kommt, der wie ein literarischer Typ aussieht. Ansonsten werde ich es mit eLoveMatch versuchen."

Wir starren sie beide an. Sie war so lange gegen Online-Dating. Diese App ist für Leute, die eine Beziehung ernst nehmen. Sie ist endlich über Drew, ihren lebenslangen Schwarm, hinweg. Im zarten Alter von sechs Jahren war es für sie Liebe auf den ersten Blick gewesen. Er war elf Jahre alt und sportbesessen und hat meine Freundinnen kaum bemerkt. Ich dachte, sie würde dem entwachsen, doch sie hatte immer nur Augen für ihn. Als er zur Army gegangen ist, hat Audrey ihm geschrieben, solange er weg war. Ich glaube, sie sind auf eine Art Freunde geworden, E-Mail-Brief-freunde eher. Auf jeden Fall waren sie Freunde, als er nach Hause gekommen ist. Sicher, sie hat auf der Highschool und auf dem College ein bisschen gedatet, aber nie lange. Niemand hat Drew jemals das Wasser reichen können.

„Ich mache es mit dir", sage ich ihr.

Audreys runzelt besorgt die Stirn. „Das ist zu früh für dich."

„Das ist schon okay", sage ich und tippe auf ihre Schulter. „Ich denke, es wird eine Weile dauern, bis du es wirklich durchziehen wirst."

„Erwischt!", sagt Jenna.

Wir lachen, sogar Audrey. „Ich meine es diesmal ernst", sagt sie. „Ich werde es tun. Es ist Zeit."

Aus irgendeinem Grund bringt uns das noch mehr zum Lachen. Audrey schnaubt und wirft Keksstücke nach uns.

Ich pflücke den Keks von der Stelle, auf der er auf meinem Shirt gelandet ist, und stecke ihn mir in den Mund. „Hier wird kein Keks verschwendet."

Audrey wird ernst. „Ich habe immer noch Hoffnung für dich, Syd. Wenn er sich entschuldigt ..."

„Nein", sage ich.

„Zu Kreuze kriechen", sagt Jenna. „Ja. Er muss zu Kreuze kriechen."

Ich zeige auf Jenna. „Nur, dass er das nie tun wird. Wyatt Winters ist allwissend, allmächtig, immer hundert Prozent im Recht."

Doch diesmal habe ich hundert Prozent Recht.

20

Sydney

Autsch, es ist zwei Wochen her, und ich habe mich genug beruhigt, um einige Zeit damit zu verbringen, über die Zukunft des *Horseman Inn* nachzudenken, und Wyatts Idee von einem Farm-to-Table-Restaurant ist etwas, das ich gerne machen würde. Was gibt es Schöneres, als hoffrische Produkte und Fleisch oder fangfrischen Fisch? Diese Gegend ist vom Meer nur eine Autostunde entfernt, und es gibt vielen Farmen. Ich habe herumtelefoniert, nach einigen Lieferanten gesucht und viele gute Hinweise bekommen. Das einzige Problem ist, als ich die Idee unserem langjährigen Koch George gegenüber erwähnt habe, war er beleidigt. Er sei kein „Schicki-Micki-Koch", hat er erklärt. Er kocht Hausmannskost. Und dann hat er mir gesagt, wenn ich es durchziehe, würde er kündigen.

George ist ein Freund der Familie, in den Sechzigern, und er ist im *Horseman Inn*, seit mein Vater es von meinem Großvater übernommen hat. Natürlich möchte ich ihn nicht verlieren, doch das ist ein Geschäft, und manchmal muss man schwere geschäftliche Entscheidungen treffen. Ich habe ihn nicht gefeuert, doch ich treffe einen potenziellen Koch in einem Café in der Nähe des Culinary Institute of America, eine Autostunde entfernt in Hyde Park, New York. Darren macht diesen Frühling seinen Abschluss, was bedeutet, dass er arbeiten will und voller neuer Ideen ist. Wir haben bereits telefoniert, und er hört sich gut an. Er ist sogar nicht weit von hier aufgewachsen, also wäre es für ihn wie nach Hause zu kommen. Ich habe bisher nicht darüber gesprochen, doch wenn es klappt, hat George viel Zeit, einen neuen Job zu finden. Es ist jetzt Ende Februar und Darren würde nicht vor Mai anfangen.

Ich bereite alles für den Quizabend am Freitag vor und plane, den Rest unserer Barkeeperin Betsy zu überlassen, wenn ich zu meinem Vorstellungsgespräch gehe. Ich freue mich sehr, diesen Schritt für das *Horseman Inn* zu gehen. Das ist das erste Mal, dass ich nicht nur auf der Stelle trete und verzweifelt versuche, das Inn über Wasser zu halten.

„Sydney", sagt eine tiefe Baritonstimme eindringlich.

Mein Kopf schießt zu Wyatt herum, und ich trete hinter der Theke hervor. „Was ist los?" Sein dunkles Haar ist zerzaust, seine Augen panisch.

„Sie ist weggerannt. Ich kann sie nirgends finden."

Ich eile zu ihm. „Wer? Kayla?"

„Nein, nicht Kayla! Snowball!" Er fährt sich mit einer Hand durchs Haar. „Wegen der Bauarbeiten ist ein Loch in einer Wand. Die Handwerker haben Plastikfolien darüber getackert, aber sie muss durch eine Lücke rausgekommen sein. Sie ist rausgelaufen, und ich habe das ganze Grundstück abgesucht. Es wird bald dunkel, und sie ist so klein. Kannst du mir helfen, sie zu suchen?"

Er ist zu mir gekommen, um mich um Hilfe zu bitten. Der Mann, der die Probleme aller anderen löst, braucht *mich*. Oh Scheiße. Ich soll in ein paar Minuten losfahren, um mich mit Darren zu treffen. Er hat mir gesagt, dass er zu mehreren Vorstellungsgesprächen geht. Wenn ich es verpasse, könnte ihn mir jemand anderes vor der Nase wegschnappen. Darren hat für einen bekannten Koch gearbeitet, bevor er sich entschieden hat, den Sprung zu wagen und eine Ausbildung am Culinary Institute zu absolvieren. Mit anderen Worten, er ist ein echter Fang. Andererseits braucht Wyatt mich. Snowball braucht mich. Das arme Ding ist irgendwo da draußen, in der Kälte des Winters auf unbekanntem Gebiet. Wer weiß, ob sie die Nacht da draußen überleben würde.

„Gib mir nur einen Moment."

Er überrascht mich und umarmt mich schnell. „Danke."

„Natürlich." Ich erkläre Betsy, was passiert ist und gebe ihr Anweisungen für den Quizabend, dann gehe ich zu ihm zurück. „Lass uns gehen."

Er geht zur Tür. Ich muss mich beeilen, um mit ihm Schritt zu halten.

Als wir in seinem Auto sitzen, frage ich: „Sucht Kayla auch nach ihr?"

„Nein, sie ist in der Stadt und besucht unsere Schwester. Ich habe nicht einmal bemerkt, dass Snowball weg ist. Sie könnte überall sein. Sie könnte von einem dieser Kojoten gefressen werden, die im Wald heulen!"

Wenn sein kleiner Hund im Wald ist, ist es sehr wahrscheinlich, dass er von Kojoten gefressen wird. Sie jagen in Rudeln und fühlen sich in der Vorstadt wohl, sowohl bei Tag als auch bei Nacht.

„Wir werden sie finden", sage ich.

Sein Kiefer ist angespannt, seine Augen sind auf die Straße gerichtet, als er zu seinem Haus zurückrast.

„Fahr langsam, wenn wir uns dem Haus nähern, falls sie draußen ist und du sie erst nicht siehst."

Er bremst ab. „Ja, du hast Recht. Ich will mir nicht vorstellen, dass ich sie überfahren könnte, während ich versuche, sie zu retten." Seine Stimme ist zittrig. „Sie ist so klein und hilflos. Sie weiß nichts über das Leben hier draußen. Sie hat immer in einem Apartmentgebäude gewohnt."

Die Sonne geht langsam unter, und ich schätze, wir haben noch eine halbe Stunde, um sie zu finden, bevor es dunkel wird. „Wird sie kommen, wenn du sie rufst?"

„Ja. Das tut sie immer. Sie muss weit weg sein oder

irgendwo festsitzen. Wer weiß, vielleicht ist sie in einen Brunnenschacht gefallen. Alles ist möglich."

„Schon gut. Wir werden sie finden."

Den Rest des Weges fährt er in grimmiger Stille. Ich schreibe Darren eine Nachricht, sage ihm ab und entschuldige mich dafür. Er schreibt zurück: *Ok*. Mehr nicht, einfach ok.

Ich: *Ich melde mich wieder.*

Darren: *Ok*.

Kein großer Schreiber, doch ich wollte nicht anrufen, wo Wyatt so aufgeregt ist und viel zu schnell fährt.

Als er in seine Einfahrt einbiegt, tritt er abrupt auf die Bremse, das Auto rutscht kurz auf dem frisch fallenden Schnee und langsam den Rest des Weges hoch. Wir hatten letzte Woche eine warme Phase, und der Schnee war größtenteils geschmolzen, doch es schneit wieder, und der Wind peitscht den Schnee um uns herum.

„Hast du Fleisch da?", frage ich. „Das könnte sie anlocken."

„Ich habe ihre Kekse verwendet, aber das ist eine gute Idee. Ich habe was da. Roastbeef. Sie bettelt immer, wenn ich es aus dem Kühlschrank hole." Seine Augen werden für einen Moment glasig, dann parkt er und stürzt aus dem Auto.

Ich folge ihm ins Haus. Es ist seltsam, zwei Wochen nach unserer Trennung hier zu sein. Der Wohnzimmerboden ist fertig. Ich habe einen Flashback zu meinem letzten Besuch hier – den Rosenstrauß, sein Lächeln, als er mich an der Tür begrüßt hat. Nein, denk nicht daran.

Ich folge ihm in die Küche. „Mach es kurz in der Mikrowelle warm, dann duftet es mehr."

„Gute Idee." Er wirft einen Haufen Roastbeef in die Mikrowelle und steht, die Hände in die Hüften gestemmt, da und starrt auf den Countdown. Die Mikrowelle pingt, und er greift nach dem Fleisch, gibt mir die Hälfte, bevor er mir voraus zur Rückseite des Hauses geht. „Hier bauen sie eine Gästetoilette ein. Ich dachte, sie wäre in den Garten gegangen. Sie könnte überall sein."

Das Land ist weit, sanfte Hügel, die von dichtem Wald gesäumt sind.

„Hast du Pfotenabdrücke gesehen?", frage ich.

„Nein. Der Schnee muss sie abgedeckt haben." Er geht mir voraus zur Haustür hinaus. „Wir könnten die Taschenlampen unserer Handys benutzen, wenn es dunkel wird. Ruf einfach weiter ihren Namen." Er sieht sich um, sobald er draußen ist. „Snowball, komm her!"

Stille.

„Hat sie ein Namensschild am Halsband?" Ich hoffe, dass jemand sie findet, und sie so zu Wyatt zurückbringen kann.

„Ja, aber darauf steht meine alte Nummer in der Stadt. Scheiße." Er geht um das Haus herum, wedelt mit dem Roastbeef und ruft ihren Namen.

Wenn ich ein kleiner Stadthund wäre, der mit kaltem und unbekanntem Terrain konfrontiert ist, wohin würde ich gehen? Sie ist es gewohnt, mit Kayla kurze Spaziergänge durch den Wald zu machen. Aber allein? Ich denke, sie würde in der Nähe Schutz suchen. Ich gehe um das Haus herum, rufe ihren Namen und gehe dann weiter zum Leuchtturm. Es gibt eine Tür, doch sie ist verschlossen. Ich glaube nicht, dass sie sich darunter hätte durchzwängen können.

Ich gehe in die Hocke und betrachte die Welt von ihrer Warte aus. Vielleicht unter einem Busch. Ich sehe mich im Garten um, während Wyatt in den Wald stapft und ihren Namen ruft. Ich rufe sie auch und pfeife, falls sie besser darauf hört. Ich blicke in Richtung der viel befahrenen Straße am Ende seiner langen Auffahrt und bete, dass sie nicht in diese Richtung gegangen ist. Ich fürchte, sie würde von einem Auto überfahren werden. Sie wäre leicht zu übersehen. Dort würde ich zuletzt suchen. Denn wenn sie überfahren wurde, können wir sowieso nichts für sie tun. Ich glaube nicht, dass ein so kleiner Hund das überleben würde.

„Snowball!", rufe ich. „Snowball, komm her!" Ich klopfe mir aufs Knie und pfeife dann wieder.

Ich suche, bis es dunkel ist, dann setze ich mich auf Wyatts

Veranda und schalte die Taschenlampe meines Handys ein. Es ist unter null Grad, und mir ist eiskalt. Ich glaube nicht, dass sie die Nacht hier draußen überleben kann. Ich höre Wyatts immer verzweifelter werdende Rufe von der Rückseite des Hauses. Und dann höre ich noch etwas, ein schnupperndes Geräusch. Ein Tier ist in der Nähe, wahrscheinlich interessiert an dem Stück Roastbeef, das ich immer noch in der Hand halte. Es könnte alles Mögliche sein – ein Waschbär, eine Katze, sogar ein Kojote.

Ich gehe die Treppe hinunter und richte mein Licht unter die Veranda. Es gibt eine Gitterholzbarriere, die es schwer macht, etwas zu sehen. „Snowball, bist du das?" Ich kann nicht viel sehen. Ich gehe herum und suche nach Lücken, durch die ein Hund durchgekommen sein könnte. Und dann finde ich eine, hinter einer Hecke an der Seite der Veranda, ein kleines Loch im Gitter. Ich lege mich auf den Bauch und halte meine Taschenlampe hinein. Zwei Augenpaare leuchten mich an. „Snowball! Was machst du da unten? Wer ist dein Freund?" Snowball liegt zusammengekauert mit einem mageren Pitbull. „Wer will was zu essen?"

Ich schreibe Wyatt, dass ich sie gefunden habe. Ich passe nicht durch das Loch, doch ich hoffe, dass ich sie herauslocken kann. Ich rolle ein Stück Roastbeef zusammen und stecke meinen Arm durch den Spalt. Ich bin angespannt für den Fall, dass der Pitbull ein Beißer ist, bereit, meinen Arm zurückzuziehen, doch Snowball kommt herüber. Ich ziehe den Arm zurück und locke sie weiter. „Gut so, komm und hol dir das leckere Roastbeef."

Sobald sie in Reichweite ist, packe ich sie, ziehe sie heraus und lasse sie ein Stück Roastbeef abbeißen. Den Rest werfe ich ihrem Freund zu.

„Oh mein Gott, du hast sie gefunden!" Wyatt kauert sich neben uns und drückt Snowball an sich. „Du hast mich zu Tode erschreckt", schimpft er. „Ganz dumme Idee. Mach das nie wieder."

„Unter deiner Veranda ist noch ein Hund. Ich denke, es ist ein Streuner."

Er sieht nach. „Kein Halsband. Hat eindeutig schon bessere Tage gesehen. Glaubst du, er ist gefährlich?"

„Snowball hatte keine Angst vor ihm. Sie war an ihn gekuschelt."

„Was glaubst du, wie lange er schon da unten ist?"

„Keine Ahnung."

Er reißt Stücke vom Roastbeef ab und wirft eine Fleischspur zur Öffnung. „Komm, mein Junge. Folge der Spur."

„Wie willst du ihn ohne Halsband ins Haus bekommen?"

„Er wird mir entweder folgen oder dorthin zurückkehren, wo er hergekommen ist."

Der Hund kriecht auf dem Bauch vorwärts und frisst vorsichtig ein Stück Fleisch.

„Schau, wie langsam er isst", flüstere ich.

„Er ist vorsichtig. Hat es wahrscheinlich nicht leicht gehabt." Er wartet geduldig. Während er Snowball in seine Jacke steckt, überredet er den Streuner, mehr Fleisch zu fressen. Sobald er das letzte Stück gefressen hat, wirft Wyatt ein weiteres Stück direkt vor die Öffnung.

„Komm schon, Rex, nur noch ein Stückchen", feuert er ihn sanft an.

„Rex?"

„Er sieht aus wie ein Rex, findest du nicht?"

Er hat ihm schon einen Namen gegeben. Das ist Wyatt. Kümmert sich um alle.

Rex wagt sich schließlich heraus und nimmt das Fleisch.

Ich unterdrücke meinen Jubel, weil ich ihn nicht vertreiben will.

„Komm Rex", befiehlt Wyatt und geht zur Haustür. Ich folge ihm, Rex jedoch nicht.

Wir gehen hinein und Wyatt hält die Tür auf und winkt Rex mit dem Fleisch zu. „Hier ist Fleisch für dich. Komm."

Rex sieht unentschlossen aus, dann bellt Snowball, und es ist entschieden. Rex trabt ins Haus und verschlingt gierig eine weitere Scheibe Roastbeef. Ich schließe schnell die Tür hinter ihm.

Wyatt dreht sich zu mir um. „Syd, danke."

„Ich kümmere mich um die, die ich liebe", sage ich und benutze seine Worte.

Er setzt Snowball ab, wirft das restliche Fleisch den Hunden zu und küsst mich.

Es ist, als wäre ich wieder nach Hause gekommen.

21

Wyatt

An diesem Abend schütten Syndey und ich uns gegenseitig das Herz aus. So nennt sie es zumindest. Ich gelobe feierlich, von nun an ihre Probleme nicht für sie zu übernehmen und zu lösen. Und sie schwört feierlich, um Hilfe zu bitten, wenn sie sie braucht. Das ist ein ernstes Gespräch, das wir hinter verschlossenen Türen in meinem Zimmer führen, was mir gefällt, weil ich weiß, was als Nächstes kommt – Versöhnungssex.

Wir sitzen Seite an Seite auf der Matratze, eng aneinander gepresst, Schulter an Schulter, Oberschenkel an Oberschenkel, händchenhaltend. Ich drücke ihre Hand. „Alles wieder gut zwischen uns?"

Sie wirft mir einen langen, strengen Blick zu. „Solange du verstehst, was du falsch gemacht hast, indem du hinter meinem Rücken versucht hast, mein Leben zu reparieren."

Das ist das zweite Mal, dass sie das gesagt hat, und mir ist klar, dass sie eine Entschuldigung erwartet, bevor sie darüber hinwegkommt. Ich bin nur froh, dass sie hier bei mir ist, an mich geschmiegt. Es ist ein gutes Zeichen, wenn ein ernstes Gespräch mit so vielen dieser Berührungen einhergeht.

Ich hebe unsere verflochtenen Hände und streiche einen

Kuss über ihre Fingerknöchel. „Ich bin es falsch angegangen. Es tut mir leid. Ich liebe dich, Syd, du musst wissen, dass ich es aus Liebe getan habe. Ich will nicht, dass du leidest, wenn du nicht musst. Ich will, dass du glücklich bist."

„Ich war glücklich, so glücklich mit dir und mit der Art und Weise, wie sich alles bei der Arbeit zu erholen angefangen hat." Sie seufzt. „Bitte sei einfach immer aufrichtig zu mir, okay? Das ist ein Dealbreaker. Du kannst nicht hinter meinem Rücken herumintrigieren, um mein Leben zu reparieren. Von jetzt an können wir zusammen Dinge reparieren. Ich kann dir auch helfen. Wir helfen uns gegenseitig."

Eine Welle der Zuneigung lässt mich sie umarmen und ihre Wange küssen. Ich kümmere mich schon so lange um alle anderen, dass mir nie in den Sinn gekommen wäre, dass sich jemand um mich kümmern könnte. Wäre das nicht eine Erleichterung, einmal nicht alles selbst machen zu müssen?

„Abgemacht", sage ich. „Jetzt lass uns uns ausziehen." Ich ziehe sie auf die Matratze. Sie lacht und legt ihre Arme um mich.

Ich schmiege mich an ihren Hals, inhaliere ihren Duft, dann hebe ich meinen Kopf und sehe in ihr wunderschönes Gesicht. „Ich habe dich so vermisst."

Sie blinzelt die Tränen zurück und streicht mit den Fingern durch mein Haar. „Ich habe dich auch vermisst. Es war furchtbar. Lass uns nie wieder getrennt sein."

„Niemals."

Sie umarmt mich für einen langen Moment fest und schiebt mich dann von sich, bevor sie aus dem Bett aufsteht und sich auszieht. Arbeits-T-Shirt, Jeans und Sneakers fliegen in die nächste Ecke. Sie deutet auf mich. „Worauf wartest du?"

„Du bist so schön", sage ich bewundernd.

Sie zieht mir mein Hemd aus. „Mir wurde wilder Affensex versprochen, wenn wir Partner sind."

„Du willst mich in deinem Geschäft?"

Sie schenkt mir ein sexy Lächeln. „Unter anderem." Sie

klettert auf das Bett und macht eine Lockbewegung mit dem Finger.

Meine Brust bläht sich vor Stolz. Sie vertraut mir. Sie liebt mich. Ich habe so ein verdammtes Glück.

Ich ziehe mich schnell aus, rolle ein Kondom über, lasse mich auf ihr nieder und küsse sie zärtlich. Innerhalb weniger Augenblicke wird der Kuss verzweifelt, unsere Körper begierig darauf, sich nach zu langer Trennung zu vereinen.

Mein Verstand trübt sich, nichts als intensives Verlangen. Hände streicheln, Münder hungrig, ihre Nägel kratzen über meinen Rücken.

Immer wieder mein Name von ihren Lippen.

Das Pumpen härter, schneller, unmöglich aufzuhalten.

Ich starre ihr in die Augen, diese tiefe Verbindung elektrisiert mich für einen zeitlosen Moment.

„Heirate mich", flüstert sie.

Sie beugt mir ihr Becken entgegen und nimmt mich tiefer auf, und ich bin weg. Mein Orgasmus überwältigt mich, nur undeutlich bin ich mir ihres Stöhnens bewusst.

Ich sinke auf sie und atme schwer, als die Welt langsam in den Fokus zurückkehrt. *Sie hat mir gerade einen Antrag gemacht.*

Ich hebe meinen Kopf und küsse sie. „Ich bin gleich wieder da."

Sie lächelt.

Ich verschwende keine Zeit. Ich hole aus meinem Seesack, was ich brauche, setze mich zu ihr ins Bett und schiebe den Ring auf ihren Finger.

Sie hebt ihre Hand mit dem Diamant-Verlobungsring, den ich natürlich aufbewahrt habe, in der Hoffnung, dass wir wieder zusammenkommen würden. Sie strahlt. „Ich dachte, du hättest mich nicht gehört."

„Ich konnte eben kein Wort herausbekommen. Das war ein Antrag während des Höhepunkts."

„Ist das ein Ja?", fragt sie mit funkelnden Augen.

Ich schlüpfe zu ihr unter die Decke und lege einen Arm

um sie. Sie rollt sich an meine Seite. „Ja, meine Teufelin, ich werde dich heiraten."

„Und?"

„Und dein Partner in allen Dingen sein, in allem direkt und aufrichtig, während wir uns gegenseitig helfen."

„Gut."

„Und?", dränge ich weiter. „Was wirst du sein? Hinweis. Dazu muss man nackt sein." Ich rede davon, ein Baby mit ihr zu haben. Ein Geschenk, das wir einander machen. Ich bin so ein Romantiker.

„Und ich werde deine Sexsklavin sein?"

Ich kichere und küsse sie. „Glaub nicht, dass ich nicht darauf zurückkommen werde. Das kommt in unser Ehegelübde. Sydney Robinson verspricht, meine liebevolle Ehefrau, Partnerin und Sexsklavin zu sein."

Sie streichelt meinen Bart und küsst mich. „Ich liebe dich."

Meine Kehle ist wie zugeschnürt vor Emotionen. „Ich dich auch."

Sie stützt sich auf einen Ellbogen. „Weinst du?"

„Nein."

„Das sind Tränen in deinen Augen."

Ich reibe meine tränenden Augen. „Ich habe gerade darüber nachgedacht, dass ich angedeutet habe, dass du die Mutter meiner Kinder sein wirst, und du hast Sexsklavin gesagt, und beides ist einfach perfekt."

Jetzt steigen ihr Tränen in die Augen. „Oh, Wyatt." Sie dreht sich um, um mich anzusehen, die Liebe leuchtet in ihren Augen. „Ich werde dich nie wieder loslassen. Du wirst immer in meinem Herzen sein."

„Syd." Ich küsse sie zärtlich. „Du bist mein Herz."

EPILOG

Ein sonniger Tag im Mai ...

Sydney

Ich bin kurz davor, meinen besten Freund zu heiraten. Ich habe immer davon geträumt, einen Mann zu treffen, der ein echter Partner in meinem Leben ist, mit dem zusätzlichen Bonus eines großartigen Sexlebens. Ich hätte nur nie gedacht, dass es ein Mann sein würde, der mich bei jeder Gelegenheit herausfordert. Doch ich wachse damit, und ich denke, ihm geht es nicht anders. Es ist eine Erleichterung für ihn zu wissen, dass ich ein Projekt in die Hand nehmen kann, anstatt dass er sich um alles kümmern muss. Zum Beispiel unsere Hochzeit – ganz meine Sache. Die Flitterwochen – ganz seine. Und gemeinsam haben wir das *Horseman Inn* von der Schwelle des Todes zurückgebracht.

Es gehört mir, und ich werde es an unsere Kinder weitergeben. Ich leite das Restaurant und kümmere mich um das Marketing und die Bücher. Wyatt berät sich mit seinen Ideen und hat ein besonderes Interesse an der Bar. Er hat viel Zeit damit verbracht, Brauereien aus der Gegend zu finden, um unsere Bierliste zu erweitern, damit sie Bierkenner anzieht. Wir haben auch Weingüter an den Finger Lakes von New

York besichtigt, um unsere Weinkarte auszubauen, was bei meinem Donnerstags-Weinclub viel Aufsehen erregt und eine Menge Leute betrunken gemacht hat. Haha. Ich habe der Getränkekarte auch saisonal Cocktails hinzugefügt und sorge dafür, dass eine Auswahl an hochwertigen Whiskeys auf Lager ist – was ihm besonders gut gefällt. Er ist so begeistert von all den feinen Getränken, dass er manchmal an der Seite von Betsy hinter der Bar arbeitet und den Gästen Drinks empfiehlt, wobei er jedes persönlich ausgewählte Bier, jeden Wein und jeden Whiskey in höchsten Tönen lobt.

Mein Mann.

Der Koch, den ich an Bord holen wollte, ist mir von einem schicken Restaurant in Manhattan weggeschnappt worden. Wyatt wollte ihn mit einem höheren Gehalt zurücklocken – er hat sich verantwortlich gefühlt, da ich das Vorstellungsgespräch verpasst hatte, um ihm zu helfen – doch ich habe nein gesagt. Im *Horseman Inn* wäre er wahrscheinlich nicht lange glücklich gewesen. Doch es hat sich alles so entwickelt, wie es sollte. Jetzt haben wir Spencer, der seine Ausbildung bei einem Koch in einem Farm-to-Table-Restaurant gemacht hat. Kein schicker Kochschulabschluss, doch die Gäste lieben sein Essen, und darauf kommt es an. Unser vorheriger Koch George arbeitet jetzt in einem Diner in der Stadt, einem kleinen Laden neben einer Tankstelle aus den 1950er Jahren. Seine Art von Komfortessen wird dort geschätzt.

„Es ist Zeit", sagt Jenna.

Ich schniefe und tupfe mir die Tränen weg, wobei ich darauf achte, mein Make-up nicht zu verschmieren. Ich mache mich im neuen Bad in Wyatts Haus, das jetzt auch mir gehört, fertig. Er hat mir gesagt, dass ich das Bad so gestalten soll, wie ich es will, weil er wollte, dass ich mich wohlfühle. Ich habe mich für zwei Waschbecken mit einem Schminktisch dazwischen entschieden, an den ich mich setzen und mich fertig machen kann. Es gibt auch eine Whirlpool-Badewanne und eine separate Dusche. Alles ist luxuriös, und ich dachte zuerst, es würde sich komisch anfühlen. Doch seltsam, wie schnell man sich an Luxus gewöhnen kann. Ich nehme ihn aber nie als selbstverständlich hin.

„Fang nicht an zu weinen", sagt Jenna und späht über meine Schulter in den Spiegel. „Du musst zumindest vorzeigbar aussehen, bis du neben deinem Mann stehst."

„Oh, ich kann nicht hinsehen", sagt Audrey und wedelt mit einer Hand vor ihrem Gesicht. „Sonst fange ich auch gleich an zu heulen."

„Ich bin bereit", sage ich und stehe in meinem Kleid auf. Ich bin keine süße Prinzessinnenbraut – kein Schleier, keine riesige Schleppe oder bauschige Schichten. Obwohl ich mich für ein eher schlichtes trägerloses bodenlanges Säulenkleid aus Seide entschieden habe, fühle ich mich irgendwie magisch, wenn ich es trage. Nicht gerade eine Prinzessin. Eher wie ... eine Göttin.

„So schön!", ruft Audrey. „Das ist das perfekte Kleid für dich."

„Danke."

Ich gehe aus dem En-suite-Bad in das Schlafzimmer, wo Harper auf einer Chaiselongue entspannt, die Füße hochgelegt. Bis zu ihrem Entbindungstermin sind es nur noch wenige Wochen, und geschwollene Knöchel sind Dauerzustand bei ihr. Sie hat darauf verzichtet, mich als Brautjungfer zu begleiten, weil sie nicht mehr als nötig auf den Beinen sein will. „Syd! Du siehst atemberaubend aus! Wyatt werden die Augen aus dem Kopf springen."

„Ich hoffe nicht", sage ich mit einem Lächeln.

Sie richtet sich langsam auf und setzt die Füße auf den Boden, um aufzustehen. Jenna eilt herbei, um ihr zu helfen. „Tut mir leid, dass ich nicht mehr tun kann", sagt Harper, während sie mit etwas Hilfe aufsteht. „Du weißt, dass ich für dich da bin." Sie kommt zu mir und umarmt mich, ihr riesiger Bauch zwischen uns.

Ich trete einen Schritt zurück, halte sie an den Armen und starre auf ihren Bauch unter einem pfirsichfarbenen Umstandskleid. „Wie geht es Joan Junior da drin?" Joan ist ihre Großmutter. Ich ziehe sie mit dem Vorschlag ihres Mannes Garrett auf.

Sie streichelt mit einem zufriedenen Lächeln den Bauch. „Sie wird ihren eigenen Namen bekommen. Wir wollen abwarten, bis sie geboren ist, um zu sehen, welcher Name passt. Sie hat gerade in meinem Bauch herumgekickt wie ein Fußballer, doch jetzt, wo ich mich wieder bewege, denke ich, dass sie sich beruhigen wird."

Ich sehe meine drei besten Freundinnen an, die ich kenne, seit wir zusammen im Sandkasten gespielt haben. „Ich bin so froh, dass ihr an diesem besonderen Tag bei mir seid. Erst hat Harper den Bund fürs Leben geschlossen, jetzt ich." Ich schenke Jenna und Audrey ein wässriges Lächeln. „Ich kann es kaum erwarten, auch auf euren Hochzeiten zu tanzen!"

„Okay, umarmen und dann lass uns gehen", sagt Jenna trocken. Sie steht nicht auf große emotionale Gesten. Ich normalerweise auch nicht. Es ist nur so, dass ich sie alle so sehr liebe und Wyatt so sehr liebe, und heute ist einfach ein besonderer Tag.

Ich umarme kurz sie, dann Audrey und dann Harper, bevor ich zum Familienzimmer im hinteren Teil des Hauses voraus gehe. Es war eine Ergänzung über die Bibliothek hinaus, ein ungezwungenes Zimmer für unsere zukünftige Familie. Die Rückseite des Raumes ist eine Wand aus raumhohen Fenstern und großen Terrassentüren, die nach außen führen.

Für unsere Zeremonie im Garten wurden ein kleiner weißer Baldachin und weiße Stuhlreihen aufgestellt. Ein weiteres großes Zelt weiter hinten steht für den Empfang bereit, mit Tischen und Stühlen um eine Tanzfläche und einen Tisch für uns und die Trauzeugen. Es ist alles sehr elegant. Ich muss gestehen: Ich habe mich auf Kayla verlassen, mir bei den Details zu helfen. Sie war tief in die Hochzeitsplanung eingebunden, und es hat mich deutlich entlastet, wenn ich im Inn viel zu tun hatte. Wir stehen uns nahe und sie liebt Summerdale so sehr, dass sie bleiben wollte. Wyatt sagt, es liegt an den Tamales, doch ich vermute, dass es mein Bruder

Adam ist. Sie haben sich gut unterhalten, während er in Wyatts Bibliothek und im Wohnzimmer an den maßgefertigten Einbauten gearbeitet hat. Sie besteht darauf, dass sie nur Freunde sind und sie keine Beziehung will, weil sie sich noch von der letzten Trennung erholt. (Obwohl es vier Monate her ist, seit sie sitzengelassen wurde.)

Sie hat vor ein paar Wochen ihre Thesis abgeschlossen, und während sie auf Jobsuche ist, habe ich sie als Kellnerin im *Horseman Inn* eingestellt. Sie kann sich Bestellungen gut merken, auch wenn sie kompliziert sind, und sie gibt sich große Mühe, kein Geschirr fallenzulassen. Ich habe ihr gesagt, dass sie weiter bei Wyatt und mir wohnen kann, doch sie hat darauf bestanden, dass frisch verheiratete Paare Abstand von der Familie brauchen. Jetzt wohnt sie in meiner alten Wohnung über dem Restaurant.

Jeder ist an seinem Platz. Wyatt unterhält sich mit seinen Trauzeugen und lacht. Seine Trauzeugen sind ein ehemaliger Geschäftspartner, den ich kürzlich kennengelernt habe, und Garrett, Harpers Mann.

In dem Moment, in dem meine Freunde und ich am Ende des roten Teppichs auftauchen, steht Garrett auf und geht den Gang entlang zu Harper. Er führt sie zu einem Platz in der ersten Reihe neben ihrer Großmutter, der weisen General Joan. Sie hat mir gesagt, ich solle keine Zeit damit verschwenden, unglücklich von Wyatt getrennt zu sein, und sie hatte Recht.

Wyatts Blick begegnet meinem, und mein Herz pocht. Sogar aus dieser Entfernung kann ich sehen, wie die Emotionen sein Gesicht überfluten und Tränen in seine Augen steigen. Mir geht es nicht anders. *Mein umwerfender Bräutigam.*

∼

Wyatt

Meine schöne Braut. Ich bin im Begriff, meine wahre Liebe zu heiraten, die Frau, mit der ich den Rest meines Lebens verbringen will. Ich liebe alles an ihr. Sie ist intelligent, humorvoll und gerade feurig genug, um mit mir zu zanken, ohne beleidigt zu sein. Und sie hat mich zu einem besseren Mann gemacht. Ich lerne, loszulassen und nicht zu versuchen, die Probleme aller zu lösen. Ich meine, ich bin gut darin, aber jetzt greife ich nur noch ein, wenn ich gebeten werde. Und Sydney bittet mich erst, wenn sie alle Möglichkeiten ausgeschöpft hat und steckenbleibt. Wir helfen uns gegenseitig.

Audrey und dann Jenna gehen den Gang zwischen den Stühlen entlang. Sydney wartet, bis sie an der Reihe ist. Sie hat sich bei ihrem älteren Bruder Drew untergehakt, der für ihren Vater einspringt. Ich werde dasselbe für meine Schwestern tun. Drew sieht in seinem dunkelblauen Anzug ernst aus, den Rücken gerade, die Schultern straff, und sieht ganz aus wie der Soldat, der er einmal war. Ich mag ihn. Er ist mürrisch, doch ich kann ihn ab und zu zum Lächeln bringen.

Ich blicke zu Snowball und Rexie (einstmals Rex, doch es stellte sich heraus, dass sie ein Mädchen ist) mit passenden rosa Halsbändern. Wir haben überall in der Stadt Plakate für Rexie aufgehängt und sie auf einen Mikrochip untersuchen lassen, doch niemand hat sie beansprucht, also wurde sie Teil unserer Familie. Snowball trägt eine kleine weiße Spitzenschleife auf dem Kopf. Nicht meine Idee. Kayla hat sie für diesen Anlass „gestylt". Sie liegen ihr in der ersten Reihe zu Füßen.

Mein Blick kehrt zurück zu Sydney. Es ist eine große Erleichterung, jemanden zu haben, den man kennt, mit dem man Seite an Seite arbeiten kann, damit man nicht alles allein tun muss. Wie als ich mit meiner Weisheit am Ende war, als ich versucht habe, mich mit Rexie anzufreunden. Sie schien sich bei mir einfach nicht wohlzufühlen. Wir glauben, dass sie schlechte Erfahrungen mit einem Mann gemacht hat. Also hat Sydney übernommen, sich um Rexie gekümmert und ihr ein paar einfache Befehle beigebracht. Jetzt duldet sie mich, doch Sydney verehrt sie.

Der Hochzeitsmarsch beginnt, und ich stehe aufrechter, ein dicker Kloß im Hals. Ich sehe zu, wie sich meine zukünftige Frau nähert, mein Blick ist auf ihr lächelndes Gesicht gerichtet. Sie betrachtet unsere Freunde und Familie, während sie den Gang entlanggeht, bis sie mich schließlich mit ihren wunderschönen honigbraunen Augen ansieht. Mein Herz pocht schneller, meine Kehle schnürt sich zu. *Meine Braut.*

Wenige Augenblicke später übergibt ihr Bruder sie mir. Ich nehme ihre Hand in meine und neige meinen Kopf zu ihrem Ohr. „Wunderschön."

Sie drückt meine Hand, und wir wenden uns dem Pastor zu. Ich höre kaum, was er sagt, so begeistert bin ich von Sydney. Ihr kastanienbraunes Haar fällt in sanften Wellen über ihr trägerloses Kleid. Ihr Gesicht sieht beinahe engelsgleich aus, als sie zuhört, obwohl ich es besser weiß. Sie kann in jeder Hinsicht, die ich liebe, eine ziemliche Teufelin sein. Sie sieht so zufrieden und glücklich aus, wie ich mich fühle.

Endlich ist es Zeit für die Gelübde, und ich spreche laut und deutlich und halte ihre Hände in meinen. „Ich verspreche, dich für den Rest meiner Tage zu lieben, zu ehren und zu schätzen." Sie lächelt, ihre Augen tanzen, und ich weiß, dass sie an unser Sexsklaven-Gelübde denkt. Ich lächle zurück und drücke ihre Hände. „Und ich verspreche, um Hilfe zu bitten, wenn ich sie brauche."

Alle lachen.

Ich wende mich unserer Familie und unseren Freunden zu. „Das ist wichtig." Wir haben uns deswegen getrennt, also musste ich das in die Gelübde einbauen. Das hier ist schließlich für immer.

Mehr Gekicher von der Menge.

Sydney strahlt mich an. Und dann verspricht sie dasselbe.

Dann ist es offiziell. Ich nehme ihr Gesicht in meine Hände und küsse sie zärtlich, bevor ich meine Arme um sie lege.

„Wir haben es geschafft", flüstert sie.

Ich lehne mich zurück, um sie anzusehen. „Und so schwer war es gar nicht."

Wir lächeln uns an und gehen dann den Gang entlang, begleitet von Applaus und Pfiffen.

Nach den Hochzeitsfotos, natürlich mit Snowball und Rexie, gesellen wir uns zu unseren Gästen. Kellner im Smoking wandern mit Champagner und Häppchen zwischen den Gästen umher.

Im Hintergrund spielt die Band fröhliche Swingmusik. Sydney sieht zu mir auf. „Wir hätten für unseren ersten Tanz Tanzunterricht nehmen sollen. Ich wusste, dass ich etwas vergessen habe."

„Oh, das ist doch einfach. Einfach hin und her schaukeln."

„Ich denke, wir sollten mehr tun. Alle werden zusehen."

Ich hebe ihr Kinn an und küsse sie. „Ich werde dich zur Ablenkung knutschen wie ein Teenager."

Sie kneift die Augen zusammen.

„Nein?" Ich lege meine Arme um ihre Taille. „Erlaube mir, es dir zu demonstrieren." Ich schaukle ein bisschen hin und her und tue so, als wollte ich sie vor allen knutschen.

Lachend schiebt sie mich weg. „Okay, wir machen den langsamen Tanz, und das war's. Keine sexy Sachen auf der Tanzfläche."

„Es ist nicht so, als wüssten unsere Gäste nicht, dass wir es heute Abend machen werden."

Sie zieht mich an sich. „Schh."

„In einer Hochzeitssuite in der Stadt mit einem vibrierenden Bett."

Ihre Augen weiten sich. „Du hast uns kein Hotel mit vibrierendem Bett gebucht."

Ich grinse. „Wer auch immer für die Flitterwochen verantwortlich ist, entscheidet über die Details."

Sie entspannt sich. „Sehr witzig. Wohin gehen wir für unsere Flitterwochen?"

„Hast du deine Bikinis eingepackt?"

Sie blickt zum Himmel, bevor sie mich wieder ansieht. „Ja,

ich habe die sechs lächerlichen String-Bikinis, die du mir gekauft hast, eingepackt, zusammen mit dem bequemen Tankini, den ich selbst gekauft habe."

„Hmm", sage ich und überlege kurz, ob ich ihr sagen soll, dass ich dieses Tankini-Ding weggeworfen habe. Der potenzielle Schrei der Empörung könnte bei diesem glücklichen Ereignis wenig angebracht sein. Nicht, dass ich es wirklich getan habe. Doch wäre es nicht witzig, das zu sagen?

„Hm, was?"

„Du hast alles, was du für unsere Flitterwochen brauchst – deinen Bräutigam und deine sechs atemberaubenden Bikinis." Ich küsse ihre Wange. „Du machst sie atemberaubend, meine schöne Braut."

Sie wird rot. „Danke."

„Obwohl ich nicht sicher bin, ob du sie brauchen wirst. Es gibt FKK-Strände."

„Ist es in Europa?"

„Im Wasserpark", antworte ich.

Sie lacht und hört dann abrupt auf. „Beelzebub?"

„Ja, Teufelin?"

„Wenn wir in einen Wasserpark voller schreiender Kinder gehen, musst du eine zweite Hochzeitsreise planen."

Ich lächle geheimnisvoll. Tatsächlich fliegen wir nach Bora Bora in Französisch-Polynesien und übernachten in einem fantastischen Fünf-Sterne-Resort. Ich kann nicht anders, als sie ein bisschen aufzuziehen.

Sie wedelt mit dem Finger in meine Richtung. „Ich werde es bald aus dir herausbekommen."

„Du musst vielleicht deinen sexy Charme anwenden. Nackt."

„Ich muss nicht nackt sein. Ich werde es anhand jedes Hinweises herausfinden, den du fallen lässt."

Sie denkt, sie bekommt es aus mir heraus. *Nur zu, versuch's doch.* Ich kann es mir kaum verkneifen, meine Hände zu reiben. Es macht einfach so viel Spaß.

Ich schlage mich ausgesprochen gut, wenn ich das so sagen darf. Sydney versucht es immer dann, wenn ich es am wenigsten erwarte. Bei unserem ersten Tanz sagt sie: „Ich möchte in unseren Flitterwochen mit Mariachi-Spielern im Hintergrund tanzen."

Sie denkt, dass es Mexiko ist, weil ich mexikanisches Essen liebe.

„Alles, was du willst", antworte ich vage.

Während wir gemeinsam den Kuchen anschneiden, sagt sie: „Ich werde ganz ohne Bikinistreifen von unseren tropischen Flitterwochen in der Karibik zurückkommen."

„Das liegt daran, dass du nicht braun wirst", antworte ich. „Du wirst süß aussehen in einem Sonnenhut."

Damit bringe ich sie von der Karibik ab.

Jetzt tanzen wir langsam zusammen mit anderen Paaren auf der Tanzfläche. Ich halte sie fest, dicht an mich gepresst, lüstern nach meiner Braut. Ihre Arme liegen um meinen Hals, während wir uns langsam bewegen.

„Gibt es da sich drehende Teetassen?", fragt sie.

Ha! Jetzt denkt sie, wir fahren ins Mausland voller Fahrgeschäfte und Wasserpark-Attraktionen.

„Ich hätte wahrscheinlich fragen sollen", sage ich. „Wäre schon cool, sich drehende Teetassen zu sehen."

Sie brummt etwas, was ich nicht verstehe. Ich schmunzle vor mich hin.

Harper und Garrett tanzen in der Nähe. Er führt sie behutsam aus der Ferne, da ihr Bauch zwischen ihnen ist. Es ist das erste Mal, dass sie auf der Tanzfläche sind. Sie flüstert ihm etwas zu, und sie gehen. Sie braucht oft Toilettenpausen. Als sie weg sind, sehe ich etwas Seltsames.

Kayla tanzt mit Sydneys älterem Bruder Adam. Zu eng. Ich dachte, sie wären nur Freunde. Kayla bevorzugt Akademikertypen, Streber. Er ist groß und schlank mit Muskeln und sieht jetzt im Anzug ganz anders aus als in seinem üblichen T-Shirt und Jeans mit Werkzeuggürtel. Gutaussehend, wie Kayla es mag, gepflegter, obwohl er immer noch den üblichen dunkelbraunen Stoppelbart am Kinn hat. Kayla hat ihn ständig genervt, während er versucht hat, bei mir zu arbeiten, und ich habe ihr mehrmals sagen müssen, dass sie den armen Mann seine Arbeit machen lassen soll.

„Gibt es an der Amalfiküste FKK-Strände?", fragt Sydney.

Kayla streicht mit den Fingern durch Adams dunkelbraunes Haar. Seine Augen lassen ihre nicht los. Was zum –

Sydney rammt mir einen Finger in die Rippen.

„Ja", antworte ich zerstreut. „Dafür habe ich gesorgt."

Kayla stellt sich auf die Zehenspitzen, um Adam ins Ohr zu flüstern. *Was sagt sie?*

„Also fahren wir nach Italien?", fragt Sydney.

Adam sieht alarmiert aus. Ich bin alarmiert. *Was macht meine kleine Schwester da? Hat sie ihm ein unmoralisches Angebot gemacht?*

„Wyatt", fordert Sydney auf, „könntest du an unserem Hochzeitstag vielleicht auf deine Braut achten?"

Ich reiße meinen Blick los und konzentriere mich auf sie. „Es ist nicht Italien." Ich sehe mich wieder nach Kayla und Adam um, doch sie sind weg.

„Ich könnte deine Hilfe gebrauchen", schnurrt Sydney in mein Ohr.

Ich höre den Hauch von Verführung in ihrer Stimme, und Lust rauscht durch meinen Körper und verhindert jeden zusammenhängenden Gedanken. Ich greife nach ihrer Hand. „Ich kenne den perfekten Ort dafür."

Sie lacht, als ich sie für ein bisschen Zeit allein zurück ins Haus bringe. Wir schließen uns in der Bibliothek ein.

Und dann helfen wir uns gegenseitig. Genau wie versprochen.

∼

Wollen Sie mehr über Wyatts und Sydneys Flitterwochen erfahren? Melden Sie sich für meinen Newsletter an, um einen besonderen Bonus-Epilog zu lesen! https://www.kyliegilmore.com/DEfenewsletter

Verpassen Sie nicht das nächste Buch der Reihe, *Dashing – Deutsche Ausgabe*, in dem Adam eine ungewöhnliche Bitte von Kayla bekommt.

Adam

Richtig oder falsch? Männer und Frauen können keine Freunde sein. Ich habe diese Frage immer mit „richtig" beantwortet, bis ich Kayla kennengelernt habe.

Ja, sie ist eine Göttin, aber das zwischen uns ist völlig platonisch. Als sie mich also bittet, mich auf einer Party als ihren Verlobten auszugeben, bin ich voll dabei. Vor allem, weil ihr schleimiger Ex da sein wird. Ist es zu fassen, dass dieses Wiesel sie am Altar sitzengelassen hat? Ich bin auf deiner Seite, Kayla. Wozu sind Freunde da?

Doch jetzt mache ich mir Sorgen, dass ich die Rolle zu gut gespielt habe, denn als wir nach Hause fahren, macht sie mir ein Geständnis: Sie hat es satt, sich für die Ehe aufzusparen und will, dass ich ihr Erster bin.

Ihr Erster!

Ich kann das nicht tun. Der Frau steht feste Beziehung ins Gesicht geschrieben, was, das ich aus gutem Grund nie wieder tun werde.

Doch als ich nein sage, fängt sie an, andere Kandidaten in Betracht zu ziehen. Ich kann sie nicht mit irgendeinem dahergelaufenen Typen ins Bett hüpfen lassen! Doch ich kann diese Grenze auch nicht überschreiten. Sie weiß nicht, was sie da von mir verlangt! Sie weiß nicht, was sie tut! Jemand muss sie aufhalten.

Kayla

Der Einzige, den ich will, ist Adam.

Erhalten Sie die neuesten Nachrichten zuerst in Kylies Newsletter! https://www.kyliegilmore.com/DEfenewsletter

WEITERE BÜCHER VON KYLIE GILMORE

Liebe von der Leine gelassen Serie << Heiße romantische Komödien mit Hunden!

Fetching – Deutsche Ausgabe (Buch 1)

Dashing – Deutsche Ausgabe (Buch 2)

Sporting – Deutsche Ausgabe (Buch 3)

Toying – Deutsche Ausgabe (Buch 4)

Blazing – Deutsche Ausgabe (Buch 5)

Die Clover Park Serie << Brüder, für die die Familie an erster Stelle steht!

Das Gegenteil von wild (Buch 1)

Daisy schafft alles (Buch 2)

In den Falschen verguckt (Buch 3)

Ein Weihnachtsmann zum Küssen (Buch 4)

Vermieter küsst man nicht (Buch 5)

Nicht mein Romeo (Buch 6)

Bring mich auf Touren (Buch 7)

Clover Park Braut (Buch 7.5)

Gewagte Verlobung (Buch 8)

Retter in der Not (Buch 9)

Eine verführerische Freundschaft (Buch 10)

Ein Geschenk zum Valentinstag (Buch 11)

Raus aus der Tretmühle (Buch 12)

Die Happy End Buchclub Serie << Die Campbell Familie und ein Liebesromanbuchclub prallen aufeinander!

Hollywood Inkognito (Buch 1)

Ärger im Anzug (Buch 2)

Gewagtes Spiel (Buch 3)

Förmliche Vereinbarung (Buch 4)

Wenn der Bad Boy keiner ist (Buch 5)

Ein Störenfried zum Verlieben (Buch 6)

Schicksalsbegegnungen (Buch 7)

Eine Romantische Chance (Buch 8)

Ein sündhafter Flirt (Buch 9)

Ein unbequemer Plan (Buch 10)

Eine Happy End Hochzeit (Buch 11)

Die Rourkes Serie << Prinzen, bei denen man ins Schwärmen gerät, und ebenso fantastische Prinzessinnen

Königlicher Fang (Buch 1)

Königlicher Hottie (Buch 2)

Königlicher Darling (Buch 3)

Königlicher Charmeur (Buch 4)

Königlicher Playboy (Buch 5)

Königlicher Spieler (Buch 6)

Abtrünniger Prinz (Buch 7)

Abtrünniger Gentleman (Buch 8)

Abtrünniges Schlitzohr (Buch 9)

Abtrünniger Engel (Buch 10)

Abtrünniger Fratz (Buch 11)

Abtrünniger Beschützer (Buch 12)

Die Clover Park Charmeure Serie <<<< heiße Geeks!

Beinahe drüber weg (Buch 1)

Beinahe zusammen (Buch 2)

Beinahe Schicksal (Buch 3)

Beinahe verliebt (Buch 4)

Beinahe romantisch (Buch 5)

Beinahe frisch verheiratet (Buch 6)

Sehen Sie sich auf meiner Website die aktuelle Liste meiner Bücher an: https://www.kyliegilmore.com/deutsch/

ÜBER DIE AUTORIN

Kylie Gilmore ist die USA Today Bestsellerautorin der Happy End Buchclub Serie, der Clover Park Serie, der Clover Park Charmeure Serie, der Rourke Serie und Liebe von der Leine gelassen Serie. Sie schreibt unterhaltsame Romanzen, die die LeserInnen zum Lachen und zum Weinen bringen und zu einem Glas Eiswasser greifen lassen.

Kylie lebt mit ihrer Familie, zwei Katzen und einem verrückten Hund in New York. Wenn sie nicht gerade schreibt, Kinder bändigt oder bei Autorenkonferenzen pflichtbewusst Notizen macht, findet man sie beim Stretching – bis ganz nach oben ins oberste Regal, um dort ihren geheimen Schokoladenvorrat zu erreichen.

Melden Sie sich für Kylies Newsletter an, damit Sie keine ihrer Neuerscheinungen verpassen. https://www.kyliegilmore.com/DEfenewsletter

Mehr finden Sie auf Kylies Website https://www.kyliegilmore.com